青涩的初恋

（第二版）

First and Bitter Love

(Second Edition)

作者：河歌

青涩的初恋

ISBN：978-1-998895-12-0

第二版：2025 年 6 月，由作者修订增补，原版首次出版于 2022 年。

前言

——献给每一个，在心里长久停留过的人

有些名字，我们在夜里轻念一次，便用多年去遗忘。

《青涩的初恋》写的是一段穿过边疆与城市、少年与成年、遗忘与记起的旅程。写的是山林里跳舞的女孩，和那个从山林中走出来的少年。他们在雨林里交集，在人群中迷失，在时间的河流里各自漂泊，然后，在某个无人知晓的岔路口，再次撞上彼此的影子。

我觉得，初恋不是一个时间节点，而是一种气味——像雨后泥土、晒过的棉袄、少年眼底藏不住的光。它或许淡了，却从未消失。我们只是学会不去触碰。

这本书不为纪念谁，只为回答一个问题：再遇见她，我还是那个手足无措的少年吗？

感谢你翻开这段故事。

愿你曾被温柔以待，也曾拼尽全力；愿记忆深处，那个名字仍带着雨后泥土的气味，值得你轻声唤出，又轻轻放下。

——河歌

第一章

　　长途车在坑坑洼洼的土路上晃来晃去，像个走神的醉汉，随时要撞上什么似的。阳光斜斜地照进来，晒得脑壳发胀。车厢里闷热难耐，汽油味、汗味与一股莫名的烦躁交织，黏稠地裹在脸上。

　　我靠着背包装睡，眼皮一闭一睁的，心头烦躁，像猫爪轻挠木门。

　　"归途"这两个字，在脑子里打转，像块压不下、甩不掉的石头。一路好不容易往外冲了，现在又得拐回来。刚出高中的门，大学就说统统关了，我也没招，只能收拾包回家。爸妈嘴上不说，我知道他们心里一直盼着我能跳出这层层大山。

　　车猛颠了一下，我睁眼，瞧见窗外那棵老榕树。

　　它还是老样子，枝叶撑得像巨伞，杵在寨口，像个不吭声的老人，站那儿看人来来去去。

　　车慢慢停下来。我背起包，提着网兜下车。小镇子几乎没变，铺子门口还是搭着凉棚，几个女人坐在下面摇蒲扇，说着家长里短，声音里带着一股懒洋洋的惬意。

　　我走过去问："大姐，第十五营的车下来过吗？"

　　"进山的啊？昨天倒是下来了一辆。"她眯着眼，笑得自在。

　　我点点头，道了谢，转身往榕树那边走。

　　阳光从枝叶缝里漏下来，洒得地上一块块斑驳。风吹过，树叶沙沙作响，仿佛在轻声招呼我。

　　小时候朵娜说，这树有仙气，能招风唤雨。我还笑她做梦，她却一脸认真地说："你等着，总有一天我让它下雨给你看。"

　　我仰头看天——现在若下一场雨，该多好。她还记得那个玩笑吗？两年未见，她或许已忘。

　　但我心底那块堵塞之处，此刻似乎松动了几分。

　　榕树底下坐着几个寨子里的姑娘，光着脚丫，笑声叽叽咯咯的。她们有人剥槟榔，有人互相挠痒痒，玩得不亦乐乎。

　　有个姑娘笑得欢快，嘴角沾着淡淡的槟榔红，像抹了胭脂，身上的银饰在阳光下闪着细碎的光。她侧过脸来，我一下愣住了。

轮廓像极了朵娜，一眼就拽住我神经。

我盯着她看得太久，被她抓了个正着。她嘴角一扬，像在说："你看什么呢？"又随手抓了几颗槟榔递过来，眼神轻轻掠过我，像是不经意的一瞥，惹得我心头一跳。

我下意识摇了摇头。

旁边几个姑娘顿时笑成一团，有人用傣语喊了句，大概意思是："把你那大槟榔给他吧！"

我低着头憋笑；耳朵却有点发热。

她不仅脸像朵娜，那种眼神、那点带笑不笑的劲，也像。

我心里自嘲：刚回来第一天，就在别人身上找她的影子——我这不是病了吗？

等了好一阵也没等到车，我只好背上包，准备走回营地。总不能真在树底下干坐一宿吧。还安慰自己：说不定今晚有露天电影，说不定……她也在。

太阳吊在半空，空气闷得像罩了层湿被单。环山公路一边是整齐的橡胶林，一排排的树笔直站着，静悄悄的。脚下黄泥路黏糊糊的，每走一步都陷进去一个脚印。坡下的寨子安安静静，几个孩子在水潭里玩水，女人在竹楼前洗衣服、冲凉。偶尔有牛"哞哞"几声，懒得很。

天说变就变。乌云一层层压过来，风里带着湿味儿。我加快脚步，网兜里的脸盆和书本一下一下磕着小腿，咣咣响个不停。

雨来得急，大颗大颗地砸下。我转身往寨子跑，不一会儿钻进一栋竹楼下。

刚站住，上面的门"吱呀"一声开了，一个背着娃的女人探出头来。

"快上来躲一躲！"她朝我招手。

我愣了愣，看着雨下得更大了，只好踩着竹梯上楼。

屋里很简单，一条褪了色的花布挂在窗口，雨水从屋顶渗进来，顺着它往下滴。她把孩子往我怀里一递，说了句："帮我抱一下。"然后忙着拿桶接水去了。

我有点手足无措。那孩子身上有股奶香，睁着两只黑亮的眼睛盯着我，像在打量一个外星人。

雨点轻敲屋檐，像在低声絮语。屋里就我们仨，湿气中弥漫着淡淡的香茅味。

"你叫什么名字？"她一边接水一边问。

"唐小峰。你呢？"

"我，叫我米蕉吧。你是哪里人？"

"第十五营的，山里的。"

她动作一顿，转过头盯着我："你……认识方朵娜吗？"

我心里"咚"地一跳。

"认识。"

她笑了笑，放下水桶，走到角落翻出一本薄相册："看看，是不是她？"

我一眼就认出来——是朵娜。她个子高了些，脸也瘦了，娃娃气不见了，眼神却更深了点，像藏了什么心事。

"你是她的……"

"中学同学。"她接过孩子，顺口说。

"你最近见过她吗？"

"没有，快一年了吧。"米蕉语气很淡，"听说她家里出事，退学了。"

我喉咙突然发紧，忙问："出啥事了？"

她摇摇头："她没说。"

风吹得门帘哗啦啦响，九里香的气味也钻了进来。我盯着那张照片，心想：得是多大的事，才让她退学？

米蕉凑过来："你盯她照片这么认真，是不是挺在意她？"

"没有。"我赶紧合上相册，"就……从小一起长大的。"

她嘴角弯了弯，笑得有点意味深长，又翻过一页，把相册推给我："这个，你认得不？"

我一看——戴眼镜的，一副文青样儿。我当然认得，是十五营出了名的"四眼"。可我更好奇：她怎么会跟他扯上关系？

我故作镇定地反问："你知道他是谁？"

"他说他是记者，在兵团总部。"她语气轻得像在自言自语。

记者？他不是伐木工嘛！

我心里咯噔一下，只轻轻"嗯"了声。

她逗着孩子，又扫了我一眼，"他挺斯文的，对吧？我和娃……一直在等他回来。"

她说得轻描淡写，可那句"等他"，听得人心里一紧。

我犹豫了一下才问："你们……怎么认识的？"

"他也是来躲雨。"她耸耸肩，笑了下，"后来又来找水喝啦。"

我一时不知道该说啥，为她难过，又不忍拆穿。

她看我没回话，就笑着打趣："跟你说他干嘛？你是不是只对女孩感兴趣？来来，还有张朵娜的照片，要不要看？"

我撇撇嘴："你拿我打趣啊？"

"真的。你往后翻翻。"

我翻了几页，还真找到一张朵娜的学生照。照片角上有个红章，已经模糊了。她眼睛直直地看着镜头，像能透过相纸看进人心里。

"你是在县城念书吧？"米蕉忽然问。

"嗯。"

她"哦"了一声，抿嘴一笑："我猜你啊，是她暗恋的小伙子吧？"

我一下愣住，耳根直发烫："你瞎说什么呢。"

"她说过，有那么一个人。你否认这么快，还真像是你。"

我心头忽然冒出一股小小的欢喜——或许，她藏心里的那个人，就是我？

屋外的雨停了，天边挂起一道淡淡的彩虹。我起身，说："米蕉，我得走了。今天……谢谢你。"

她点点头，哄着怀里的孩子，"要是碰上朵娜，帮我带句好。"

我背上包，走到楼梯口，还是没忍住回头："那张小照片……你要是不用，能给我吗？"

米蕉抬头看我，嘴角一挑："你要她照片干嘛？"

"我……我喜欢画画，想拿来临摹。"我撒了个有点蹩脚的谎。

她眨了下眼，像是看穿了我那点心思："拿去吧，反正她也不会回来问我要。"

我轻轻抽出照片，小心地捏在指尖。

"别告诉朵娜。"我嘱咐，像藏着个秘密。我自己也说不清为什么，可能是怕她知道，也可能是……我不敢承认，我那么认真地看过她的脸。

***

我把裤腿卷得高高的，球鞋别在背包上，赤脚踩进山道。雨刚停，泥地又滑又黏，像有人在地上抹了层浆糊，一不小心脚底就打滑。

四下没人，只有山、树，还有偶尔扑过来的雾气。林子密得很，藤蔓从树上垂下来，横七竖八爬满地面。阳光透过叶缝洒下，被雾气一吞，化成一团朦朦胧胧的亮。

山涧水流急，咆哮着冲过乱石，一道道白浪翻腾。头顶掠过一只山鹰，尖锐的鸣叫声划破空气，令人不由得绷紧神经。

我低头赶路，正走着，忽然前头多了个身影。

一个姑娘，黝黑的辫子垂在背上，脚底踩得稳稳的，步子又快又狠，像走惯了这种泥巴路。她背着个沉甸甸的背箩，两手紧抓箩带，头微微前倾，整个人都拱着走。我看着她，不知怎么就有点佩服。

路上有个人在前头走，心里顿时踏实多了，原本空荡荡的山林，也不觉得怕了。我放慢脚步，和她保持着不远不近的距离。

她的背影一会儿清晰，一会儿又被雾吞掉，像是山雾里长出来的。而我，只是个不小心闯进去的外人。

她的步子慢了下来，我猜她走累了，自己也不敢靠太近，怕她误会。

可她偏偏时不时回头瞟我，那眼神就像在说："你想干嘛？" 我一下子心虚，刚放下的警惕又冒了头，脸也开始发热。

那目光，让我想起了今天早上的毕业典礼——

***

原本说好要在操场办的典礼，临时改到了教室。校门外站满了哭哭啼啼的家长，教室里却静得出奇。

班主任走进来，一言不发，把装毕业证的纸盒重重一放，只说了句："你们毕业了……过来领证吧。"

我们一个个排队走上讲台，像木偶一样。没人说话，也没人催促。

剩下没人领的证书就那样躺在纸盒里，安安静静的，看着都叫人心堵。

突然一阵风灌进窗户，"哗啦"一声，把几张证书吹得满教室乱飞，班主任连忙按住盒子。

我赶紧追过去，抓住几张，低头看着上面都是谁的名字，庆幸自己不在其中。

我下意识望向教室角落，白雅兰坐在那儿，低着头，默默擦眼泪。我和她原本不在这个班。之前的班里的同学都遇难了，仅剩下我俩。

我喉咙也开始堵了，不知道是被风吹的，还是被什么憋住了。

领了证，大家三三两两往外走，脚步都拖得特别慢，像一踏出教室，就没人知道该往哪儿去了。

黑板上还留着我们写的标语：

"我是一朵蒲公英——"

"我是革命的螺丝钉——"

字是用白粉笔写的，有点歪，还带着点孩子气。

刚走出教室，不知是谁喊了声："来玩追人游戏吧！"

男生女生一下子活了，笑着闹着追来跑去，像一群突然被放出笼的鸟，把刚才的沉重全甩到一边。

我也跟着跑起来，结果轮到我去追白雅兰。她跑得飞快，还回头冲我做了个鬼脸。我心一动，忍不住想多看几眼，脚步慢了下来。

后头有人起哄："快点啊！抓住她！"

我只好加快速度，眼看就要追上她了，伸手一抓。没想到她刚好回头，我那只手直接拍在她胸口上——"啪"的一声，连扣子都被扯开了。

空气瞬间静下来。

她脸腾的红了，眼睛死死盯着我，眼里又羞又恼，猛地甩了我一巴掌。

"流氓！"她咬着牙说。

我脑海一片空白，脸颊如火灼，脚下僵立不动。

周围的男生一下围过来，目光跟刀似的刷刷刷朝我刺来。女生们立刻围着白雅兰，把她护在中间，像筑起了一道墙。

阳光透过棕榈叶洒下来，而我眼前却灰蒙蒙一片。

班长走过来，轻轻拉了我一下，把我拽进教室，小声说："我看见了，是个意外。"

她拍了拍我肩膀，冲我眨了下眼："不过这一巴掌啊，全班估计都记住了。"

她语气轻松，我却觉得自己像被钉在黑板上，再也抹不掉了。

第二章

"喂——"

雾里忽然蹿出一声喊，我手一抖，网兜差点甩出去。

她站在前面，背篓歪着，像是特意在等我。

我犹豫了一下，后颈一阵发麻，脑子里还挂着早上的尴尬。她抬手挥了下，干脆得很。

我只好硬着头皮往前走，从她身边绕过去。她低着头，眼角却朝我瞟了一眼——那眼神又亮又近，像是在打量，又像在看笑话。

我下意识挠了挠头，加快了步子。可走出几步，还是忍不住回头看了她一眼。

她还站着，裙角掀着，背篓压在她身后——我这才反应过来：她在撒尿。

脸颊一热，我连忙移开视线，假装未见。可心里偏偏就绷不住，笑意蹿上来，尴尬又……有点说不清的悸动。

还没走远，她就快步追了上来。

"等我！"

我脚下一顿，像被谁拉了一把，手不自觉就把网兜绳捏紧了。

"我让你等我呀。"她一边笑一边喘，声音清亮得像山泉，把那点小尴尬冲得干干净净。

她凑过来，眼睛扫了我网兜一眼，盯上了那只手电筒。

"这个，卖不？"她问得直接。

没等我说话，她已经摘下手腕上的一只錾花银镯，往我手里一塞："换这个，划得来。"

镯子沾着汗，她脑门被背篓的带子扯得发红。我赶紧摆手："不用，不用。"

她以为我不肯，又摘下一只。

"你要是喜欢，我送你。"我解释。

她没想到我会这么说，愣了半秒，忽然就笑了。她把那只旧手电翻过来、倒过去地看，像捡着什么宝贝。

"你会说汉话？"我问。

她擦了下汗才答："会一点。"

"在哪学的？"

"我表妹教的。"

"你表妹是……"

"朵娜。"

"方朵娜？"话刚出口，我的心咯噔一下，差点跳出来了。

朵娜……你是不是在山里偷偷施了什么咒？怎么我走哪儿，都是你的影子。

她没理我那点走神，只是指着前面那团雾气："我要上山了。"

说完，她从裙兜里掏出一块紫红色的小石头，往我手心一塞："给你。"

石头滑滑的、暖暖的，像一个带着露水的花形物。

我抬头，她已经钻进了林子。只剩几片晃动的树叶，像她的影子还在那儿，看着我。

"又剩我一个了。"我嘟囔了一句，嘴里哼起一段进行曲，像跟山林打招呼，给自己壮胆。

我独自走了片刻，脑中还萦绕着她的背影。刚拐过一个弯，身后传来"轰轰"的引擎声——是车！

我立刻跳到路边，心里一阵狂喜——终于来了！只要能搭上，就不用走那十几里山路了！

可那辆大解放压根没打算停，呼啦一下冲过去，轮胎卷起的泥水兜头泼我一身。

我站在原地，裤腿湿透，脚边都是泥。那点刚升起来的希望，被泼了个透心凉。

这时，副驾驶有人大喊："停车！营长的儿子在招手！"

车子"吱"地一声急刹，山谷都回了音。

车门"砰"地开了，一个人跳下来，逆着光朝我跑过来。我眯眼一看——是朵娜。

她一边跑一边招手，笑得像小时候在操场边追着我跑的那个她。

我刚迎上去，她"啪"地抢过我手里的网兜，笑得像占了上风："幸好我眼尖，不然你就得在山里成精啦！"

我张嘴想说"谢谢"，话还没出口，余光就瞟到车上的人都在看。有人窃窃私语，有人笑出了声。

她已非当年那个扎着小辫子的丫头，如今高挑利落，笑里藏着几分我读不懂的深意。

我心跳紊乱，难以开口，只低声说："你……你快去车头吧。"

说完就低着头往车厢里爬，像犯了错似的，结果她还拿着我东西，我都忘了。

等我回过神，她正站在车门边，伸出一只手。

那一瞬间，我想起她小时候站在草垛边喊我："拉我一把。"

我伸出手，握住她的手腕。

她的手软软的，热热的，带点不一样的味道。那种感觉，从她跳下车的那一刻起，就一直缠着我，甩不掉。

***

车厢里早挤得满满的，都是十五营的熟脸。

靠窗那是陈佳，营里的文书，瘦瘦的，像在发呆；大贵在角落里抱着手风琴，头发跟鸟窝一样，像刚睡醒；还有"四眼"，抱着本书，瞅我一眼，又回到他书中的故事里。

最会搞热闹的是伍大尚。他高个子，一堆姑娘围着他，听他在讲拍照技巧，笑声跟爆米花一样"噼啪"炸开。

有些人我叫不上名，但脸熟，就像这沿路的山一样，熟到眼里去。

陈佳冲我们招手："过来，挤一挤还能坐！"

她往里缩了点，我和朵娜就肩并肩挤进角落。

她打量着我们俩，像在丈量时光："刚来这儿时，你俩还鼻涕一把泪一把的，现在都长开啦。"

大贵听见了，赶紧献殷勤："朵娜你过来，我拉首新歌给你听！"

还冲她挑眉，一脸自以为是的"帅"。

朵娜白了他一眼："吥！"这一声又脆又直，把一车人逗笑了。

陈佳笑着摇头："大贵你这嘴，又皮了？小心让你再写一遍检讨。"

朵娜今日格外精神，白的确良衬衣配蓝布裤，草绿球鞋搭红袜，辫子上系着洛卡族常见的红丝带，一看就是"出任务"的架势。小时候的她，总穿打补丁的旧衣服，哪像现在这神气。

我忍不住笑她："你们这是阅兵回来？"

"错啦！"她笑出声，眼睛都弯了。"你看大家拿的啥？"

我这才看到车角落堆着二胡、锣鼓、笛子、吉他，原来是文艺汇演的阵仗。

我赶紧找补一句："噢，演出啊。那你表演什么？"

"跳舞呀。"她一扬头，辫子扫过我脸，带点汗香。

我想起她小时候跳《竹舞》，拿过年级第一，便说："你跳得挺好。"

她咧嘴笑了："凑合啦。哪像你，读书好，还进了县城高中。毕业了？"

我看了眼窗外，不太想接这个话茬："嗯，毕业了，回来当工人。"

"好啊，我割了一年胶了。"她像个小大人，"下次演出你也来呗。"

旁边有人起哄："你俩演《小二黑结婚》吧！"

全车笑翻，连锣鼓都敲了几下。

朵娜翻个白眼："你才小二黑。"

她一抬手，我眼角不小心扫到她衣襟微敞的那一线缝，像有光透出来。

我像被烫了一下，猛地移开眼，低头死盯鞋尖，脸发烧得像刚出锅的红薯，热气直窜到耳根。

车一路颠，我夹在她和陈佳中间，晃得像条被吊起来的咸鱼，浑身是汗，手心都湿了。

我实在憋不住了，猛地起身，像缺氧的人窜到车尾，抓着车杆吹风。

山风扑在脸上，凉了点脑子，也吹散了一些心里的麻乱。

"白雅兰啊白雅兰……"我心里叹了口气，那个耳光估计是真打出后遗症了。

大贵拉起琴来，旋律是首老知青歌。

起初只有几个人小声哼，后来声音越来越多，像水涨一样，慢慢漫过整节车厢。

　　这些歌，平常不敢唱，只敢趁没人盯的时候放开嗓子。歌声里藏着太多东西：故乡，校园，妈妈，还有……也许还有没来得及说出口的名字。

　　旋律绕着耳边转，轻飘飘地贴过心口，有点涩，又带点温。

　　除了我和朵娜，车上其他人都是从各地来的知青。陈佳十五岁那年就来了，我还记得她刚到那天，一个人坐在河边的石头上，背着光，偷偷抹眼泪。那画面像被印进了我脑里，到现在都还亮着。

　　车过了野猪岭，路更难走了。泥坑连着泥坑，树根从坡上红土里冒出来，像野兽的爪子；另一边是崖，雨后水猛，山洪在底下咆哮。

　　我忽然想起——小艾就是在这一段出的事。那次她被卷进拖拉机底下，命断在这条路上。

　　我最后一次见她，是在大榕树下。那天妈让我跟着她和陈佳进城。

　　她蹲地上，用火柴棍给我摆数学题。我三下两下就解了，反过来出题难她，她居然算不出来。我还笑她，她就揉我头发说："你真聪明，等你长大我就嫁你。"

　　陈佳在一旁笑："我要告诉小峰妈，看她怎么收拾你。"

　　那时候的笑，现在还像风铃似的在耳边晃着。

　　突然，车身猛地一震！

　　我下意识死抱住车杆，耳朵里灌满了尖叫和撞击声！

　　我整个人一歪，重心不稳，朝外甩了出去！

　　最后一眼，我看到朵娜伸出手，还有她脸上的惊恐。

＊＊＊

　　我像掉进了个没底的夜里，四周静得出奇，只听得见自己心跳，像隔着一堵墙传来。

　　有人在帮我掖被子，动作很轻，还有一只手从我头发上划过去，像风，带点暖意。

　　"表姐，你说他会不会好起来？"是朵娜，声音有点发紧。

　　"阿爸说没事。你不信阿爸，还能信谁？你妈也快到了，她来了就知道。"表姐听起来比她镇定。

　　"你说，是不是我害的？要不是那天我跟他挤车厢……"朵娜声音低得像怕吵醒我，尾音还带点哽咽。

　　"别想太多了，那是个意外。"

"你不懂。他妈从小就不喜欢我，说我迟早会害了她儿子。你看，我才刚和他靠近一点，就出了事……"

她这句话像根针，不是扎进耳朵，而是直刺我心里某个角落，让我脑子"嗡"地一震，呼吸都凝住了。

原来妈常说的"离她远点"，是这个意思？

表姐沉了几秒，轻声说："有这样的妈，你还是离他远点好。"

空气像卡住了。

我脑海中浮现朵娜低头静坐，眼圈泛红，一语不发。

表姐叹口气："算了，别哭了，当我没说。他其实……挺好的。"

"他一句话都没说，你怎么知道他好？他哪好？"朵娜声音里带着点急。

"昨天我在山下碰到他。我要买他的手电，他不讲价，就直接送我了。"

"他是不是……跟别人不一样？"她问得轻，像在问别人，又像在问自己。

"你是挺在意他的吧？"

"从何说起……"她轻轻吐出一句，像叹气，又像说梦话。

"我听不懂你这句，讲洛卡话行不行？"

我也听不懂。那句"从何说起"，在我脑子里绕了几圈，没往下落。

"嘘，出去说，让他好好睡。"朵娜的声音压低了。

她俩的脚步声，一前一后走远了，屋子又只剩下我一个人，和一颗还在扑通扑通跳的心。

第三章

我睁开眼，发现自己是在一间陌生的竹楼里。阳光透过竹墙缝隙斜斜地洒进来，落在床沿上。

空气里飘着草药的苦味，混着竹子的清香。耳边隐约有人说话。

我动了动脖子，一股撕裂似的疼从后脑勺炸开，我忍不住倒吸一口气。

"我……在哪儿？"我声音干得像砂纸。

"你在芒卡寨，我舅舅家。"一个清亮的声音立刻答上来。

那是朵娜。她站在床边，眼神里带着担心，身上穿着洛卡族的衣裙，颜色明亮，贴身得自然，说不出的顺眼。

她旁边是那个爱笑的表姐。

"朵娜，你话真多。"一个低沉的声音冷不丁插进来。

她立刻缩了脖子，乖乖躲到表姐身后。

我斜眼，是方医生——朵娜的妈，也是我们营里的医生。她脸上没表情，说话干脆利落，就跟她平时查身体时一样。

"朵娜、普洛，你们先出去，我给小峰检查一下。"

朵娜和表姐对视一眼，没说话，转身下了楼。

她们一走，方医生就吩咐："大贵、四眼，把他衣服脱了。"

我这才发现，自己已经穿上了宽大的土布衫。

旁边一个中年男人笑着说洛卡话，我大致听懂了："你那身湿透了，烂得跟从泥坑里捞出来的一样。这是我旧衣服。"

"这是我哥，朵娜的舅舅。"方医生补了一句。

我挣扎着想坐起来，身子却像软泥一样："舅舅好……谢谢您。"

"裤衩要脱吗？"大贵一本正经问。

"脱，哪儿都得查。"方医生面不改色。

"看看零件在不在，是吧？"大贵冲四眼挤了挤眼，四眼差点憋出内伤。

我刚想抬手挡一下，才发现右臂使不上劲，手指都在抖。

舅舅在旁边说："他那胳膊脱臼了，是我接上的。你再看看。"

方医生摸了摸我的胳膊，眉头立刻皱紧了："接偏了，得重来。"她叹口气："哥，我教过你多少遍了，你不长进。"

舅舅挠头，笑得有点心虚。

还没等我反应，大贵和四眼一左一右按住我，像早就排好动作。

"诶——等……啊啊啊——"

"咔！"像骨头里放了个鞭炮，疼得我眼前一黑，差点又晕过去。

"好了。"方医生拍了拍手，干脆利索，"回营再找我复查。"

大贵试探着问："那我们……去寨子里溜达溜达？"

"溜你个头。"她一瞪眼，"尽快下山，小峰还得查脑袋。"

大贵立刻噤声，跟被定住似的。

舅舅在一旁打圆场："别急，先吃点饭吧。"

"快点。营长还等着他儿子。"

"你说什么？"舅舅的脸一下拉下来。

"这是营长的儿子。"方医生语气平静。

舅舅听完，脸色彻底冷了，银项圈随着呼吸剧烈起伏："那你们赶紧带他走，一分钟都别留。"

"哥！"方医生急了，"他又不是当官的，还是个孩子！"

"可他姓唐，我不信他，也不信你。"

舅舅一挥手，脸僵得像石头，不再看我们。

我躺在床上，一头雾水，不知道气氛怎么突然变了。

***

检查完，我在竹楼里昏睡片刻。到了中午，山雾散去，阳光洒在竹楼外的石板上，湿漉漉地泛着亮光。

大贵和四眼一前一后抬着担架，小心地往寨外走。我被架在上面，感觉自己像一头要去赶集的牲口。

刚走到寨口，一阵哗啦啦的水声传来，还夹着几个女孩子的笑声。

大贵扭头找笑声，脚一滑，整张担架猛地歪了，我"啪"一声摔在地上——屁股先着地，接着是脸。

我正要哀嚎一声，余光却扫到了不远处：

水潭清亮，阳光撒在水面，像碎银子在跳。几位姑娘在里头玩水，笑声飞扬，朵娜和普洛也在——头发湿湿地贴在脖子上，身形若隐若现。

我下意识往前探了探头。

突然，一道阴影挡住了我的视线。

方医生站到了我面前，语气平静："看什么看？一方水土一方风俗。"

大贵一边扶我，一边嘴里嘀咕："方医生，你闺女……光着腚……"

方医生扫他一眼，目光像刀子，大贵立刻闭嘴，连喘气都小声了。

她转向我，那眼神带着警告：再敢瞄一下，试试看。

其实我不是第一次看见。

甚至，比这更……直接的，我也见过。

＊＊＊

那是很多年前的事。

一个月亮挂在营部屋檐上不肯走的夜晚，我们几个小孩在屋后玩捉迷藏，小海趴在朵娜家厨房的竹墙上，眼睛瞪得溜圆。

我凑过去，也跟着扒着缝隙往里看。

屋里灯光昏昏的。她爸光着膀子坐在桌边抽水烟，火星一闪一闪，照得他胸口肌肉一跳一跳的。她妈蹲在地上洗衣服，头发垂着脸，偶尔站起来拿东西，身上全没遮挡。

我当时愣住了，脑子里只剩一个念头：他们是不是太穷了，连衣服都舍不得穿？

那晚我差点跟妈说，要不送点旧衣服过去。但又怕她追问我怎么知道的，最终还是没敢张嘴。

营里有些孩子老说朵娜和她几个妹妹晚上不穿衣。我不太信。她明明那么懂事，怎么可能？

直到有一晚，我练完"忠字舞"回家，经过他们厨房，灯还亮着，里面有人在吵。

我轻轻靠近，从竹墙缝往里看。

她爸还坐在老位置，腰上围着条旧毛巾，烟袋在手里一明一暗；她妈赤着上身，一边擦手一边骂："你是不是故意的？水壶那么烫往人身上蹭？你爸都烫着了，还想不想吃饭了？"

朵娜站在一边，只穿着一条小裤衩，头低得看不见脸，肩膀一抽一抽的，眼泪一颗颗往下掉。

我躲在墙外，说不清是紧张，还是难过。

＊＊＊

下山后，方医生亲自把我送回家，对我爸妈说我脑袋磕了，要静养些时候。

我妈什么也没问，脸一沉，把我直接赶上床，甩下一句："哪儿都不准去。"

第二天，四眼上门探病，脸上带着点说不清的慌。

记得山路上，是他抬着担架走在前头。我一路看着他背影，脑子里一直是米蕉的事。想着要不要找他说清，又怕他半路把我扔了。

我转了个弯问方医生："'朵娜'这名字，在洛卡话里是啥意思？"

她嘴角一扬："山里的灵花。"

"怪不得好听。"我假装随口一问，"那'米蕉'在傣语里呢？"

她皱了皱眉："我傣语不行，差不多就是'特别有精神的姑娘'。"

话音刚落，四眼脚下一顿，整个人抖了一下。

我心里一沉：果然有事。

现在他坐在我床边，搓着裤腿，低着头，像个做错事的小学生。

过了好一会儿，他才憋出一句："小峰……你昨天提米蕉……你咋认识她的？"

我盯着他："她有孩子了。你知道吗？"

他脸一下垮了，嘴唇发青，像被人当头泼了一盆冷水："我知道……但我没办法。"

我火了："就这样算了？"

他抬头看我，眼神灰蒙蒙的："我不是不想管……但也只能当笔风流债。"

"风流债？你个诗人真潇洒啊。"我冷笑。

他摘下眼镜，用袖子擦来擦去，又看我一眼，眼里全是慌："小峰，你不懂……这事要传出去，会毁了我。未婚生子，民族政策，组织那边查得很紧。"

我怔住了。

他见我没说话，更急了："你骂我我认，但你别说出去，求你了。"

那样子，我要是不答应，他可能会跪下来。

我没说话，可眼神软了几分。他像看懂了，从口袋里掏出一本书塞给我。

我低头看，是《钢铁是怎样炼成的》。

我脸上松动了点——这书我确实爱看。

他凑过来，压低声音："别告诉别人，我那还有一堆好书，你慢慢挑。"

我点了点头。

他走了，脚步轻得像只偷油的老鼠。

我坐在床上，捧着那本书发呆——

原来，成年人的世界，真的不是我以为的那样。

＊＊＊

天刚亮，外头赶上工的人稀稀拉拉地走远了。

我妈刚开门准备出院子，一个熟悉的声音响起："阿姨，小峰在吗？"

妈站在门口，声音冷得像冰："孩子，有事？"

"我来拿……我舅舅那套衣服，小峰穿的。"

我一下翻身，冲到窗边。

晨雾还没散，她穿着打补丁的旧衣服，腰上别着割胶刀，刀鞘被胶汁染黑，辫梢挂着几滴露珠，站在那里，像一棵清瘦却直挺的野草。

我抓起衣服想出去，妈已经堵在门口："衣服给我。你回床上去。"

她接过衣服，顺手把门"啪"一声关上。

门外，朵娜低声问："小峰他，好些了吗？"

"嗯，不用你管。"妈的声音硬邦邦的。

我透过窗户，看着朵娜离开，脚步缓缓的，像心里藏着话。走了一段距离，她突然回头张望。

我赶紧伸出手朝她挥了挥，想让她"别介意"。

她看见我，嘴角扬起转瞬即逝的笑，然后快步消逝在茅屋后。

妈直到她走远才出院子，往办公室方向去了。

我躺回床上，装样子翻着小说，神却早飘远了——满脑子都是她回头时那个神情，还有那一瞬的笑。

我闭上眼，开始胡思乱想：我在水井边追上她，说了很多话，她冲我笑着；打水的人来来往往，擦身而过，我们一点不介意……

这时，后窗突然传来两声轻轻的"笃笃"。

我掀开窗帘——朵娜就在窗外，笑盈盈的，眼神里藏着点狡黠。

我赶紧绕过去开了后门，把她让进来。

她小心地四下张望，像个做贼的小孩，确认没人，这才长长吐了口气。

"坐吧。"我压低声音。

"不坐了。"她手里晃着一样小东西，笑得眯起眼，"我来还你一样东西。"

"啥？"

"你猜。"

"猜不着。"

"提示一下，是你意外得来的，又差点弄丢的。"

我脑子里一闪："你表姐送我的那块小石头？"

"答对啦！"她笑得眼睛都弯了。

"你怎么找到的？"

"换衣服的时候，它掉床底下了。"

我接过那块石头，一触到那温润的表面，心里竟冒出一丝说不清的高兴。"多亏你了。这块石头挺难得。"

她忽然盯着我，眼神有点意味不明："除了我表姐的石头，你还收过别的女孩送的东西吗？"

"哪有人送啊？县城那些女生，一个比一个做作。"

"那你收了这块，就不怕她误会？"

"误会啥？"

"误会你喜欢她啊。"

我愣了下，不知道她是在意还是故意逗我，赶紧解释："这块是我们交换的，不算礼物吧。"

她轻轻哼了一声，脸上挂着似笑非笑的表情。

"你伤好点没？"她换了话题。

"好多了。刚醒的时候，连你是谁都认不出来。"

"真的？"她眼睛睁得圆圆的。

“脑袋摔傻了。”我笑着说。

“别拿这个开玩笑。”她突然正色，眉头轻皱，“那天……你真是捡回一条命。”

我低声问：“告诉我，那天到底发生了什么？”

第四章

　　朵娜坐在我书桌边，指尖轻轻拨弄那块紫红色的小石头，眼神却越过窗沿，飘向窗外的晨雾。

　　"那天，车轮陷进水坑，车一斜，你就被甩了出去。我想拉你，可真的来不及。"

　　她的声音轻得像风吹过，带点颤抖。但很快，她收了情绪，语气重新平稳起来：

　　"你滚下崖，挂在树上。车动不了，也没人敢下去救。后来选了几个跑得快的去营部搬救兵，我一算——来回至少到半夜，那树枝又随时可能断。"

　　她顿了下，目光闪了闪："我想到山顶是芒卡寨，我舅舅是猎人，他一定有办法。我就一个人上山了。"

　　"你怎么不找人陪？"我脱口而出，"山那么黑，你一个人要是……"

　　"太慢了。"她截住了我的话，语气干脆利落。"他们跟不上我。我借着月光一路跑、一路摔，脑子里只有一个念头——不能让你掉下去。"

　　我张嘴，却无言，胸口涌上一股暖意。

　　她轻轻笑了："那晚山里安静得奇怪，连野兽都不吭声。"

　　"后来呢？"

　　"我舅舅带寨子里的几个小伙子，拿着绳子和火把冲下去。他们是猎人，那些陡崖跟平地一样。你刚被拽上来，天就变了，雨像瓢泼似的，挂着你的那棵树在大风里晃来晃去。"

　　我咽了口口水："朵娜……这条命，是你救回来的。我真不知道怎么谢你。"

　　她摆摆手，笑得轻快："谢什么呀。要谢，就给我讲点县城的故事听。"

　　"行！"我认真极了。

　　正说着，大门"吱呀"一响，妈的声音隔着墙飘进来："小峰，你看见我的私章没？"

　　我俩一下僵住。

　　"没啊，也许还在你办公室？"我故作镇定地答。

　　屋外翻得乒乒乓乓，脚步越来越近。我把朵娜塞进大衣柜，自己走出去装模作样地帮她找。

　　妈盯着我："你妹妹在屋里？"

　　我心口一紧："没有，我在看书。"

　　她眼神一沉，"不是你妹，就是别人。叫她出来。"

　　我满手是汗，站着没动："妈，我都多大了，能不能别管我像看贼？"

　　她刚要火，衣柜门"哐"地一声。

　　朵娜低头走出来，小声说："阿姨……我只是来还一样东西。"

　　妈的脸沉得吓人："朵娜，我跟你说过什么？让你离我儿子远点，你自己答应过的。"

　　朵娜咬着唇，声音低得像蚊子："我记住了。只求你别再去找我妈。"

　　"就聊了几句……"我着急了，"你至于吗？"

　　她冷笑一声："孤男寡女关着门，你觉得别人会怎么说？一句闲话能毁了你们两个。"

　　朵娜眼圈泛红，泪珠'啪'地滑落。

　　妈叹了口气，但语气还是硬："我说得重，可你得听进去。这世道对女孩子，比你们想象得要苛刻。你走吧，走后门。"

　　朵娜没多说一句话，转身走了。背影单薄得让人心酸。

　　妈把我按回椅子上，声音带了些沉重："小峰，你要真想有出息，就别把命赌在这个大山里。你是能走出去的人。"

　　我抬头看着她，小声问："就因为……她妈是洛卡人？"

　　她的眉头动了动，声音压得低："她那个样，在我们这儿，是走不通的。"

　　过了一会儿，她像是压不住情绪，又加了一句："她都这么大了，洗澡时不遮窗帘，毫不在意别人的目光。你要真跟她扯上，谁替你说理？"

　　我皱眉，低声反驳："你怎不去责骂那些偷看的？"

她气得抬手在我头上敲了一下："你是真摔傻了？歪理多？"

＊＊＊

在家休养两月，胳膊渐愈，朵娜的背影却常在脑海浮现。我冲上篮球场，想用奔跑驱散心头的沉重。

太阳毒得像火，汗把背心都浸透了，脚底快跑出火星，可我一点也不嫌累。那种久违的奔跑感，像把自己一点点拼回原样。

傍晚，我拎着篮球回家，身上的汗衫都能拧出水。刚进屋，就见爸坐在饭桌边抽烟，烟圈在他头顶盘旋。他一抬眼，笑里带着点揶揄：

"来，儿子，咱俩掰个手腕。"

他说得随意，手已经伸出来了，架势十足，像早就猜到我不会拒绝。

妈在旁边翻报纸，头都没抬："他手刚好，别瞎折腾。"

"男子汉别娇气。"爸甩了甩烟灰，"来试试。"

我一屁股坐下，伸手抓住他那只粗得像树根的手掌——老茧扎得我手心直发麻。

我咬牙死撑，胳膊上的青筋都绷出来了，可他那只手稳得像钳子，纹丝不动。

我不服，双手一起上，结果还是——动都不动。

妈忍不住笑出声，爸翻了个白眼："你这小胳膊小腿的，掰不过老太太。"

我甩着手回嘴："那我去练俯卧撑。"

"练那玩意没用。"爸看了眼窗外，"去，把后院那棵老芒果树砍了，劈成柴。干完了，咱俩再比一场。"

那树早就不结果了，粗得得两人合抱。我拎着他那把沉得要命的大斧头，围着树转了两圈，琢磨从哪下第一斧。

这一砍，就是整整一周。

邻居们时不时过来瞧热闹，有的还帮我砍几下。爸倒不急，三天两头过来看我，还不忘点评几句。后来还带来了伐木班的孔班长。

"你看这苗子咋样？"爸朝我努努嘴，笑得意味深长。

孔班长嘿嘿乐："这小子啊，是读书的料。砍树？太斯文了点。"

我手一抖，差点把斧头砍歪了。

结果周末那天，孔班长带着几个伐木工，三下五除二就把那棵老树干倒了。我看着他们那阵仗，心里又佩服又羞得慌。

第二天，爸板着脸宣布："唐小峰同志，从今天起，你是第十五营伐木班正式职工，去孔班长那报到。"

"他行不行啊？"妈斜我一眼，半信半疑。

"放心吧，看我这手茧！"我举起手，做了个鬼脸。

其实我心里比他们都紧张。但想到伐木队整天泡在山里，耳根子能清净，不用听妈念叨，我还真有点期待。

***

报到那天，孔班长将一把沉甸甸的斧头往我手里一塞，斧柄上还带着老茧打磨出的光："这是你的命根子，别弄丢了。"

他动作利索，说话像下命令，浑身带着股操场哨子的味道，眼神比烟头还烫。

我扫了一眼队伍，大贵、大尚、阿华，还有几个皮肤晒得爆皮、眼神像老鹰的退伍兵，个个手脚利落，站姿像钉子。只有四眼，戴着那副厚得能挡子弹的眼镜，杵在人群里，像错入片场的文艺男主。

孔班长让我先回趟家，拿宿营的东西。

等我气喘吁吁赶回集合点时，发现朵娜和阿春嫂也在队伍里，背着锅碗瓢盆，一副要上山驻扎的样子。

我心中迟疑，却暗生一丝欣喜，想上前搭话，孔班长一嗓子扯过来："小峰，给你安排任务。斧头拿好，狗你牵，它叫'雪豹'。路上女人背的锅啊碗的，你轮着帮。行不行？"

"行！"我点头如捣蒜，心想：这任务算是照顾新兵了，其他人身上挂的全是沉甸甸的大包袱。

"出发！"班长喊。

话音刚落，朵娜却冒出一句："我……我不去了。"

大家都愣住了。

"你说啥？"孔班长皱眉，"你是上头派的。"

"换人。"她声音不大，但倔得像石头。

"换谁？你妈？"班长有点火了。

"我妈就我妈！"她一把扔下背包，炊具哐当作响。

班长叹了口气，不愿跟她争，"朵娜，算我求你，别误事。"

我看得出来，她是怕跟我一块出任务被人说闲话。我凑近压低声音："包太重？我帮你拿。你牵狗。"

她死拽着背包不撒手，瞪我："你就那么想当挑夫？"

我们就这么僵着，四眼一脸无奈，大贵直接冲上来一把抢了过去："别耍花样了，快走。"

朵娜默不作声地牵起"雪豹"，我拎着斧头，队伍总算动了。

我们一行人沿着溪水往山里钻，树林越走越密，脚下的路变成了湿滑的青苔石。

朵娜紧贴阿春嫂，一路不搭理我，却故意提高嗓门："春嫂，你说当伐木工好，还是文书好？"

阿春嫂打量她："文书要文化，你行？"

"我要是高中毕业呢？"

春嫂瞟了我一眼："小峰，你高中念完的吧？营长真是你亲爹？居然把你往伐木队一塞。"

我看了看朵娜，她挺胸抬头，像替我抱不平。

我笑着回："问我呀？我就是喜欢砍树，苦中有乐。"

朵娜"哧"地一笑，声音里藏着点顽皮："是乐还是哭，几天后就知道了。"

说完，她把狗绳塞给我，嘴角一挑："有本事就牵好你的狗。"

她扭头去帮阿春嫂背锅。

没走出几步，"雪豹"突然一声爆吼，像离弦的箭，朝一只野兔猛扑过去。我手里的牵绳被它那股野劲儿一拽，绊着我的脚，整个人打了个趔趄，直直往山涧那边栽去。

"哎——！"

一只手猛地扣住我的手腕——是朵娜！

她咬着牙，用尽力气往后拽，手心冰冷，全是汗。阿春嫂紧跟着冲上来，死死抓住朵娜的另一只胳膊，我们三个人连成一线。

终于，我被拖了回来，坐在地上喘气。

阿春嫂板着脸："锅还我，你看着点他。"

朵娜递过炊具包，一言不发，从我手里牵起"雪豹"就走。我弯腰捡起斧头，悄悄抹了把额头的汗。

接下来的路，她就像影子一样在我左右，时不时扫我一眼，确认我没跟丢。

傍晚，我们终于赶到山腰的伐木场。两座工棚立在林间，大的住男人，小的住女人和烧饭。天色发灰，湖水像一面冷镜子，把树影拉得斜斜的。

男人们甩下包，光着膀子拿着毛巾要往湖边跑。

阿春嫂叉腰走出棚子，手里拎着洗衣桶："晚上想吃饭的就滚回去！女人还没洗呢！"

男人们像被泼了冷水，乖乖退了回来。

等她一声"行了"，男人们才像被放行的鸭子一样冲进湖里，哗啦啦一阵水响，三两下就把裤衩扔岸上，洗得那叫一个爽。

我胡乱洗了洗，裤衩没敢脱。山里安静得很，但总怕冷不丁蹦出个来打水的姑娘。

四眼倒是不讲究，光着身子游过来拍我肩："看得出来，你是念书的，讲点规矩也好。我啊，早被他们带坏了。我爸以前是企业老板，家教可严了，从不允许我这样。"

我不知道他说的是不是实话，但看他一脸认真，倒也不像吹。

吃完饭，大家擦清凉油，套蚊帐，卷草堆。有人刚躺下就开始呼噜，声音此起彼伏。

孔班长用棍子顶住门，扫了一眼棚里："人齐了。"他瞅见我还拍蚊子，从包里掏出一盒清凉油递给我："你啥都没带？拿着，明天活儿重，好好睡。"

我赶紧接过："谢谢班长。"

夜渐深，草味混着汗味和清凉油味，我躺在干草堆里，听着鼾声起伏，感到一种奇怪的踏实。

第一次，我有点明白，"男人"是怎么练出来的。

第五章

清晨，外头突然传来一阵急促的吆喝。

我第一个推门出去，睡意还没完全散去，眼前的景象却让我瞬间清醒。工棚前站着二三十个男人，皮肤黝黑，眼神凌厉，手里握着猎枪和砍刀，一个个像是来山林里围猎的。

领头的是个中年人，个头不高，却气势逼人。他走上前，肩膀轻轻撞了我一下，像是在试探。

我身后的兄弟们纷纷起身，有人本能地抄起斧，有人拳头攥得紧紧的，空气顿时绷紧。

"都别动！"孔班长一声断喝，语气里带着权威，"注意民族政策！"

大家只得强压着火气，空着手从工棚里走出来，在空地上站成一排。没人退缩，一个个眼神都钉在那里，寸步不让。

班长挺直腰杆，迎上去，压低声音却不示弱："你们干什么？"

我赶紧凑近他，小声提醒："你不说洛卡话，估计他们听不懂。"

"他们刚才喊什么？"

"让我们滚。"

我转头跑去叫朵娜。

她正在洗脸，水珠还未擦干，便跟我快步来到队伍面前。

朵娜站定，没有丝毫犹豫，把孔班长的话一字一句地翻译过去："我们是奉命砍伐，有县里的批文和农场的公章。"

洛卡人仍旧不肯退去，吵嚷得更大声了。

朵娜抬起下巴，平静地说："你们说这是祖地，可是当初是你们自己把山卖给林场的。祖地，不是靠嗓门守的。"

空气突然凝住了，那群人面面相觑，气焰顿时减弱了几分。领头的人咕哝了几句，挥了挥手，示意队伍往林子里退。

人群渐渐散去，一个年轻男子却落在了最后。他忽然高声喊了一句："姑娘，你也是洛卡族！跟我们回寨子吧！"

　　这声音突如其来，所有人的目光齐刷刷聚在朵娜身上，连孔班长都皱起眉头，脸上掠过一丝隐约的担忧。

　　朵娜站着没动，过了一会儿，淡淡吐出四个字："狗咬耗子。"

　　说完，她转过身，步子不急不缓地回了工棚，仿佛那句话根本没在她心里掀起任何波澜。

＊＊＊

　　太阳升起，林间的雾尚未散尽。阳光透过枝叶，洒在地上，斑驳陆离。

　　孔班长站在一棵粗壮的柚木前，"咔"的一声，斧头劈进去，斧刃深深卡住。他满意地点头："找树干活！"

　　我们两人一组，喊着节奏："嘿哟！嘿哟！"斧头轮流砍下，木屑飞溅，汗水顺着脖子往衣服里钻。

　　砍树不仅是力气活，还得看准角度和纹理。每几斧就得停下来观察裂缝的方向，免得整棵树倒错方向砸到人。

　　我和阿华一组。他笑嘻嘻地吐了口唾沫往掌心一抹，抡起斧头在我面前炫了几下："瞧好了，小兄弟，砍树这事得靠巧劲，像切豆腐。"

　　话音刚落，他那斧头一滑，脱手飞了出去！我眼睁睁看着斧头朝我胸口飞来，像电影里的慢镜头。

　　我来不及躲，条件反射地举起斧柄——

　　"铛！"一声震耳的撞击，我只觉得手一麻，虎口发疼。斧头卡在我木柄上，我人被震得仰面倒地。

　　"你是不是脑子里进了木屑！"孔班长冲上来，一把推开阿华，怒声斥责，"离他远点！"

　　他扫了一圈工地，"从现在起，小峰跟我搭档！"

　　其他人低头干活，没人吭声。

　　这时，大贵在旁边突然蹲下，兴奋地叫："鸡枞菌！好大一窝！"

　　他脱下汗衫，将鸡枞菌小心兜起，喜滋滋抱来，菌子散发着泥土与草叶的清香。

　　班长瞄了一眼，冲我笑："小峰，送去灶房！中午吃鸡枞汤！"

　　我抱着菌子跑去厨房，看见阿春嫂正在添柴。

　　"朵娜呢？"我问。

她头也不抬："湖边打水去了。"

我掉头往外，脚底落叶沙沙响。

湖边被一层薄雾罩着，水气飘得轻柔。我远远就看见朵娜的身影，孤零零站在水边，弯着腰，正吃力地提起一桶水。

"朵娜！"我喊了一声，快步跑过去。

她抬头，长辫子滑落在肩上，沾着水珠。

我伸手去接她桶："我来。"

她嘴角一弯，笑里带点嘲弄："你行？"

我不说话，直接接过水桶，桶重得让我胳膊一沉。

"哎……你抓到我手了。"

我脸一热，忙松开，"不是故意的。"

"是哦。"她语气拉长，眼里却有种戏谑的光。

我们并肩走着，桶一人提着一边，步子总是对不上，水晃得咣咣响，洒了她一脚。

她皱眉，没抱怨。

"快到棚子了，你可以放手了。"她说，怕被阿春嫂看见。

我故意将桶握得更紧："一起提，又不犯法。"

她停下脚步，低头看着桶，沉默了几秒，"小峰，我觉得……咱俩还是别太近。"

这话像闷雷一样砸下来。

我愣住："你不愿意？"

她没抬头，脚尖踢开一颗石子，看着那颗小东西滚进草丛，低语道："你我……不是一路人。"

"谁说的？"我下意识顶回去，语气里带了点火。

她抬起头，眼里一点湿光亮得刺眼，像含着一滴泪，在睫毛边上，不掉也不干。

我有点惶恐，伸手想替她拭泪。

她往后退一步，像只受惊的鸟，然后突兀地把水桶塞给我，桶柄的金属棱角硌得掌心生疼。

"你来吧。"她嗓音沙哑，头也不回地往坡上走去，背影被晨雾渐渐吞没。

我站在原地，手还握着那只水桶，掌心传来沉甸甸的凉意。

***

夜里风起，雷声滚滚。雨点密密地砸下来，噼啪作响。

工棚漏水了，我们拿被单当棚布支在顶上，木棍撑起一个个临时小帐篷。雪豹躲在角落里打哆嗦，我把它拉到身边，用衣服把它盖住，手摸着它湿淋淋的毛。

耳边除了雨声，就是山洪轰鸣，那种咆哮从远处扑来，像是整座山都在喘。

我抱着胳膊蜷缩在干草堆里，一点困意都没有。

***

天刚亮，雨停了，天边泛出淡淡的青白。

湖面如洗净的镜子，平静无波。

阳光渐渐洒落，金线跃于水面，夹杂着松脂的清香与远处的鸟鸣，透出一股静谧。

大家脱了衣服，一股脑跳进湖里，把圆木一根根推到深水中，看它们顺流漂下山。

我正在岸上忙着，水中的四眼呵呵冲我笑，推推他脸上的厚眼镜，忽然叫起来："小峰！你裤衩呢？"

我低头一看，连条布影子都没有。

***

夜幕再次降临，雪豹却未归来。

孔班长眉头紧锁，脸上浮现出一丝难以言喻的凝重："这可不是什么好兆头。去通知女同志，今晚睡觉时记得把门顶好。"

四眼挤出一抹笑，调侃道："它啊，要么跟熊瞎子杠上了，为正义捐躯；要么遇上了相好，天雷勾地火，成亲去了。"

夜深了，我们围坐在窝棚的油灯下，火苗跳跃不定，影子在棚壁上忽大忽小地晃动。

四眼像打开了话匣子，讲起一个个故事：表妹爱上表哥、红军女战士开枪杀情人……听得大家一愣一愣的。

工棚里除了班长，清一色光棍，话题大多绕着女人转。

有人提起隔壁连的女知青："那女孩儿啊，腰细腿长，就是不肯嫁，说非要回城。"

"谁会真留下？"另一个叹气，"迟早都得走。"

大贵眯眼看我："小峰，你梦中情人是朵娜吧？"

我瞪眼："少扯。要真传出去，影响她名声，小心哪天方医生给你下药。"

大家笑翻了天。

班长却冷不丁冒出一句："那姑娘是好看，但性子野，拿不住。"

话不重，却扎心。这世界对朵娜的看法，总是带着一股偏见。

大贵笑着把枪口转向四眼："你最怪，老往方医生家跑。朵娜小你十岁，方医生大你十岁，你到底吃哪边的菜？"

笑声瞬间炸开，四眼嘴硬："我是搞民俗的，在采风，你懂吗？"

我没笑出来，只觉得这些笑声底下藏着东西。

大家都知道，朵娜她爸牺牲后，四眼经常去她家，带东西、帮忙……连她家的狗都认得他。他所谓的"采风"，到底是采谁的风？

＊＊＊

"咚"的一声，像是顶门的木棍倒了。

我睁开朦胧的眼，见大尚悄悄出门，抱着画板，又将门重新关上。

反正醒了，我索性爬起来跟了过去。

林子还笼着一层薄雾，他背着画板，踩着湿软的落叶走到湖边。

他立在湖畔那块巨石上，目光落在湖面树影间，一动不动，像是在构思。

不久，画笔开始落下，纸上沙沙作响，像风拂过枝头的声音。

我悄悄靠近一点，小声说："你画得真好。谁教你的？"

他手顿了一下："我爸。"

"他也画画？"

"以前是美术教授，现在在五七干校……"声音低得几乎听不见。

我不敢再问。

他继续画了一会儿，然后把画板转过来递给我。

那是一幅晨雾中的湖景，光线柔和，树影微晃。

"喜欢吗？"他问，"喜欢就给你。"

我盯着那幅画点头，心里有所触动。

"你能教我画吗？"我脱口而出。

他愣了下，随即笑了："等下了山，来找我。"

那一刻，晨光忽然变得很亮，暖暖的。

回窝棚的路上，远远看见朵娜正提着水桶往湖边走，身影在薄雾里时隐时现。

我举手打招呼，她却没回头。

是没看到，还是不想看到？我心中失落。

大尚望去，轻轻说："你看，她像不像画里走出来的？"

我盯着她的背影，心想：如果我是风，一定跟上她的脚步，或做那雾，缠绕她，让她无处逃逸。

＊＊＊

刚回窝棚，就听班长低声喊道："我今早那泡尿，白得像豆浆……你们说，我是不是废了？"

"多白？"有人好奇。

"你们跟我来看！"班长一招手，把我们领到后林。

他指着地上一滩，白得发亮，像谁泼了石灰水。

"肾出问题了吧？你昨天不是扭了腰？"阿华皱眉。

"我看是精气泄太多。"大贵笑得贼兮兮。

四眼难得正经："班长，你别拖，赶紧下山找医生吧。"

"我先喝点酒压压。"班长摆摆手，神情却有点心虚，"再看看。"

他说完又恢复平常样子："行了，干活去！"

我们散开，各自拿起斧头。我望向小工棚，朵娜的身影未出现。

那句"你我不是一路人"仍如针扎在心头。

我握紧斧柄，试图用砍树的节奏压下思绪。

林间回荡着斧声，汗水混着木屑滑落。

第六章

　　夜深了，虫鸣断断续续，林子深处偶尔传来几声低沉的兽叫。工棚里，呼噜声此起彼伏，一浪盖过一浪，又慢慢被夜色吞没。

　　我被一泡尿憋醒，摸起手电，蹑手蹑脚地推门出去。

　　没有月亮，也没星星，湖面躲在黑暗里。

　　刚走到灌木边，一道微弱的手电光在远处的小木棚前一闪，像是黑夜眨了一下眼。

　　我猛地举起手电照去——棚门前站着个高大的黑影，背上驮着一个人！

　　"站住！"我吼了一声。

　　那人像被电了一下猛地转身，朝林子狂奔。

　　我刚想追，那人却被树根绊了一跤，人和电筒一起翻倒在地。

　　他几乎是爬着抓起电筒，一头扎进林子，眨眼就不见了。

　　我气喘吁吁地跑过去，手电筒的光束在地上慌乱地扫过——朵娜正仰面躺在那儿。

　　我膝盖一软就跪了下去。她双眼紧闭，呼吸轻得几乎感觉不到。我颤抖着拍了拍她的脸颊："朵娜？能听见我说话吗？"

　　她静静地躺着，仿佛和黑夜成了一体。

　　我手都抖了，朝工棚那边大喊："快来人！朵娜出事了！"

　　不出两秒，工棚像炸开了锅。提斧头的、抢木棍的都冲出来了。

　　孔班长蹲下摸她的脉，脸色一沉："没外伤，脉稳……怎么晕了？"

　　阿华凑近闻闻，皱眉道："身上有股甜味……像是'迷魂烟'，把人迷昏的那种！"

　　这一说，众人都惊了。

　　"抬回大棚！"班长一声令下，"几个人顺着那人逃走的方向搜，看看有没有留下什么！"

　　"是！"大家齐声应下。

　　班长快步往小木棚赶去，我紧跟着他。

他推门进去，灯光一扫——阿春嫂蜷在床角，睡得正熟，怎么叫都不醒。终于她迷糊睁眼，声音沙哑："干嘛啊？"

"有人进过屋你都不知道？"班长声音拉高。

"没听见……我早就睡了。"她皱眉。

"那朵娜怎么出去了？"

她愣了一下，说："半夜能把她叫出去的，不就你们小峰嘛！"

我气得差点跳起来："你别胡说！她是被人偷走的！"

班长又问："你能起来不？"

阿春嫂翻个身，嘟囔："我又没偷人，干嘛不让我睡？"

班长脸一冷："朵娜被下药了，需要人照看。"

她立马坐起身来。

＊＊＊

大约一小时后，朵娜悠悠醒过来。她眼睫颤了颤，睁开眼，满屋人围着她，人人表情都有些古怪。

"怎么回事……你们怎么都在？"

班长蹲在她边上，语气沉稳："你被人下了迷魂烟。"

她皱眉，抬手揉了揉额角，像刚从梦里爬出来："难怪……我以为自己在做梦……"

她坐起来，急切地问："是谁干的？"

"别急着想这个。"班长劝道，"你看看身体有没有不对劲。"

朵娜低头看了看衣服，又转转肩膀、脚踝："没事，就是有点虚。"

班长点点头，"这地方不安全。天一亮就撤。"

没有人反对，连大贵都没吱声。

收拾、打包，整个过程像是演无声剧。没人闲聊，没人插科打诨。

朵娜坚持要自己走，无需帮助。我悄悄伸手拿了她的包袱，她看了我一眼，没拒绝。

回到营部，我们被一个个叫去保卫科谈话。调查人员语气虽平，眼神却像在掏你心底的秘密。

谈完没多久，他们又宣布给我们放两天假，"表彰伐木期间的突出表现"。

我心里却直犯嘀咕：这"突出"里，到底算不算那一夜？

***

星期天早晨，雨后的篮球场还残留着水渍，阳光斜洒在湿漉漉的地面上。我和妹妹在练投篮，球落地时激起的水花溅湿了鞋子。

远远地，陈佳走了过来，手里拿着几张稿纸，冲我晃了晃："稿子写得不错，立意也新颖。我改了几句，准备送广播室。"

我接过来看，是我写的那篇《伐木纪实》。她删去了些花哨的词句，增添了几分像剁木头般的劲道，字里行间透着粗砺的质感。

"改得好。"我笑着把稿子还给她。

这时，四眼晃荡而来。他一手捂着腰，衣摆鼓鼓的，身上带着未散尽的酒气，眼神飘忽。

他猛地抢过稿子，瞥了一眼，嘴角微微上扬："伐木日志？怎么没写光腚洗澡那段？"

陈佳麻利地夺回稿子："你是不是又喝多了？"

"没酒，哪来的诗兴？"他笑着挥了挥手，一本厚书"啪"地落在地上。

我弯腰捡起来，是《静静的顿河》。

"还我。"他说。

"借我看看？"

"不行，你上次那本还没还，一次只能一本。"他凑近我，神秘兮兮地说，"这是我珍藏的，你别声张。"

说完他就把书揣回怀里，拍拍衣角，飘然离去。

陈佳看着他背影，摇头笑道："这书呆子哪天掉进河里淹死了我都不意外。"

我和妹妹跟她告别，沿着小路往家走。走到方医生家门口时，一阵吉他声从后院飘来，轻柔婉转，像山歌。

我踮起脚从篱笆墙望过去，朵娜正坐在石凳上，怀里抱着一把旧吉他。阳光洒在她肩头，她的侧脸被映得像幅画。

"我去看看。"我跟妹妹说。

"你不是刚答应妈，离她远点？"妹妹斜我一眼，语气酸酸的。

"你不说，妈怎么会知道。"我朝她眨眨眼，便顺着篱笆悄悄靠过去。

菜园里，藤蔓爬满竹架，野花像泼了颜料似的开在脚边，小河慢慢地淌，带着一种初秋的闲意。

朵娜沉浸在琴音里，没注意我。

我拾起一块石子，往河里扔去——水花绽开，她回过头，目光在空中闪过，落在我身上。

她脸上的惊喜一闪即逝，声音低低的："你来干嘛？你已经够惹麻烦了。"

"你也听说了？"我耸耸肩，"他们说别串供，又没说不能说话。"

她低头拨弄琴弦，声音闷闷的："你家肯定恨死我了，以为是我把你拉下水。"

"谁会那么想？"我笑了笑，"再说，我只是证人，难不成还能嫁祸给我？"

她抬眼看我一秒，目光里藏着点不确定。"反正这儿人多，你快走。"

"那不如让我进去，别人就看不到。"

她下意识瞥向厨房，咬了咬唇，小声说："快，钻进来。"

我爬进菜园，她拿了个倒扣的铁桶给我坐下。

"还没谢谢你救我。"她低头，声音像河上的风一样轻软。

我笑了："救命之恩？你可救我两次了。"

"情和债哪能数得清？可能是前世欠的。"

话还没说完，伙房那边传来她妹妹的喊声："姐——你在哪？"

她手一颤，琴弦"啪"地绷断。

我环顾四周，没时间从篱笆溜出去了。

她应了一声，"灶房的火灭了没？"向厨房走去。

趁她转移注意力，我一头扎进河里，凉水打得我直哆嗦，但嘴角却不自觉扬起笑来。

＊＊＊

晚上躺在床上，我脑子里老是浮现她坐在阳光下拨琴的模样，还有那首断掉的旋律。

我想，要是能把那个瞬间画下来，也许它就不会从记忆里溜走了。

第二天一早，我去找大尚。他的宿舍弥漫着铅笔粉和油画颜料的味道，墙上钉着几张素描，边角翘起，像是被岁月翻过的日记。

"这些画……"我摸着粗糙的纸，"每张都很特别，为什么？"

他放下铅笔，淡淡一笑："画画不是复制，是捕捉。人、风景、光影，它们各有灵魂。"

他指着墙上那棵树："你看，它的枝怎么弯，叶怎么长，全是时间的笔迹。你得学会看、感受，然后画的才有生命。"

我看着那棵老树，枝繁叶茂，却留了个空口，把远山让出来。风仿佛就在画里穿行，带着树叶的响动，一丝不漏地钻进我心里。

"你懂这么多？"

他笑里透着一丝怀念："我爸教的，他是个真画家。"

"他要画这颗树，不知道会是啥样子？"

他一愣，"在干校，只能种地。"

空气顿时沉下来，那棵树的轮廓，在我眼里多了一层情绪。

他从桌下抽出一块小画板，一叠纸，还有几支削得工整的铅笔，递给我。

"师父给徒弟的第一份礼物。学艺，从现在开始。"

我摸着画板的边角，心里竟像是握住了一把钥匙，一把可以通往另一个世界的钥匙。

第七章

肖秘书轻手轻脚地推开教导员办公室的门，走到桌前为茶缸续水，温柔地提醒："下一项，是关于朵娜同志遭遇绑架猥亵案的汇报。"

王教导员放下手中的钢笔，眉头微动，神情虽稳，却多了一层冷峻："大案。让他们进来。"

"需要唐营长列席吗？"

"不用。"他摆手，语气干脆，"此案归政工线，营长忙他的。"

"明白。"肖秘书微微一笑，出去将两人引了进来。

一男一女走了进来，都穿着没有肩章的绿军装，腰间别着枪。男的四十多岁，个子不高，走路带风，脸绷得紧紧的。女的年轻些，面无表情。

"坐吧。"王教导员瞥了他们一眼，点上一支烟，慢吞吞地吐出一缕烟雾。

曾科长打开笔记本，公事公办地说："目前线索不足，证据零散，无法锁定罪犯。可能是外人，也不能排除是伐木班内部人。"

"外人？"教导员思索着，"那是少数民族聚居区，稍有不慎，就是政治问题。多注意自己人……堡垒容易被蚁穴从内部掏了。"

"是。"曾科长点头，翻页，"至于内部，我们列了四个重点嫌疑人。"

"说。"

"第一，唐小峰。案发现场发现人的，称夜间如厕偶遇，无旁证。据阿春嫂反映，他和朵娜走得很近。他身上残留微量迷魂烟味。"

教导员敲了敲桌子，示意继续。

"第二，大贵。身材高大，符合嫌犯体貌；案发时不在工棚，行踪不明。且与寨子里关系密切，获取迷魂烟可能性高。"

教导员点头，眼神沉了几分："这人，一向不老实。"

"第三，阿春嫂。她说自己也被迷倒，但症状很轻，不像是真中毒，倒像是装的"

"第四……" 曾科长顿了顿，"朵娜本人。存在自导自演或失控情感纠纷的可能，暂需观察。"

教导员眼睛眯了起来，把烟头按灭："外查要讲政策，内查讲方法。一个个敲，各个击破。"

"是。那请示您，唐小峰是营长之子，朵娜又是烈士遗孤——是一并收审、还是先行隔离？"

教导员想了几秒，"隔离吧。其他两人，收审！"

***

保卫科谈话后，我被安排隔离至三连，带着画板与行李，心绪不宁。一进门，魏连长迎上来，将我领进宿舍。

"小峰，把包放那张床就成。"

"连长，我到底是来干嘛的？" 我放下包，皱着眉。

魏连长个子高，退伍兵出身。他那未婚妻郝姐是四连的头儿，上海人，脑子快，嘴也利。以前她总一个人来我家串门，后来也常拉着魏连长一块儿来。

"体验生活，半个月，不超过一个月。" 魏连长笑着说，语气像在讲放假通知。

"就这？" 我挑眉，"你哄谁呢？"

"咳……" 他挠头，有点心虚，"你懂的，组织安排。"

"我懂。" 我往床上一坐，"放心，我听话，哪儿也不去。"

"你还挺识相。" 他笑笑，"安排你个轻松差事——鱼塘归你管。"

***

那几天过得像池塘水一样闷。我天天拿着画板晃到鱼塘，撒撒鱼食，空闲就照着私藏的朵娜的小照片画她的模样。可怎么画都画不出她那神情。

有一晚熄灯号响后，我刚躺下，魏连长像是随意地说："今天晒被子的时候，翻出你的画了。"

我一下坐起来："你看了？"

"看了。" 他语气平平，"是朵娜吧？"

我没吭声，不知道他怎么想。

"你喜欢她？" 他语气温和，像个哥儿们。

"嗯……但不敢。" 我说。

"怕啥？"

"怕家里反对，怕人说闲话，怕她的眼泪，怕我自己混不成。"我闭着眼，一口气说完。

他没说话，过了会儿轻轻叹口气："我跟郝姐，也不是一路人。走到现在，全靠咬牙。"

我睁眼，他平常总笑呵呵的，原来也有不容易。

他还安慰我："放心，你这点事，我不会说出去。"

"谢谢。"我顿了下，"尤其，别告诉我妈。"

他点头，随口问："你知道朵娜在哪？"

"不是回家了吗？"

"被送到四连，郝姐看着她。"他说，"她没事。"

"她是受害人，怎么也被隔离？"

"斗争需要。"他说得干脆。

"案子查得怎样？"

"大贵主犯，阿春嫂从犯。"

"有证据？"

"在他那儿搜到迷魂烟。"他说，"人吊了两天，等他松口。"

我后背一凉，"逼供，能逼出真话吗？"

他沉默了片刻，换了话题："十一快到了，你打算怎么过？"

我盯着屋顶，笑着："我有个计划，能让你和郝姐过个痛快的节——不过，你得胆子够大。"

他眼睛一亮："说来听听。"

***

清晨的阳光透过层层枝叶，斑驳光影在林间跳跃，像一群调皮的蝴蝶。

我和魏连长穿着洗得发白的旧军装，背着行军干粮，站在溪边树荫下，默默望着山道。溪水在脚边潺潺流淌，夹杂湿泥与青草的清香，空气中隐约飘来松脂气息，翠鸟贴水掠过，划出一道亮蓝弧线。

远处两个身影渐渐走近。

"喂，小峰，那天湖，真有你魏连长说得那么美？"郝姐边走边问，笑里带着一丝挑衅，眼神像要从我脸上读出答案。

我挺身，调整背带，佯装严肃道："要论风景，'仙境'确实不过分。

但——"我顿了一下，看了他们一眼，"这次上山，我另有目的。"

"嗯？"郝姐眉头一挑，"说不清楚，我们就地解散。"

我从帆布袋里掏出一团用旧报纸包着的东西，小心拆开，是一只干裂泛黄的皮靴，鞋底磨得快透了，靴筒上还带着褐色泥点。

朵娜一眼认出靴子上洛卡族常见的刺绣花纹，脸色骤变，"哪来的？"

"关键线索。"我让靴子静静躺在掌心，"我不信大贵是那晚的歹徒。虽然体型像，但动作和步伐完全不一样。这只靴子，也许能用得上。"

魏连长神情紧了几分："在哪儿捡到的？"

"鱼塘边的小道上。"

"但那地方离案发地太远，这靴子当证据，站不住脚。"

"我不是为了交给保卫科，"我补了一句，"只是想摆在逃跑路线，看他们能不能换个角度，不要一口咬死大贵。"

魏连长和郝姐交换了个眼色，笑了出来。

他拍拍我肩："你知道你这行为叫什么？干扰侦查。"

"等等。"朵娜突然神情一凛，"我想起来了！那人抱我走的时候，说了一句——'你是洛卡女人，我带你回家。'"

"啥？"郝姐惊讶地问。

"他说的是洛卡语。"她眼神坚定。

"那，大贵嫌疑就排除了。"郝姐望向魏连长。

"问题是……"魏连长揉了揉鼻梁，"保卫科已经认定是大贵。朵娜的回忆，不构成铁证。"

"不。"朵娜眼神亮了，"我猜出是谁。我去找我舅舅，他知道怎么查。"

"你一个人去？"

"我陪你。"我立刻说。

"你？"她瞪了我一眼，"你忘了上次怎么被我舅轰出来的吗？"

我顿时无言。

"这次，我必须一个人。"她说得斩钉截铁。

我们站在林边，看着她背影一点点消失在雾里。

我一路沉默。

"小峰，你是在担心她吧？" 郝姐笑道。

我低头，脸颊微烫。

天湖在傍晚才露出它的美貌，湖水被夕阳染成一片通红。我领着他们绕湖走了一圈，指给他们看哪儿水最清，哪儿藏螃蟹，哪儿的树最老。

"这湖最适合鸳鸯戏水。" 我装作随意地说。

魏连长轻咳一声，郝姐白了我一眼，嘴角却悄悄弯了。

那一刻，他们不像干部，更像一对在偷偷谈恋爱的青年。

天黑后，我主动说："你们睡大棚，我去小棚。"

"真有人放迷魂烟，你一个人能应付？" 魏连长皱眉。

"你们是情侣，我哪好意思打扰？"

"别乱说。" 他立刻板起脸。

"我们规规矩矩的。你就听魏连长的，睡大棚。" 郝姐也跟着说，耳根却泛了红。

我耸耸肩："好吧，两位连长。不过放心，我睡得跟死猪似的。"

夜深人静，我还是抱着毯子，悄悄溜进了小工棚。

***

晨雾尚未散去，天湖像披着一层浅浅的水蓝色薄纱。

我起得很早，煮了一锅热腾腾的鸡蛋面。

阳光刚洒上湖岸，魏连长和郝姐便从大棚走来。一看见石桌上的早餐，他们俩的眼睛顿时亮了起来——像是赶了一夜山路的人，忽然撞进了温暖的小客栈。

"昨晚睡得还好吗？" 我笑着问。

两人埋头吃面，没吱声，但脸颊通红，连耳根也红得比朝霞还要显眼。

我低头看了眼表："六点整，现在你们自由活动，十一点回来吃午饭，中午十二点下山。"

"你不跟我们一起去？" 郝姐问。

"不去了，我得进林子采点蕨菜和鸡枞菌，午饭好好招待一下你们。" 我笑着挥挥手，"今天我就当回世外桃源的小客栈老板，好好款待你们这对尊贵的客人。"

"那我们走啦！"

　　魏连长笑着牵起郝姐的手，十指相扣。他们的笑声回荡在林间，像轻柔的鸟鸣，也像和煦的风声。

　　望着他们渐渐远去，我心里却突然浮现出朵娜独自走进雾中的身影，不禁为她捏着一把汗。

第八章

　　三天的吊刑，大贵已濒临崩溃。他嘴唇开裂，眼里血丝纵横。保卫科的审讯节节紧逼，终于，他开口说出了一桩谁都未曾预料的秘密。

　　"我……那晚出事的时候，确实没在宿舍。"

　　"你去哪了？"女干事目光如炬。

　　大贵喉结上下滚动，低头沉默了半晌："小树林。"

　　"去小树林干什么？"她紧追不放。

　　大贵脸涨得通红，低声挤出二字："约会。"

　　"和谁？"女干事声音拔高，透出冷厉。

　　审讯室一时沉寂，空气像凝固了。大贵汗水沿额角往下淌，他像被剥光了最后的遮羞布，闭了闭眼，咬牙吐出名字："阿春嫂……"

　　"具体点，你们做了什么？"女干事一掌拍在桌上。

　　"我……我们……"他脸涨成猪肝色，低头，"做了苟且之事。"

　　"混账！"女干事怒吼一声，"你还有什么没交代的？"

　　"我……我说完了……求求你们，放过我……"

　　她冷眼看着他，毫不动容："你脱不了干系。明早前，你最好把实话想清楚。"

＊＊＊

　　天刚擦亮，拘留室里忽然传出一声惊叫——阿春嫂上吊了！

　　一条旧床单缠住了她的脖子，挂在铁窗上。人早没了气，脸发青，眼睛圆睁，嘴微张，像临死前憋着一句话。

　　消息传遍营部，引起一阵骚动。

　　有人说她怕丑事传开，不堪羞辱；也有人说她对大贵彻底死心，才选择一死了断。但不管怎么猜，她这一死，像是朝大贵命运上钉了最后一颗钉子。

　　保卫科的审讯变得更狠了。

　　他们再次把大贵吊了起来，手腕反剪，脚尖点地。烈日炙烤下，他的皮肤如火燎般灼痛，汗水和着尘土顺脊背蜿蜒而下，在晒得发红的皮肤上凝成一道道浑浊的泥痕。

到了傍晚，他脑袋耷拉着，像个被人丢弃的布偶。

＊＊＊

夜里，有人轻轻敲后窗。

母亲披衣开门，见肖秘书站在夜风中，头发凌乱，神情却出奇冷静。

"嫂子，大贵不行了，"她低声说，"再吊下去，真的要出人命了。现在能劝得动保卫科的，只剩营长。"

母亲皱眉，语气冷冷的："去找王教导员，他说了算。"

"我找过了。"肖秘书苦笑一下，"你也知道他的脾气，没用。"

里屋的父亲听见了，一言不发地披上外套，铁青着脸出了门。

＊＊＊

第二天一早，王教导员召见曾科长，劈头一句："结案了吗？"

曾科长低头答："原本可以。但……昨晚营长插了手。"

教导员脸色一沉，冷冷吐出三个字："叫他来！"

不一会儿，父亲推门进来，环顾屋内，声音低冷："老王，我昨晚若不管，又要出人命了。你说，我该不该出手？"

"这事本不归你管！"教导员一拍桌子，茶水晃出一圈涟漪，"你管生产，我管政工！你越界了！"

空气像要炸开，办公室里的人都悄悄退了出去。

父亲语气依然平静："逼供违反原则。我必须如实向上级汇报。"

"你这是包庇罪犯！"教导员怒吼。

"你连证据都没有，拘留室却死了人。这，是冤案！"父亲的声音不高，却像锤子砸在桌上。

气氛剑拔弩张，眼看就要翻桌——

"报告！"门猛地被撞开，肖秘书脸色惨白，语调发颤："首长，洛卡人带着象，闯营部来了！"

外面尘土飞扬，球场中央站着三头大象，像三尊雕像般纹丝不动。四名猎人持枪押一赤膊青年，身后三位白须长老，衣着绣有洛卡族传统花纹。

"哪来的？"曾科长上前。

“象谷。”猎人简短作答。

“快，把方医生叫来。”教导员吩咐。

方医生匆匆赶来，与长老低声交谈几句，转身翻译：“他们是来送罪犯的。”

她指了指那个赤膊青年：“他叫拉波，承认自己是那晚的绑架者。”

全场瞬间安静。

“他一个人干的？”曾科长急问。

“是。他还说，逃跑时丢了十块钱和一包迷魂烟。”

人群中响起低低惊呼——与案情完全吻合！

“那为什么带走朵娜？”教导员问。

“他说——她是洛卡人，不该跟汉人混在一起。”

众人一震——原来，大贵真是被冤枉的？

这时，一位长老站出来，向众人拱手：“我们尊重你们的法，但山里，也有我们的规矩。”

他轻轻挥手：“冒犯女子者，依族规鞭三十，逐出氏族。”

猎人将拉波压跪，鞭子破空而下，一道道抽在他背上，血珠四溅，在象脚下开出朵朵血花。拉波咬牙一声不吭。

鞭刑完毕，长老低喝：“带走！”

三头象缓缓转身，猎人、罪犯、长老隐入暮色森林，背影沉重如碑。

人群散了，夕阳沉落，营部归于寂静。

＊＊＊

我和大贵回了木工班，朵娜则回去割胶。

我一直想问她：你是怎么把那个藏在林子深处的罪犯找出来的？但还没找到机会，新任务又把我送进了深山。

大贵像魂被抽走了一样，连斧头都握不稳，双手软得像灌了铅。班长干脆把他调去帮厨。

他总是低着头走路，也不说话。他的背影，再没一点棱角。

原本热闹的火堆边，夜聊也变得沉默，没人再提“女人”两个字，仿佛那是一块不能碰的伤疤。

直到那天晚饭。

阿华夹了一口菜，咀嚼两下，皱着眉嘀咕："谁炒的？跟猪食一样！要是阿春嫂还在——"

话还没说完，大贵猛地抓起一根柴棍，红着眼冲了上去。

要不是我和大尚一起拦着，那棍子真可能砸在阿华头上。

***

几天后我回到营部，还是没见到朵娜。正值割胶旺季，她多半住进了山上的工棚。我心里盘算着，干脆下午假装进山找菌子，也许能遇见她。

可我还没动身，她竟自己闯进了我家伙房。

正午的阳光毒辣，屋里像个蒸笼。我们刚端起饭碗，她一把掀开门帘冲进来，额头布满汗珠，喘得厉害，眼里却烧着一团火。

"营长在吗？"她语气焦急，眼神在屋里扫了一圈。

我妈脸色一下沉了，放下筷子站起来："他去团部了，什么事这么风风火火的？"

"我舅舅带人堵在营部，就为烧山的事！"她几乎是喊出来的。

母亲转身就走："我去找副营长。"话音未落，人已经出门。

朵娜看向我，眼里带着点不确定："你……跟我去看看？"

我筷子一丢，站起来："走！"

我们像两支离弦的箭冲出屋门。

赶到营部时，门口已被围得水泄不通。几十名洛卡汉子手持猎枪，站成一圈。

教导员正抓着电话喊增援，抬头一见朵娜，眼里像是看到了救星："快问他们，到底想干什么！"

朵娜快步走进人群，拽住舅舅的胳膊，小声急劝："你们这么喊，别人听不懂，会以为你们要造反。"

舅舅脸色铁青，举枪一指，怒吼："造反？你闻闻这风！满山烟味，他们放火，眼看烧到神山了！"

朵娜咬了咬唇，转头翻译时却换了一套说法："他们担心火势蔓延，请求立即扑灭。"

教导员皱起眉头："不是还隔着半座山？况且，上级有令，火不能灭。"

朵娜明显一愣，但翻译时依旧镇定："他说，会高度重视大家的意见，确保火势不越界。"

"火不灭，我们不走！"舅舅一吼，身后的男人齐声应和，枪托砸地，震得窗玻璃直响。

"够了！"教导员猛拍桌子，青筋跳得厉害，"什么神山？那是国家的山！"

舅舅猛地回头，死死盯住朵娜："他说什么？翻出来！"

她脸色刷白，定在原地。我凑近，在她耳边低声说了句。

她愣了一下，眼中重新亮起光，转头对舅舅说："教导员说，马上采取措施。"

舅舅狐疑地看了我一眼，我点点头。

他眼里的火还没灭，但最终冷哼一声，挥手："撤！"

洛卡人像潮水一样退去。

教导员长出一口气，斜眼看我："你刚才说了什么？"

我微微一笑："就说您是护山之神。"

他哼了一声，嘴角却忍不住抽动："我真想护也护不了，上头是死命令。"

"其实火也不一定非得灭。"我一拍脑门，"只要开一道防火带就行。"

——这是我从一本书里学来的。

教导员眼睛一亮："对！打仗时也是这么干的！"

话音刚落，直属连连长高建伟带着十几个民兵冲进来，全副武装。

"都收枪！"教导员一挥手，"是开防火带，不是对付百姓，听清楚没有？"

＊＊＊

远山黑烟滚滚，焦糊味随风弥漫，夹杂烧焦草木的刺鼻气息，远处鸟鸣惊惶，似大地低吼。

舅舅拍拍我肩膀，眼神沉稳："我们的要求，不过分吧？"

我深吸一口气："如果是我说了算，我一棵树都不会烧。"

舅舅点点头："把山当家，才懂得什么是珍惜。"

送他们过吊桥后，朵娜放松一笑："我得回胶林了，我的'孩子'们该急了。"

"谁的孩子？"我脱口问。

她俏皮地眨眨眼："我的胶树呀！"

我松了口气。

她笑出声，跑出两步又回头："小峰，你是当营长的料子，不当可惜了！"

"我才不想当！"我大声喊回去。

"那你想干嘛？"她站住，眼里闪着点小挑衅。

我望向山那头的天："还不知道……但肯定不和我爸一样。"

"那你想做什么？"她边说边用手指敲着下巴，神情认真，像在掂量我的话。

那一刻，她的笑像初秋的阳光洒在湖面上，清甜、干净，让人舍不得移开眼。

"具体我还没想好。"我吸了口气，鼓起勇气说，"不过……这周日，我想请你——"

"请我干嘛？"她眉毛一挑。

"我最近在练画，总觉得画得不行……想请你当模特。"

"我？"她眨了眨眼，有点惊讶，"我行吗？"

"你当然行。"我脱口而出。

她神情微微迟疑，心里盘算着什么。

我怕她为难，语气放轻："当我没说。"

我低下头，正要转身，她却开口："那……你来我宿舍吧。但别让人看见。"

她说完，转身跑去，背影没入绿色林浪。我站在原地，心跳如鼓。那句'别让人看见'似风吹过，在我心底激起涟漪。

第九章

　　那天，我特意换上熨得笔挺的白衬衫，用手抹了抹头发，背起画板。刚跨出门槛，屋里就传来母亲的声音：

　　"小峰，你去哪儿？"

　　"去河边写生。"我回头笑着撒了个谎，尽量装得若无其事。

　　阳光洒在营部的土路上，带着懒洋洋的热意，像给午睡催眠。

　　女工宿舍是一排细长的竹屋，墙壁是竹片扎的，阳光能从缝隙里斜斜透进去。住户们用旧报纸糊墙挡光，窗框上晾着刚洗过的衣服，一阵风吹来，带起皂香。

　　朵娜的房门半掩着，像是专为我留的。她显然已经在等我。

　　今天她没扎辫子，乌黑的长发披在肩头，额前别着一枚紫色发卡。她坐在桌边，听到脚步声，回头一笑，站起身递给我一杯茶。

　　"不好意思，上次让你跳河。"她笑得调皮，"这次不会了，我妈带全家去了舅舅那边，没人打扰。"

　　"跳河不怪你，是我自己扑的。"我笑着回敬。

　　"就是嘛，我都拦住我妹了，你怎么'扑通'一下就下去了？"

　　"我是看到水里有条鱼。"

　　"是吗？我回头一看，只见你在水里扑腾得像条大鱼。"

　　"好啊，你不怕我今天把你也画成一条？"

　　"那我就说——你只会画鱼。"

　　"我画鱼可是顶呱呱。"我笑，"守鱼塘那阵子，天天练。"

　　"鱼塘该不会有美人鱼吧？"

　　"怎么就不能有？"我从口袋掏出那张她的小照片，在她眼前晃了晃，"看，这就是我画的美人鱼。"

　　"天哪，是我！"她一把抢过去，脸颊微红，"这照片从哪儿来的？"

　　"有天刮大风，在井边捡到的。"我不说实话。

　　她"哼"了一声，把照片塞进自己口袋，双手捂脸，指缝里却透出一双发亮的眼睛："那么丑，有什么好画的？"

"所以今天画真人。"

"那你得画得像样点。"

"我先喝了这茶。"我仰头一饮而尽，放下杯子，一眼扫到桌上一册《解析几何》，正想翻，却被她一手按住。

她打开书，书页中夹着两朵干木棉花，红得像火。

"我妈教我做的。"她语气里带点骄傲。

阳光透过竹缝斜洒下来，落在干花上，那些褪色的花瓣，像是被时光蒸干后仍在无声燃烧。

"怎么比活着的时候还好看？"我赞道。

"是啊，活着时觉得太平常，只有失去了，才知道它的好。"她低头摩挲着花瓣，嘴角弯起一个浅浅的笑，"你要是画得好，就奖你一朵。"

我一听乐了："我要最大的那朵！还有，小照片还我。"

"花可以，照片不行。"

我请她坐在窗边，侧身向光。竹窗筛下的光影斑驳落在她脸上。她目光落在墙上的旧报纸上，墙角那把断弦的吉他落满灰，像封印的秘密。

我握起铅笔，"沙沙"地勾线。第一次这样近距离画她，毫无遮掩地看她。每一笔下去，心跳就快一点。

她的眉像新月，眼睛清亮得像山泉，鼻尖微翘，嘴角挂着一丝若有若无的笑。而那笑旁边，悄悄冒出一颗青春痘，像一滴红墨水落在白纸上。

我决定画进去——像画龙点痣。我想看她发现的时候，会不会鼓着腮帮子骂我。但又怕，她会因此不肯给那朵花。

"停一下。"

一个低沉的声音忽然响起，我转过头——四眼不知何时站在我身后。

他走上前，毫无预兆地托起朵娜的下巴，轻轻转了个角度，然后像变戏法一样，从口袋里掏出一朵白山茶，别在她发髻。

"这样才完整。"他说得像在给画盖章。

朵娜怔了一下，却没有躲开，反而笑了，仿佛这一切早已熟悉。

我站在原地，心口闷得像塞了团湿棉花，不知是妒、是酸，还是一股无法描述的失落。

我草草收了笔，把画递给她，转身就走。

"小峰，等等。"

她叫住我，从抽屉里拿出一个信封递来。

"这是什么？"

"不是说了吗，画得好，就奖你一朵。"她笑着，那笑像清晨的湖面，看似明净，却深浅难测。

"谢谢。"我声音轻得连自己都快听不见。

出了宿舍，风里有股湿土味，像是快要下雨了。

我低头看着信封，心里却没有一点喜悦。那朵木棉花像一团无声的火，我怕它，怕它烧到我自己。

我回到家，坐在芭蕉树下，心里闷得像被虫咬，一阵阵发痒又难受。

"小峰！"

母亲的声音把我从胡思乱想中拉出来。我赶紧把信封塞进口袋。

她走过来，细细打量我，语气柔和，又带点母亲特有的试探："是不是……心里有事？"

我摇头："没，就是最近有点累。"

她说："今年我们营可能会有一个保送工农兵大学的名额。你好好表现，说不定能轮上你。"

我点点头，心口却更沉了。

上大学，是我的梦，是爸妈的希望。可现在，我像被一团说不清道不明的情绪缠住。

母亲走后，我打开信封，那朵干木棉静静躺着，红得像沉默的火。

我几乎冲出去，想问个明白。但脚才动，又停住。

要是她真的喜欢四眼呢？这一问，只会让她难堪。

更何况四眼，虽有点油滑轻飘，对我却像个"先生"。我——哪能与他争？

风从河边吹来，带着凉意，却吹不散我心头的郁结。

＊＊＊

周日和大尚说好了，背画板进山，找个没人的地方，画点野景，忘却烦忧。但清晨，母亲一句话打乱了我的计划。

"今天哪儿也别去，家里有客人。"

我一边揉着眼睛，一边嘟囔："什么客人啊？"

母亲在樟木箱底摸索半天，取出一本用丝绸包着的老相册，手指缓缓拂过封面，像在擦一层尘封的回忆。她抽出一张泛黄的照片递给我。

照片里，两个奶娃娃坐在一个大澡盆里，水花四溅，阳光洒在他们圆滚滚的脸上，笑得天真烂漫。

"这个是你。"母亲点了点那个胖嘟嘟的小男孩，又指着一旁眼睛亮晶晶、扎着两撮短发的小女孩，"这个是白叔叔家的女儿。她跟你同岁。你爸跟白叔叔是老战友，十几年没见了，这次好不容易碰上，你可得好好招呼人家。"

我盯着那张老照片，心里浮起点莫名的好奇。多年未见的儿时玩伴？说不定，还真像戏文里写的——天上掉下个林妹妹。

无事可做，我去了球场，和几个球花子玩了场球，汗水把背心湿透，轻松不少。等回家，远远就听见屋里传来笑声。

一推门，满屋子热热闹闹。两家人围着圆桌，笑声不绝。

白叔叔果然是一副老兵模样，和我爸一个路数；白阿姨温文尔雅，说话柔和。见我进门，两人热情地招呼，夸我长得高，有大学生的派头。

我环顾四周，却没看到那位"儿时好友"。

"我家丫头在冲凉。"白阿姨笑着解释，"车上一个小孩尿了她一身。"

我点点头，心里那点期待竟有些涨起来——她会是个什么模样？

然后，她就走进了门。

我愣在原地——竟然是她？我的高中同桌，白雅兰！

一年未见，她变化不小。高中时还有点瘦，如今的她匀称挺拔，皮肤晒得透着蜜桃般的红晕。她穿着一条浅蓝色连衣裙，裙摆微动，马尾在脑后轻晃，几缕碎发贴在脸边，衬得她的眉眼格外灵动。

"同桌！"她笑着朝我走来，伸出手，像忘了那只手曾在我脸上留下过阴影。

她的手掌温暖有力，带着某种成熟感。

"好久不见。" 我笑着回应，心里暗叹：这姑娘，真该重新认识。

饭桌上气氛热络，白阿姨从口袋里掏出一个雕花精致的小方盒递给母亲。

"这是给小峰的，我哥哥从香港带来的。"

母亲打开一看，是一块银色机械手表，表面光洁，光影流动。

"这太贵重了，我们不能收。" 母亲连连推辞。

白阿姨一把按住她的手，语气笃定："一定要收的。小峰是我们家的救命恩人。"

母亲一愣，目光落在我身上："救命？你救谁了？"

我下意识看了雅兰一眼，她也正好望过来。四目相对，她脸"刷"地红了，像什么秘密被捅破。

饭后，我主动收拾碗筷，躲进伙房洗碗。井水哗哗地流，瓷碗轻撞，发出清脆声响。门"吱呀"一声推开，微风带来一丝香水味——是她。

她走到水槽边，挽起袖子，拿起一个碗。

"你这打扮，哪能干这活？" 我调侃。

她斜我一眼，嘴角一挑："我又不是瓷娃娃，洗几个碗还能碎不成？"

我脱下围裙，轻轻给她系上。她垂着头，不动不语，那一刻，她像一幅画——温顺、沉静、却不失生命力。

我们并肩站着洗碗，指尖偶尔碰到，她也不躲，嘴角始终挂着浅浅的笑。那个一年前脾气火爆的女孩，像是被时间打磨得光滑温润了。

我压低声音，假装随意："我挺纳闷的，你怎么会跟家里说起那事儿？我还以为你会装傻到底。"

她专注擦着碗，嘴角泛起一点小小弧度："前几天我妈翻出小时候的照片，顺嘴提起你。我原本也想装傻，可话到嘴边，忍不住了。"

"我们家也还留着那张澡盆照。" 我顺势接话。

她娇嗔地瞪我一眼，脸微微发红："小时候没穿衣服也拍，羞不啊！"

我笑出声——原来，她在意。

第十章

洗完碗后，我带她去了后院。菜地里的豆苗青翠欲滴，丝瓜藤缠绕着竹架，一路往上攀爬，几棵芭蕉舒展着宽大叶子，沙沙作响。

我信手摘下一个熟透的木瓜，在石阶上一磕，汁液立刻溢出，橙红透亮，甜香扑鼻。

"来，尝尝。这季节的木瓜最正。"

她接过，咬下一口，汁水从唇角滑下，她一边笑着擦，一边眯起眼睛，露出两个浅浅的梨涡。

"太甜了！这次没白来。"

我们随意坐在菜园边的小石凳上，有一搭没一搭地闲聊着。

"现在在干嘛？"我问。

"当体育老师。"她说完顿了顿，又接了一句，"不过，马上就要去当兵了。"

我愣了一下。替她高兴，却也忍不住有点失落——刚刚才找回一点熟悉的感觉，又要说再见了。

她像是察觉了我的情绪变化，伸手摘下一朵开得正盛的小野花，在指尖轻轻转着，像哄小孩似的："唐小峰，我给你写信，还给你画芭蕉叶，好不好？"

"芭蕉叶？以前同桌那会儿，天天看你画。那时，真想要一张！"

正说着，河湾那边传来一阵笑声。一群山寨姑娘放下背篓，卷起裙摆，脚一探就下了水，随后利落脱裙扔岸边，笑着在水里嬉闹。

白雅兰看得眼睛一亮，忍不住喊："哇，她们真厉害，一点儿没露就把裙子脱了！"

我笑着斜瞥她一眼："没见过吧？"

她摇摇头，"没见过。"

"哪天带你去她们寨子走走，"我故意打趣，"那儿更有趣。"

她伸手轻轻推了我一下，佯怒："唐小峰，你脑子里都装的什么？"

"你总对我有偏见，白雅兰。"我抱怨，以为她又认真了。

她咯咯一笑，"没有啦，逗你的。"

"同学，你这逗人方式，老吓人。"

"我在你心里印象很差吗？"她眯起眼，带点调皮地望着我。

"现在才意识到？"我不放过这个机会，"高中毕业那会儿，你那一巴掌，怎么下得去手。"

她带点羞意地辩解："你还记得啊……那种场面，是打给别人看的。"

"哦，原来还有这个理由，没把我当流氓？"我哈哈笑着，"那我得收回我当时的咒语了。"

"你咒我什么？"她一下来了精神，急急问。

"不说了吧。"我怕说出来显得自己太小气。

可她已经举起手里的木瓜，威胁似地冲我晃："说，快说！"

我赶紧往旁边躲，藏到一株芭蕉树后头："我咒你——是个黑寡妇，没有男人。"

她听了怔了一下，坐回石凳上，低声说："我是真的伤到你了。"

我见目的已达，赶紧笑着收了手："好啦，白雅兰，哪来的咒语，我逗你玩呢。"

她这才绽开笑容，顺手把木瓜片朝我扔过来，又转头望着河面，把另一片扔进水里，搓搓手，笑着说："以后别叫我大名了，叫'雅兰'吧。我也叫你'小峰'，好不好？"

傍晚，我们沿着河岸散步。她蹲在水边捡石子，不停往水里投，溅起一串串水花。从来没见过她这样放开的笑。

"今天你像个没长大的孩子。"我调侃她。

"那你是大叔？"她不服气地瞪我。

我望着她欢快的背影，脑中忽然浮现出高中毕业那天，她明明跟我坐同一辆车，却一路装作没看见我，直到下车时，才回头看了我一眼，匆匆往脚下扔下一张折叠的小纸片。她提着行李，摇摇晃晃地消失在盛夏的繁花和蕨草中。我随后拾起那张纸条，好奇地展开，看到歪歪斜斜的一行字："唐小峰同学，你能原谅我吗？"

我们踏上吊桥准备回家。妹妹走在最前面，调皮地晃动吊桥，桥身晃得厉害。

雅兰脸色唰地变白，紧紧抓住绳索，脚步僵硬。

我赶紧上前扶住她："别怕。"

她猛然扑进我怀里，双手死死抓着我衣襟，身子微微颤抖。

我愣住了，心里还没来得及泛起什么甜意，余光却瞥见水井旁的那个身影——是朵娜。

她就站在那里，静静地望着我们，眼神沉得像夜色落下。几秒后，她转身，默默走进暮色中，只有一个清冷的背影。

晚饭后，我从后门溜出去，要去朵娜宿舍给她解释。开门的是陈佳——她现在是朵娜的室友。

她一见我，故作神秘地笑："唐小峰，你这鬼鬼祟祟的样儿，可不像是来找我的。"

我挠头，"找朵娜有点事。"

她淡淡地说："她去彩排节目了，今晚有她的演出。你不知道？"

我刚转身准备走，陈佳忽然叫住我，调皮地眨眼："下午跟你在一起的那个漂亮姑娘是谁？不会是你新女友吧？"

我急忙解释："别乱说，是我高中同桌。"

她轻笑，摇头："得了吧，你快去球场。今晚的朵娜……可不简单。"

她的话让我莫名的不安。

＊＊＊

夜幕降临，营部球场早已人山人海。

知青、干部、山寨村民、孩子，全都挤在四周，连树上、围栏上都有人爬着探头张望。

临时搭起的舞台在灯光亮起的瞬间骤然醒目，照亮整片夜色。

朵娜登台那一刻，全场忽然静下来——仿佛风轻轻掀开了夜的帷幕，时间也停顿了一拍。

她穿着织有图腾的民族舞裙，红、黄、蓝交织如火焰在夜色中翻腾。

她的手腕轻巧翻转，足尖一点，整个人像一只灵巧的山林精灵，跃上无形的枝头。

她跳的不是舞，是山的咏叹，是族人代代相传的记忆。身姿既轻盈又有力，透着一种野性而古老的美。

我听见雅兰在旁轻声赞叹："那个女孩……真美。"

我怔住了。那一刻的朵娜，仿佛天生就属于舞台，是被光召唤来的灵魂。

掌声如潮。

她微笑谢幕。

换下舞裙后，她走出后台。我刚想起身带雅兰过去打个招呼，却见她脚步不停，径直走到四眼身边坐下。

她连看我一眼都没有。

那一刻，我像被浇了一桶冷水。

"你在意她。"我心里默默说，"可她现在，坐在了别人的身边。"

雅兰轻轻牵了牵我的袖，什么也没问，安静地陪我坐着，直到人潮散去。

***

保送上大学的美梦，最终变成了一场荒唐的笑话。

名单在父亲这个营长没开口之前，早已悄悄敲定了——被教导员身边那个娇滴滴的肖秘书拿走了。

我开始没太在意，心想大不了再等几年。

可知青们的反应就不一样了，眼神里多了些藏不住的愤懑和酸意。营里优秀青年那么多，千分之一的机会偏偏落在她身上。

这桩保送成了场迷雾，谣言像雨林的藤蔓疯长。没人知道真相，却人人讲得头头是道。

有人私下嘀咕，说她跟教导员关系"非同一般"，版本一个赛一个离谱。

在这片闭塞之地，八卦和黄段子，是最廉价又最上瘾的娱乐。

阿华眯着眼，喝下一口酒，嬉笑着说："肖秘书啊，怕是'小数点'对齐喽。"

她走的那天，营部小卖部的酒被抢购一空。

大贵收集起一堆空瓶子、饭碗、玻璃杯、脸盆，摆在一起，拿勺子敲得它们叮里当啷，制造出一阵怪诞的节奏。

四眼和几个知青跟着唱起《洪湖水浪打浪》。唱到"娘啊，儿死后，你要把儿埋在那大路旁"时，一个个像被酒灌住了喉咙，唱不下去了，低下头，沉默无声。

惆怅像潮水一样涌上来，笼罩在知青们的心头。

而我的思绪，跟着肖秘书远去的背影飘远——那远方的召唤，变得越来越强。

几天后，营里下发征兵通知：十七岁到十九岁者可报名。

全营符合条件的，只有我和教导员的儿子小海。

我忽然想到，雅兰已经走了。或许，这是我也能走出大山的机会。

晚饭后，我试探地问父母："你们支持我去当兵吗？"

父亲端着茶杯，轻轻点头："我觉得好。关键看你妈。"

母亲先是犹豫，最终点头："不管怎样，出去看看也好。"

第二天，我报名了。

让我意外的是，朵娜也报了。

起初武装干事不让，说她年龄不够。父亲刚好路过，提醒说女兵只需满十六岁。

体检那天，我在团部碰见一大群同龄人，没多久就熟络起来。

征兵干部把我单独叫进办公室，拍了拍我肩膀："小伙子，我们相中你了。这堆人里，你学历最高！"

我开始数着日子，在心里一遍遍给自己换装：军帽、肩章、胶鞋——一步一步，走出大山，不回头。

可一周后，结果出来——我落选了。

小海顺利入伍，而我和朵娜双双落榜。

那一刻，我胸口像压了一块巨石，喘不过气。

我推开家门，逼视着父亲："是谁，把我的名额顶了？"

他沉默片刻，只淡淡地说："名额有限，以后还有机会。"

"以后？"我冷笑，"等下一个十七岁？"

他低头喝茶，叹了口气。

我转身跑去找教导员。他抬头瞟了我一眼，摆摆手："一切安排听组织的，不要多想。"

我脑袋里一团乱麻，翻来覆去，最后又绕回朵娜——她也落选了，会不会也像我一样窝囊得不行？

我随便编了个理由，去找陈佳谈点事，溜到她们宿舍。

门开着，陈佳倚在床头说着话，朵娜坐在床沿，脸上挂着浅笑。

朵娜只是淡淡地抬了下眼皮，用脚推过来一把椅子。

"呦，小峰。"陈佳眯着眼，"你一脸乌云呀。是大学的事？还是当兵的事？"

我坐下，苦笑："怕的不是这次走不了，是怕一辈子都走不出去。"

陈佳笑出声："我十五岁就来了，这一熬就是十年。我的座右铭就是——熬得住黑夜的人，迟早能等到太阳。"

我转头看朵娜。

她正低着头，摆弄手指，睫毛在灯下轻轻抖动。

我忍不住问："那你呢？"

她抬头看了我一秒，带着不屑的神情："去不成就去不成呗。石头压不住树苗，总会找缝隙长出来的。"

她的语气轻得像一滴水，却恰巧落在我心里最焦灼的地方，那团纠结和不甘，竟就这么悄无声息地散了。

"刚才你们笑什么？"我问。

"我在学洛卡话呢！"陈佳笑得像个小孩，"可惜我这脑子，记住这个就忘了那个。"

"我也想学。"我顺口说。

朵娜抬头瞥了我一眼，嘴里蹦出一句我听不懂的洛卡语，随后扭头看向窗外。

我心里一紧：她该不会是在说"别烦我"或者"去找别人"吧？

陈佳扯开话题："小峰，你画画真不错，什么时候也给我画一张呗？留个纪念。"

我笑着打趣："我那三脚猫功夫，画出来你八成就嫁不出去了。"

"哎哟，那我可得慎重考虑考虑。"陈佳拍了拍胸口，随即指向桌上的那张朵娜的素描，"不过你画她那张，还真有点味道，甜甜的。"

"她本来就好看，画出来当然甜。"

"你听听他这嘴！"陈佳笑着推了我一把。

朵娜突然来了一句："陈姐，你还是别想了，后头更漂亮的等着画呢，轮不到你。"

她说完瞥了我一眼，眼角扫过我手腕上那只新表。表面在灯光下反着光，她的眉头顿时皱了起来。

她装作若无其事，却站起身来："你们聊，我先回去了。"

"哎别走啊，小峰好不容易来看你。"陈佳赶紧挽留。

她没回头，只扔下一句："我真有事。"说完便走了出去。

我望着她的背影，喉咙像卡住了什么，想喊她，想解释，又怕她倔。那一刻，心里就像咽下一颗没熟的青橄榄，涩得发紧。

我也站了起来，把稿子递给陈佳，默默走出门外。

我没有立刻离开，只靠在屋檐下的木柱上发呆。夜色铺展开来，天上星星零零散散，淡得像一双不肯说话的眼睛。我忽然觉得自己就像那颗最不起眼的星——既亮不起来，也落不下去，就那样悬在半空，孤零零的。

陈佳悄悄走到我身边，陪我站了一会儿，才轻声说："其实……她挺在意你的。"

"朵娜？"

她点点头："她经常盯着你画的那张素描出神，还悄悄问我，你有没有提起她。"

那句话像一粒小石子掉进心湖，涟漪一圈一圈荡开，愈漾愈深。

"不过啊，她可没那么容易原谅你。"陈佳歪头看着我，语气半真半玩笑，"你这段时间表现太差劲了。"

我低头望着脚边斑驳的砖缝，鼻子发酸，没说话。

第十一章

自从白雅兰短暂出现后，我和朵娜之间，就像两条原本平行的小路，在某个谁也没察觉的岔口各走各的。等我回过神，我们早已悄无声息地淡出彼此视线。

我试着解释，她只是轻轻摇头，脸上平静得像无风的湖面，不起一丝波澜。

"你解释这些做什么？"

她声音不大，却带着难以逾越的距离感："我们本来就没什么特别的，不过是偶尔靠近了一些，犯不着搞得像误会了似的。"

一道看不见的墙，把我们之间曾经的亲密，隔得干干净净。

我张口结舌，只能把自己埋进书本，好像只有纸上的字句能暂时填满那日渐空洞的心。

一年一度的民兵集训开始，我和朵娜都在其中。

靶场上，女民兵成排卧倒，一身军装在阳光下像山谷里的风景线。男知青们却安分不住，纷纷绕到她们身后看热闹，眼睛里闪着遮不住的兴奋。

大贵也来了。他最近交了个护士女朋友，说是打针时"打"上的。

他一眼看见我坐在田埂边，抱着枪，像个掉队的兵，立刻跑来拉我："走啊，看热闹去！"

"没兴趣。"我口上说着，脚却不自觉动了。

"怎么，朵娜不在？"他笑着在我背上拍了一掌。

"她在不在，关我什么事？"我嘴硬，但还是跟他一起往靶场走去。

女兵们正在实弹训练。大贵的护士女友趴得标准，旁边就是朵娜。

她似乎感觉到了我的靠近，轻轻调整了姿势，像是在镜头前摆了个更挺拔的造型。

我暗想：练的是射击还是舞蹈？这样也能中靶？

可我低估了她。

打靶成绩公布，全场哗然——第一名并列：我和朵娜。

人群里开始窃窃私语："这俩人，哪儿哪儿都凑一块？"

也许他们还记得天湖的事。

我们必须一决胜负，胜者将代表十五营参加师部比赛。

我其实不想争，只是不知怎么就走到了这里。我心想干脆让她拿第一，就当替她撑撑场。

我们在领子弹时并肩排队，我笑着说："打猎枪我不行，但五四步枪，你要有输的准备。可别哭鼻子啊！"

她愣了一下，眯起眼睛看我："小峰，几天不见，你现在开始盼我哭？你真不懂，猎枪、长枪一个理。"

"我不懂。所以你拿了冠军，记得回来教教我。"

她撇撇嘴，眉梢扬起，一转身，潇洒得像是根本不把我放在眼里。

最终，她赢了。不止拿了名次，还得了十块奖金。

她有没有想过，我最后一发，是故意偏了一点点？

＊＊＊

读完《静静的顿河》，我忽然想换点刺激的，想起四眼曾吹过一本《傲慢与偏见》，说是写透了人性和爱情。但那书他从不外借，尤其不借给我这种"没经历的毛头小子"。

离熄灯还有些时间，他宿舍灯亮着。我敲门没人应，推了推门，却发现被什么抵住了。

一股酒味扑鼻而来。

我挤开一道门缝，四眼正蜷在地上，眼镜掉在旁边。他醉醺醺地哼唧着，我费力把他扶上床。他伸手乱摸眼镜，我捡起来递给他。

他戴上之后，眯着眼嘿嘿一笑："小峰啊，你来得正好，我写了首诗——你听听……"

他摸半天，口袋空空如也，又一脸懵地说："可能是在梦里写的，你等我想想……"

"你慢慢想，我来借书的。"我打断他。

"哪本？"他打着酒嗝。

"《傲慢与偏见》。"

"不借不借，那书毁人不倦，特别是你这种纯情少年。"他故作老成。

我从口袋掏出一瓶白酒，在他面前晃晃。他眼睛立马亮了，接过来咬掉瓶盖，仰头一口灌下去："行啊小峰，学坏别赖我。"

他指了指床下："书箱里，自己翻。"

我拉开木箱，第一眼看到的不是书，而是——那张我画的朵娜的素描。

我怔住，伸手拿起。正要开口，他一下子清醒过来，从我手里抽走它，塞到枕头底下。

他坐起来，语气认真："小峰，别人都说你跟朵娜不合适，我也觉得。"

我盯着他，不语。

"我看书比你吃饭还多。她和你不是一路人。"他停顿一下，"就像保尔和冬妮娅，看着好，其实撑不久。"

他又喝一口酒，眼神开始发亮："你不该守在这破地方，北京、上海、香港、纽约，外头世界精彩得很。你脑子聪明，我能看得出。你该去闯，去飞，把朵娜留下来。"

我脸色已变绿，他还补一刀："她连我亲她都没躲，你明白吗？"

我冷笑着反击："我信你，你连孩子都有了。"

他一抖手，酒瓶"咚"地磕在床沿，差点摔了。他急忙摆手："乱说的，真没亲她，是醉话……"

我不再看他，拿着书转身就走。他最后那句话像一根倒刺，钩在我心里，拽不掉。

我回到宿舍躺下，却毫无睡意。

脑海里反反复复，就是那一幕：四眼站在朵娜身后，帮她别上那朵白山茶，她回头一笑，不躲不拒。

一道惊雷撕裂夜空，轰然砸下。紧接着，狂风卷着暴雨倾盆而至，仿佛天空塌了。

没多久，一阵凄厉的哭喊穿透雨幕，断断续续地，在雷声的空隙中飘进耳朵。起初像是水塘蛙群的躁动，含混不清，慢慢却变得尖锐而怪异，像一把破了音的手风琴被人死命拉响，扯得人心都要碎了。

我猛地坐起，推开窗，雨风扑面而来，瞬间浇湿半边身子。一道闪电劈亮夜空，我看见有人在暴雨中踉跄奔跑，方向正是——女工宿舍！

出事了！

我顾不得穿雨衣，赤脚冲进瓢泼大雨。

跑到女工宿舍那一刻，我脚步僵住——草屋整个地垮了。惊叫、哀嚎、奔跑，乱作一团，像一场人间末日。

又一道闪电划破夜空，我看清坍塌一片的屋子和在其中挣扎的人影：茅草顶冒出的脑袋和手臂，竹墙缝里往外爬的肢体。

我按记忆奔向朵娜和陈佳房间原来的位置，抄起一根木棍，狠命撬开垮塌的顶棚。

"救命啊——！"陈佳的声音。

"陈佳！"我扒着木梁大喊，"你在哪儿？"

一道泥手从缝隙里探出来，我立刻抓住，拼尽力气将她拽出来。

"朵娜呢？"我吼。

陈佳带着哭腔，"在里面！"

"朵娜——你听见了吗！"我声嘶力竭。

没有回应。

我什么也顾不得了，低头就往塌屋里钻。脚底一滑，整个人扑进漆黑的废墟。

雨水从破顶灌下，椽木、床板、湿布交错横陈，我只能靠双手在杂物中一点点摸索。

忽然，我触到她的冰凉的手臂。

"朵娜！"我一声吼，却听不见她的回应。她的身体软绵绵的，像散了架。

我紧紧抱住她，咬牙往外挤。有人冲上来帮忙，数双手合力把她从塌屋中拖了出来。

一脱离险境，她就咳得撕心裂肺，呛出几口水，随后抱膝坐在地上，哭声嘶哑凄厉。

我站在暴雨中，浑身早已湿透，力气像是被掏空，连说话都没有声音。

回到宿舍，脱下衣服才发现，全身布满细小的划痕。竹刺、茅草在风雨中成了刀，割得我鲜血淋漓。

＊＊＊

第二天清早，我烧得嘴唇发干，连话都说不清，迷迷糊糊被人抬进医务室。

方医生量体温时眉头紧锁，语气格外沉："副伤寒，雨后感染。我们这儿没特效药，只能靠你自己挺过去。"

她把我安顿在墙角那张老病床上。我昏睡了一夜，醒来时天色微亮。

耳边传来一个低哑却带笑的男声："唐小峰，你小子艳福不浅啊，昨晚朵娜和方医生轮流守着你。"

我偏头看去，隔壁床躺着个眉眼干净的男人，手里翻着一本书，神态轻松，嘴角挂着不急不慢的笑。

"你是……？"

"蓝城，第十五营子弟校新校长。"他带着一口利落的京腔，"你可是名人啊，全县普考第一，才子一个。"

我笑了笑："过奖。"

他凑近几分，语气忽然变得郑重："说点正经的，我那边缺老师，有没有兴趣？"

我脱口而出："听起来不错，只是伐木班那帮哥们儿，有点舍不得。"

他爽朗一笑："我那可是藏龙卧虎，就连陈佳都点头答应了！当老师多清闲，还有书看，还有人敬，多体面。"

我嘴上没说，心底却像被轻轻推了一下。

这时，方医生走了进来，手里拿着体温计，先走到他床前，皱着眉头："校长，少熬点夜，你的肾可没你嘴皮子硬。"

她几笔写完病历："你可以出院了，但别忘了多喝水。"

蓝校长起身，临走前朝我眨了下眼："早点康复，别让我等太久。"

他哼着小调出了门，步子轻快，像是春风拂面的人。

方医生转到我这边，神情严肃起来："烧还挺厉害。留下来继续观察？"

我支起身子，尽量让声音平稳："方阿姨，我想回去。老躺着，反倒睡不着。"

她叹了口气："也行。但发烧再严重，立刻回来，别逞强。"

我点点头。

她正要离开，却止步，"谢谢你救朵娜，小峰。"

我低声道："她没事就好。"

屋里安静了一瞬，她终于说："你和朵娜的事，我都看在眼里。"

我怔住，一时间竟不知该作何反应。

"那丫头野得很，像我年轻时候。"她的声音像夜色里缓缓飘下的雨，"她是大山养的，注定走不远。你不一样，你心里有火，是要往外走的人。"

我握着被角，沉默着，那种被看穿的感觉让我有些狼狈。

"你嘴上不说，但眼睛骗不了人。"她轻声说，"你不甘心。"

我低下头，眼神落在手背上。

"你迟早会走。"她语调低缓，"朵娜也会懂的。"

我喃喃地应了一句："谢谢你，方阿姨。我会想明白的。"

回到家，我一头栽进床里，烧依旧没退。

梦里，我看见朵娜赤脚站在雨林深处，肩头落着月色银光，藤蔓从地底疯长出来，一圈圈缠住她脚踝，把她一点点往浓雾深处拖。我想冲过去，却连一步也迈不动。

连着烧了好几天，意识浮沉不定。总觉得窗外有影子在晃，来来去去。

我知道，是她。

她没进来，我也无力出去。

夜里，我听见母亲和方医生在隔壁房间低声说话。

"你也得考虑自己，"母亲说，"老方走那么久了……"

方医生淡淡一笑："你又听人瞎说了吧。"

母亲停了一下："外头风言风语多，说你跟四眼、高排长……传出去不好听。"

方医生沉默几秒，才低声说："四眼喜欢朵娜，朵娜还小。我不会答应。"

"那高排长呢？"

这次，她沉默更久。

"他……不是单身吗？"

"他老婆孩子调令下来了，快到了。"

屋里沉寂，只有壁钟的滴答声。

***

几天后，蓝校长带着太洛寨的玛恩校长来看我。

玛恩皮肤黑如老檀木，满脸皱纹，腰间别着铜烟斗。他一句话不说，走到我床边，伸手按了按我额头，摇头道："瘴气入骨，要用草药。"

他从布袋里掏出几粒黑乎乎的药丸。

"吃，别怕。"

我犹豫片刻，一仰头吞下。

不久，体内热气慢慢散去，脑子也清明了。

我向他道谢："玛恩校长，你这是神医，我怎么谢您？"

他歪了头，眼里带着点狡黠："你怕高山吗？"

"我是伐木的，常走山路。"我说了一句蹩脚的洛卡语。

他听了开怀大笑，与蓝校长对视一眼，不禁说道："你我有缘。那我就请小老弟帮我一个忙？"

"您就说吧。"

"太洛寨缺个老师教普通话，你愿不愿意业余帮忙？"

我兴奋点头："我愿！"

玛恩笑着，眼中藏有岁月的智慧。

第十二章

　　朵娜十五岁那年，她爸在一次炸山排雷事故中丧生。十五营为了照顾她家，破例让她退了学，顶替了一个工人的岗位。

　　别的女孩十六七岁，应该坐在教室里，写着梦里的未来。而她呢？天还没亮透，就已经提着沉甸甸的胶桶，在橡胶林的晨雾里穿行。

　　她一刀一刀地划开树皮，乳白的胶液缓慢流下，像她那些没人听见的青春年华。双手被胶水染得发黑，肩头磨出老茧。本该被轻声呼唤、藏在笑语里的年纪，她却早早扛起了全家的生活。

　　我记得她妈叹气时眼里的灰暗，也记得我妈欲言又止的沉默。那时我什么都明白了——刻意和她拉开距离，不让那抹说不清的情愫再蔓延。

　　蓝校长对我青睐有加，破例让我自选课程。我选了历史和地理，几节课下来，渐渐摸到讲台的门道，也学会了跟学生们打交道——毕竟不久前，我也还是个学生。

　　表面上，我教得顺畅，像找到了新的起点。可心底哪有半分平静？四眼塞给我的那些狗血小说里，女主总倔强得像野草，带着股不服输的劲儿。我翻着书，朵娜的身影却从字里行间钻出来，挥不去，抹不掉。

　　一次，学生让我画《白毛女》。我提笔勾勒，线条却自己跑偏，渐渐描出一个熟悉的影子——长发如雾，站在林间，目光遥远。我定睛一看，才惊觉那是朵娜。

＊＊＊

　　期末那天，我在课堂上讲莱茵河的传说，地图摊开，指尖滑过黑森林、海德堡，指向中世纪的城堡，声音如流，缓缓淌进学生们的思绪。

　　后门传来轻微的皮鞋声，蓝校长带着几个穿着笔挺中山装的陌生人，悄然站到后排。

　　我瞥了一眼，继续讲课。

下课后才知道，他们是团部来的考察组，当场拍板：调我去团部中学，工资每月加几块。

消息像山风，眨眼传遍全校。

有人拍我肩膀："坝区好，离县城近！"有人羡慕地咂嘴："才干几天，就涨工资了？"

我却没应声。

别人眼里的前程，对我像纸灯笼，亮是亮，却无半分暖意。我知道自己为何犹豫——早上在水井边，又撞上那双忧郁的眼睛。

办公室里只剩我和陈佳。她一边收卷子，一边笑："从山沟到平坝，你怎么还皱着眉？要不我替你去？"

我倚着窗台，耸肩："得问问我家乌龟。"

她咯咯笑："别问乌龟，晚上来我宿舍。有只鹦鹉，嘴毒得很。"

我斜她一眼："说的不是你吧？"

"来就知道了。"她挤挤眼，笑得狡黠。

晚饭后，我把手表摘下递给我妈："这表戴着烦，晃来晃去。"

她接过，皱眉："啥叫烦？这么好的表！"

"表带子太松。"

她捧着表端详半天："我收着，改天进城调调。"

我点头。

脚已不听使唤，拐向陈佳和朵娜的宿舍。

我曾告诫自己，别主动找她，男人得有点骨气。可今晚不一样，我是来找鹦鹉的。

宿舍灯光昏黄，空气里混着雪花膏和干茅草的味道。

朵娜坐在床角，翻着一本旧画报，头发半掩着脸，像在看，又像心不在焉。我推门进来，她眼皮都没抬，把我当空气。

陈佳热情招呼，塞给我一片菠萝："坐！"

我早备好了几句话，想故意挑起话题，可目光扫到朵娜的小桌子——我画的那张素描，果然不见了。

话全堵在喉咙，连鹦鹉的事都没心情提。

陈佳察觉气氛不对，扬声打趣："哟，你俩今晚装不认识啊？"

屋里静得能听见呼吸。

她又冲朵娜说："小峰要调走了。"

朵娜手指一顿，抬头淡淡瞥她一眼："是吗？"

我忙接："还没定。"

她眼中闪过一丝波光，像湖面被风拂过，随即低头继续翻画报，像什么都没发生。

陈佳笑得神秘："那问鹦鹉吧！哦，想起来了，鹦鹉被朵娜烤来吃了，只能问她了。"

我笑出声，她这弯绕得巧妙。

朵娜并不接话，好像更在意那画报里的人。

"鹦鹉都成晚饭了，那我先撤。"我故作轻松，起身想走，心却有些沉。

陈佳一把按我坐下，认真道："你真要离开我们？"

我迟疑了下："玛恩校长还等着我去太洛寨教普通话，暂时走不了。"

"那就好。"她松口气，话锋一转，"听说你今天还教学生画素描？"

"不是我，是我请伍大尚来代课。"

"那个瘦高个？篮球场常晃的？"她眼睛一亮，"他收徒弟吗？"

"想学，自己问。"

"我哪敢，怕被拒了多尴尬。"

我瞥见陈佳眼里的光，猜她对大尚有点意思，便站起身："那我陪你去找他问问。"

陈佳顺势拉朵娜："走，一起散步！"

朵娜却摇头，语气平淡："你们去，我还有衣服没洗。"

这话轻飘飘，却像一堵无形的墙，将我和她隔开。

***

找到伍大尚时，他坐在地上，脚边空碗干干净净，眼角却有泪痕。原来，他把这个月的饭票花光，饿了一整天。

陈佳眼眶一红，拍他肩膀："你傻啊，我们女生的饭票总剩，随便说一声就有吃的。走，去我那儿煮面。"

"你们先走，我帮师父收拾。"我说。

他们离开后，我把地上的画稿一张张拾起，叠好放桌上，心想：要是画能当饭吃，他就不用饿肚子了。

回到陈佳宿舍，她分了任务："你俩回家拿点调料。"

我从家里偷了几个鸡蛋，朵娜从她家菜园摘了小白菜和葱。

夜深了，我们四人围着炭火，吃着简单却热乎的面条。

大尚吃饱后，开始调侃："小峰，你画工见长啊，再练几年，保不齐比我强。哪天让我爸指点一下，没准出个画家。"

我笑笑："全靠师父教得好。不如再收个徒弟？"

"谁？"大尚眼一亮，瞟向陈佳和朵娜，笑得意味深长。

"当然是我！"陈佳举手，毫不怯场，"吃了我的面，不收我可不行。"

陈佳和大尚的眼神对上，像有股微妙的暖流在两人间流转。我和朵娜都感觉到了。

我偷瞄朵娜，她低头喝面汤，却也偷偷瞥了我几眼。我悄悄把凳子挪近她一些。

趁大尚和陈佳笑闹，朵娜忽然低声问："你走……去哪儿？"

"团部中学。"我装作轻松，"条件好点。你不是在那儿读过几天？"

她点头，唇角勾起一抹模糊的笑："嗯，读过。你教高中还是初中？"

"还没定。"我逗她，"要是教高中，你回来当我学生不？"

她眼中闪过一丝涩意，低声道："你走你的，我得挣钱养家。"

什么我走我的？这话有点刺。我不冷不热地回她："也许我走了，对你更好？"

她抬头，眼神撞上我的，声音带点委屈，像从心底挤出："只要……你好。"那几个字沉极了。

那一瞬，我懂了——她嘴上无所谓，心里却在留我。

"我没打算真走。"我赶快低声说。

她听了，眼眶微红，低下头去。

▲▲▲

熄灯号刚吹过，营地骤然炸开锅。魏连长像一阵风冲进医务室，怀里抱着湿透的郝姐。他声音沙哑："医生，快救她！求你们！"

他小心翼翼将郝姐放在病床上。她双眼紧闭，浑身泥泞，一动不动，像被抽干了生气。

魏连长忽地跪下，额头磕在地上，血丝渗出——先朝郝姐，再朝方医生。

转眼，他像失了魂，跌跌撞撞冲出医务室，一头扎进夜色，朝原始森林狂奔，像只迷途的野兽。

抢救持续到深夜，郝姐终于缓过一口气。后来才听人说，她怀了孕，魏连长私下给她弄了药，想"解决问题"，却下手太重，差点酿成大祸。

"魏连长畏罪潜逃！"命令很快下达：基干民兵连夜进山搜人。我被分到一队，领了把空枪，举着火把，踏进漆黑的林子。

火把摇曳，映出怪影幢幢。夜鸟扑棱棱飞过头顶，尖叫划破寂静。

我们喊着"魏连长——"，却只听见风掠过林梢的低语，像在嘲笑我们的徒劳。

突然，前方闪过一抹火光，我追过去，竟看到朵娜半跪在地，焦急地扒着草丛。

"鞋陷泥里了，找不着。"她压低声音，咬着牙，"帮我。"

我二话不说蹲下，在泥泞里摸索，好不容易捞出那只糊满泥的鞋。

站起身，队伍的火把已消失在林中，只剩我和她。

我咽了口唾沫，干笑："我俩落单了，怕不？"

她斜我一眼，火光映着她倔强的脸："怕啥？我小时候跟舅舅进山打猎，这林子闭着眼都能走出去。倒是你，学生哥，腿抖不抖？"

"这林子有野猪有豹子，咱这空枪，遇上了拼刺刀？"

她抬手亮出洛卡族短砍刀，锋芒在火光中一闪："有我在，野兽得绕路。"

那语气干脆，像她真是这林子的主人。

我松口气，小声嘀咕："但愿今晚它们吃饱了。"

火把"噼啪"作响。

她忽然低声问："你说……他想干嘛？"

"躲起来吧。"我答。

她望向远处，眼神沉了沉："我知道个猎人常去的山洞，他可能在那。"

"你想去？"我心一紧。

"任务不就是找人？"她眼底闪过倔强。

“现在进深林，怕不是给熊送宵夜？”我试图拦她。

她嗤笑，斜我一眼：“刚还说不怕，现在怂了？”

“我哪怂了？”我正要争辩，背后传来一阵窸窣。我猛转身，将火把挥出去，只看到几只松鼠窜进黑暗。

朵娜盯着我笑：“学生哥，吓得够呛吧？”

“你眼花了吧。”我硬不承认，心却跳得飞快。

“好啦，我不说啦。”她换了一副温和的口气，“这是激将法。我小时候，舅舅就是这么练我的。出发吧！”

她转身朝深处走，步伐稳得像踩在自家院里。

我举着火把，跟在她身后。

她的背影像能穿透夜色。

忽然想起小时候听的传说：深山里有个“山精”女孩，总能带人走出迷雾。那一刻，我有些恍惚——

她，会不会就是那个“山精”？

第十三章

我们踩着满地枯枝败叶，脚下"咔嚓咔嚓"的声音在夜色里格外刺耳，像是在寂静中撕开了一道口子。远处的黑暗中，有几点幽绿的光一闪一闪，猜是野兽的眼睛，从林中冷冷盯着我们，渗得人背脊发凉。

"别怕，跟紧我。"朵娜低声说，语气沉稳得像个老猎人。

我心跳如鼓，手里的火把因为手心冒汗而微微打滑。每走一步，都像踩在未知的边缘，提心吊胆，生怕惊动了什么。

她走在前面，寻着一条猎人留下的隐秘小径，没有一丝犹豫，仿佛一只熟稔林道的豹。我紧跟在她身后，竟也慢慢稳住了心神。甚至心底升起一个荒唐的念头：如果这山路永远走不完也好，我可以就这么一直跟着她走下去。

"看见没？"朵娜指向前方崖壁，"山洞在那儿。"

"要爬上去？"我抬头望着那段陡峭的岩壁，不禁倒吸一口凉气。

"要我一个人，还真够呛。"她侧过脸，眼神轻飘飘地扫过来。

我立刻拍胸口："包在我身上！你等着！"

不知哪来的本事，我竟然真地攀了上去，再转身伸手去拉她。她握住我的手那一刻，突然笑着说："力气不小嘛，小峰。"

"我可是扛过一年木头的！"我咧嘴得意地说。

我们来到洞口，立即看见了魏连长！他蜷缩在洞口的地上，双手死死扣住一块石头，试图往洞外爬。

我赶紧把火把交给朵娜，过去将他扶起来，让他靠在石壁上。他身上的泥土混着浓重的草药味，脸色惨白，眼神空洞，像已经丢了大半条命。

"你喝药了？"我一眼看出端倪，惊讶地问。

他没力气说话，只是微微喘着气，眼神虚弱地飘忽。

朵娜颤着手从怀里掏出一块叠得整整齐齐的手帕，递给我："你……你帮他擦擦脸。"

我接过手帕，轻轻拭去他脸上的泥垢。他眼珠动了动，试图传达什么。

我凑近他耳边，小声说："郝姐已经没事了，在恢复。"

他眼中闪过一丝光亮，像是松了一口气。接着，缓缓地伸出手，摸向上衣口袋。我赶紧扶着他，帮他掏出一本湿漉漉的日记本。他颤颤地递给我。

我刚接过，他的手就像断了线的风筝一样垂下来。

山风钻进洞口，火光晃动，映得他脸色灰白如纸。

朵娜猛地靠过来，额头抵在我胸口，死死拽着我衣襟，眼泪一滴一滴地落下，却一声不哭。

那一刻，我脑子一片空白，只觉得她的手冰得刺骨。我慌乱地握紧她的手，拉着她，撒腿往洞外跑去。

***

回到营部，我第一时间将魏连长的死讯上报。办公室里空气凝滞，我说完最后一个字，就像被抽空了力气，连回宿舍都走不动了，只得瘫坐在篮球场边的水泥地上，背靠着冰冷的石凳，脑子一团浆糊，眼前阵阵发黑。

不知过了多久，操场那头传来急促的哨声。直属连连长高建伟的嗓门像雷劈下来："集合！准备进山！"

他大步冲我这边走来，吼道："唐小峰！起来！你带路！"

我勉强撑着手臂想站，腿却像灌了铅，膝盖一软，跪倒在地。

高连长一把拎起我胳膊，粗声道："醒醒！你不能倒！"

我张了张嘴，喉咙却干得发涩，一个字也吐不出来。

"高连长，住手！"熟悉的声音从远处传来。

方医生快步赶到，一把推开他："你看不出来吗？这孩子都快虚脱了！"

高连长怔住，甩手退开了。

几个人把我架回宿舍，方医生端来一碗糖水，一口口喂我。我喉咙像被火烧，糖水却一点点化开身体里的寒与疲惫。我昏沉沉睡去，像跌进一个没有梦的黑洞。

***

第二天一早醒来，浑身酸疼，像是走过百里的山路。但头脑已经清醒多了，心却有些沉。

我靠在床头，手里捧着那本泡过水的日记本。封皮起了毛，纸张皱巴巴的，但封面上的雷锋头像仍咧着嘴笑着，像什么都没发生过。

我没有翻开它，也没有打算上交。

这是魏连长留给郝姐的东西，是他们之间的私密。交上去，只会变成一种"材料"，被人翻来翻去，写成汇报、贴上"典型"的标签。他的情感、他的挣扎、他的余温，都会被抹平得干干净净。

我静静地抱着日记本，胸口堵得发闷。

"魏连长……"我低声喃喃，"你是条好汉，可你要是能再撑一撑……"

脑海里忽然浮现出天湖边的那个清晨。他和郝姐并肩走在湖畔，晨光将他们的影子拉得很长。她拽了他一下，他顺势把她揽进怀里，两人笑得像天使。

那一刻，我确信，他俩是世上最幸福的一对；我和朵娜迟早也有那么一天。

可如今，湖还在，山风依旧，而他却永远回不去了。

一种冲动忽然涌上心头——我想见朵娜。

不是"哪天见"，不是"以后再说"，是此刻，立刻。

我抓起画板，轻手轻脚出门，穿过吊桥，在桥那头支起画架。表面上是在画雾，其实眼睛时不时往桥上扫。

山脚的晨雾正缓缓升起，把整个营地笼罩成一幅朦胧的水墨画。远处芭蕉树轻轻摇曳，桥下水声潺潺，像是谁在低声倾诉。

忽然听到一阵窸窣声，我抬头，却不是人。

草丛中，一只梅花鹿探出头，眼睛清澈透亮，静静地看着我，好像在打量这个打扰它清晨世界的陌生人。晨光斜洒在它身上，斑点闪着柔光，宛如林间走出的精灵。

吊桥"吱呀"一响，小鹿警觉地跃起，倏地消失在雾中。

而朵娜，戴着一顶草帽，就像是从雾里走出来的。

"我可什么都没看见哦。"她嘴里嘀咕着，假装要绕过我。

我伸手拦住她，笑着说："喂，我这肩膀还留着你昨晚的眼泪呢，就想装不认识人啦？"

她忍不住笑了出来。

我塞给她一个小纸袋。

她有些好奇地看着我："是什么？"

"小礼物。记得你这几天是你生日。"

她拆开袋子，眼睛一下子亮了起来："哇，是琴弦！我正愁没法弹新歌呢！"

"你写的？"

"当然。"她得意地扬起下巴。

"真想听听！"我满脸羡慕。

"真的？"她见我不像开玩笑，"明儿我生日。要听——就陪我看日出，我唱给你听。"

说完，她轻轻加了一句："不过，说好了，别乱想。"

我已经很久没有这样开心过了，毫不犹豫点头："行，我保证。明早见。"

***

回家后，我鼓起勇气对妹妹说："小妹，把你那套新军装送我吧。"

她警觉地眯起眼睛："哥，你……"

"不是我穿。"我抢在她质问前打断，"是送朵娜的。"

她皱起眉："你真喜欢她？"

"别想歪了。"我摸了摸她的脑袋，"去年她救过我，这是还个情。再说，我以后可是要进城的，要找也是城里的姑娘。"

她默默地把衣服拿给我。

***

隔日，晨雾还未散尽，朵娜已站在河边。

她背着吉他，穿着洗得发白的工装，长辫垂在肩头，眼里藏着一丝掩不住的兴奋，还有一点调皮："没人撞见你吧？"

"星期天，谁会起这么早？"我小声答。

她靠近一步，扫了我一眼："咦，你空着手？画板呢？"

"背也没用，被人瞧见你我在一块，一样的麻烦。"我耸了耸肩。

"那就趁雾大，快走！"

"去哪儿？"我问。

她眯眼一笑："跟我来就对了。"

我们穿过芭蕉林，转入一条隐秘小径。雾气绕在脚边，草叶挂着晶亮的露珠。她停下脚步，抬头指着山腰："看到那边的瞭望台了吗？从那儿看日出最棒。"

"走！"我兴奋地应声。

走了一会儿，她忽然问："你怎么知道我生日？"

我挠头一笑："我见你体检表上写着。"

她斜我一眼："不老实。"

我们抵达瞭望台，那是一座小木屋，矗立在山顶树梢之间，如悬在云端。群山时隐时现，一只鹰掠空而过，像是划破天幕的一行孤独的诗。

朵娜靠在栏杆上，脸颊泛着微红，晨风吹得她的发丝轻轻拂动。

太阳迟迟没有露面，天色依旧灰蒙。她抱着吉他，低声嘟囔："我运气一向不好，连今天都不例外。"

"可能太阳今天也过生日，睡懒觉了。"我故作轻松地说。

"你怎么知道？"

"我家的乌龟告诉我的。"

"我看是你偷看了太阳的体检表。"她终于笑了，整理了一下情绪，低头拨动琴弦，声音低低地飘出来——

山啦啦那边的阿妹哟

什么火焰甜如蜜

什么摇篮轻如丝

什么玛瑙泣如泪

什么风铃歌如琴

山啦啦那边的阿哥哟

花仙子的红唇甜如蜜

花仙子的梦衫轻如丝

花仙子的朝露泣如泪

花仙子的心结歌如琴

……

我一动不动，仿佛被她的歌声牵住了魂。那声音纯净而温暖，像雾里一缕轻风，又像林间突然绽放的一朵小白花，悄然、安静，却让人无法忽视。

可越是动听，我心里越是泛起一阵酸意。那旋律仿佛揭开了一块尚未愈合的伤口，一点点触及心底最柔软也最危险的地方。

歌声渐止，她回过头，眼里还残着未散的余韵："怎么样，还听得进去不？"

"这是……情歌吧？"我声音有点哑，语气里带着一丝苦涩。

"你说呢？"她轻轻皱眉，显然对我的回避有些不快。

我装得一本正经，学教导员的口吻："朵娜，你今年才多大？"

"报告教导员，十七啦！"她抬起下巴，像是我的兵，可语气里满是骄傲。

"营里批准你唱情歌了吗？"我故意逗她。

"教导员同志！"她高声顶回，"朵娜同志原定今应赴芒卡寨参加成人礼，你说，这年纪够不够唱？"

我终于忍不住笑出来："那你怎么没去？"

"为了陪你等这个赖床的太阳呀。"她嘴角一撇，语气中带着轻轻的撒娇。

我们几乎同时笑出声来。

我从背包里取出那套准备好的军装，郑重地递到她手上："生日快乐，也……成人快乐。"

她怔了片刻，眼中闪过一丝不可置信的惊喜。随后，她踮起脚，凑近我耳边轻轻说："谢谢你，这是我收到过最好的礼物。"

那一刻，我几乎不由自主地想伸手抱住她——她近在咫尺，气息清浅，仿佛只要我稍微前倾，便能将她揽进怀中。

可我终究没有。

我强迫自己站稳，压住心底那股翻涌的冲动。不是怕她那句"别乱想"，是怕我自己。一旦越过那条线，就再也无法抽身。

我甚至不敢转头去看她的表情——哪怕一眼。

第十四章

回程的山路蜿蜒幽静，阳光不知何时拨开乌云，从枝叶间漏下来。斑驳光影在林间跳跃，一会儿洒在她肩头，一会儿又隐入树荫里，像在跟她玩捉迷藏。

她走在前头，鞋尖不经意挑起几片落叶。那些叶子旋转着飞起，轻盈地飘落，仿佛被她唤醒，在为她跳一段无声的舞。

我落后两三步，默默盯着她的背影走神。刚才她靠近我，轻声说的"谢谢你"，仍像根羽毛扫过心尖，酥麻又温暖。

走到半山腰，她忽然转身看我，那一眼，有些不同于以往的温柔。

"你知道我妈是怎么嫁给我爸的吗？"她问。

我摇头："你没说过。"

她掠开被风吹乱的额发，目光越过山谷，落在起伏的远山上："我爸那时候在部队服役。有次剿匪，他和部队走散了，受了伤，倒在山林里。我妈那时候还小，出来采药碰上他，把他背回了寨子，躲着族人偷偷照顾。"

"那后来呢？"我问。

"他伤好了得归队，临走前对她说：'我会回来娶你。'外婆那时候就说，'男人的话听听就好，听族长的，找寨子里的人嫁了吧。'"

"他真的回来娶她了？"虽然我知道答案，还是忍不住问。

"嗯。他退伍之后真的回来，把我妈接出了寨子。但代价是——他们再也没回去过。"

我怔怔地望着远山，忽然觉得那些起伏的山脊，像极了人生里要跨越的界线。

"那她后悔吗？"我低声问。

朵娜脸上带着一丝暧昧的笑意："谁知道呢？她有时候会自言自语，说她爱错了郎。"

"怎么会？听起来明明很美啊。"

她没回答，只是弯腰摘了几片路边的薄荷叶，在指尖揉了几下，然后递到我面前："闻闻。"

我凑近鼻尖，一股凉意直冲脑门，真有点醒神。但我仍不明白："她到底后悔什么？"

朵娜转身继续走，语气轻飘飘的，像风里藏着笑："女人啊，有时候话要反着听。"

山谷的风吹来，卷起一地落叶，也卷起了我心中隐隐的觉悟。她的话像是调侃，又像提醒。我有些发怔——过去多少次，我是不是错失了她的许多暗示呢？

走出芭蕉林，河滩那头忽然传来一阵断断续续的呼救声。

"救命……帮帮我……"

我俩对视一眼，拔腿冲了过去。

拨开草丛，大贵横在地上，脸肿得像刚从蒸锅里拿出来的馒头，嘴唇又紫又胀，滑稽得几乎让人笑出声，又让人心疼得皱眉。

"马蜂……树上有窝……"他虚弱地呻吟，"我以为是鸟蛋……"

朵娜忍着笑，迅速割下旁边的草药，把汁液涂在他红肿得惊人的脖子上："你这是蘑菇没吃着，差点变蜂窝。"

我也憋不住笑："蜂窝你都敢动，你胆是真肥。"

大贵苦着脸："别笑了，快扶我回去吧，再晚点我就变标本了。"

我们合力将他搀扶起来，穿过吊桥。

朵娜停下脚步："你送他去医务室吧，我就不去了。"

说完，她挥了下手，轻快地走远了。

我把大贵送进医务室，再回到宿舍时，门却虚掩着。

母亲坐在桌边，脸比清晨压山的阴云还黑。

"妈？你怎么来了？"我心头一紧。

她冷冷地盯着我："一大早，你又和朵娜跑哪儿去了？"

我尽量装作轻松："就碰上了，说了几句话。"

"几句话？"她一声冷哼，"你们是一路'说'到瞭望台去的？"

我张口结舌，半天才挤出一句："她今天生日……想看日出。"

"生日？"她语调陡沉，"一个女孩，天还没亮就拉着男孩子上山，你信这是巧合？"

我语塞。

"你知不知道，这事要是传出去，你还想不想上大学？还想不想走出这山沟？"

"妈，你别这样……"我嗓子发紧，"朵娜她……又没做错什么。"

"你还替她说话？"她站起来，怒气逼人，"唐小峰，你太天真了！"

"她不是你说的那种人！"我红着眼吼出来，"你根本不了解她，凭什么这样说？"

她怔了一下，脸涨得通红："你为了一个山丫头，跟你妈顶嘴？"

屋里一瞬寂静，我倔强地站着，像块石头。

她声音放缓，却更像一把锯："你爸困在这山沟熬了半辈子，不是甘心的。我们让你出去，是希望你能有别的路，不是回来和我们吵架的。"

我咬牙不说话。

她看我冥顽不化，叹口气："她割胶、种菜，一家几个姊妹靠她帮衬着。她的命，注定困在山里。你扛得起她的未来吗？"

我脑中闪过方医生那天的神情。母亲说的，也许没错。但我无法接受。我只挤出一句："妈……我知道分寸。"

她望着我，眼神终于稍稍软了一点，却依旧不容妥协："我跟方医生讲过了。她也认同我的看法。你记清楚——别再去找她。要是再让我发现，我就直接请人调她去二营或者三营，彻底断了你们的念想。"

我猛地抬头，瞪着她："你凭什么？"

"不是我狠，"她声音低却重，"是这世界不留情面。你要走远，就得学会放手。"

她走后，屋里死一样静。我坐在床沿，脑子一团乱。

朵娜的笑，她的歌，还在我耳边回响，可我知道，从今天起，那歌，也许只能在梦里听见了。

＊＊＊

我开始每周一次前往太洛寨教普通话，每次两小时。学生们多是洛卡族的孩子，七八岁的顽童和十七八岁的少年混在一间竹楼教室里，一双双眼睛干净又炽热，仿佛渴望从课本里认识山外的路。

每次站上讲台，看着那些面孔，我就觉得，或许我真的能替他们打开一扇窗。

玛恩校长常常坐在教室后排，眯眼听得认真，偶尔还幽默插句："唐老师，我年纪大了脑子笨，可听你这么讲，普通话也跟着正经起来啦！"他的信任和鼓励让我备课更加用心。这不仅是一份教学任务，更像在浓密山林与广阔天地之间，搭起一座小桥。

学生们对我分外热情，一下课就围上来七嘴八舌，有问问题的，有教我洛卡语的，也有拉着我讲故事的。他们对农场、县城的故事充满好奇，而我却常被他们讲的狩猎、节庆、山歌吸引得如痴如醉。

我和他们渐渐打成一片，尤其是扎波——年纪和我差不多，天性爽朗，是个不折不扣的猎手。

一次，他兴奋地把一支火药枪塞进我手里，悄声说："老师，看那边草丛，肥兔子一只，今天你上！"

"我没打过猎啊……"我手脚发紧，心跳像擂鼓。

"别怕！点火线就行。"他拍着我肩膀，笑得贼兮兮的。

火线刚点燃，我就哆嗦起来，本能地把枪一扔，只听"砰"一声，泥土飞溅，火药差点崩了管。扎波先是一愣，接着笑得前仰后合："唐老师，你这样放枪，差点要了我的命！"

某天课后，一个叫米亚的女生拉着我的胳膊往外走："老师，快去我家吃饭，我阿妈说要见你！"

她几个同伴也在一旁笑嘻嘻地起哄，把我几乎半推半拽到了她家竹楼。她阿妈正忙着晒辣椒，一见我来，立马放下活计，笑眯眯地打量我："哎呀，唐老师长得真俊，眉眼像极了我家米罕！"

"米罕？"我一愣。

"我哥呀！"米亚补了一句。

"老师你多大啦？"她妈接着问。

"快十九了。"

她妈一听，笑得更欢，翻出一张军装照递给我："你看，这是我家米罕。去年去当兵了，年纪跟你一样，看着是不是像你兄弟？"

照片里的男孩眉眼果然和我有几分相似，几个学生凑过来看，也笑作一团："老师，怕就是你哟！"

我也忍不住笑，心头却微微一动——有些缘分，是说不清的。

吃饭时，她妈滔滔不绝讲着儿子当兵的事。临走前，米亚忽然望着我，像是鼓了很大勇气："唐老师，你以后……还会常来吗？"

　　我愣了一下，嘴角挂着笑，却没有回答。

　　事实上，我刚刚做了决定不再来了。高考真的要恢复了。知青中间消息像火一样传开，大家开始偷偷复习。而我，也终于看见了自己真正的出路。

***

　　最后一堂课时，空气中带着一种微妙的安静。米亚和几个女生穿上了节庆的衣裙，银饰叮叮当当响个不停。我原以为她们是要以此送别，没想到课一结束，她们就围着我，推着米亚往前："老师，今天她成人礼，阿妈请你参加呢！"

　　"米亚，你多大？"我一时没反应过来。

　　"十五啦！"她猛地抬头，一双眼睛亮晶晶的，藏不住兴奋。

　　我愣了两秒，随即点头："当然去。你人生大事，我哪能错过？"

　　她家早已张灯结彩，银饰声、歌声交织在一起。她阿妈迎上来，笑得眼睛眯成一条线："唐老师，米亚她哥哥不在家，这场成人礼缺个哥撑场子。我第一眼就中意你，你看……"

　　"阿姨您放心，今天我是她哥！"我爽快答应。

　　几个姑姨把我拉进屋，三下五除二替我换上了黑麻布的礼服，银扣、红绣、瓜皮帽，全套齐整。我站在铜镜前，望着自己被改头换面的模样，忽然觉得，我像是被这个族群认领了。

　　歌声响起，米亚在闺蜜陪伴下缓缓走下竹楼。司仪是一位银发苍苍的老妇人，她从腰间摘下小葫芦，一边念着吉语，一边洒下百草露，为这场仪式洒上祝福。

　　姑娘们围住米亚，帮她脱下象征孩童的短裙，换上黑红白三色的拖地成人裙，套上一件银光闪闪的短上衣。米亚的姑姑走上前，打开她那条垂到腰间的独辫子。司仪趁机将百草露洒在她瀑布般的黑发上，随后手指灵巧地将它们编成两条细致如麻花的长辫。

　　当米亚戴上那条绣满花卉的头巾，耳垂挂起泛着温润光泽的祖传翡翠耳坠，院子瞬间热闹了起来，欢呼声如骤起的山风，把所有人的喜悦吹向四面八方。

　　刚才还是个羞答答的小姑娘，眨眼间就变成了亭亭玉立的大姑娘。她低头轻笑，脸颊泛起一层薄薄的玫瑰色。从这一刻起，她可以自由踏上集市，去追逐属于她自己的快乐，甚至可以大大方方地牵起心仪男孩的手，带他回家。

亲友们立刻围上来，笑着"盘问"：

"米亚呀，心里有没有喜欢的人啦？"

"孔雀为啥要开屏，你知道不？"

"串珠怎样才能串得久？"

"以后想生几个娃？"

米亚低着头羞得不敢作声，脸红得像熟透的山楂。一旁的姐妹们却笑着帮她答：

"她呀，早就喜欢上邻寨里跳舞最好的小伙子啦！"

"去——别瞎说！"米亚急得跺脚，捂着嘴笑得更厉害。

这时，司仪庄重地举起鹿角——那鹿角包着一层银白柔绒，如同月光织成的权杖。她口中念念有词，用鹿角在米亚额前轻轻画了个圆圈，声音低沉而庄严：

"洛卡的女儿，从今天起，你便要独自面对世间的风浪，做一个真正的女人。愿山神护佑你。"

然后，她将鹿角挂上柚子树的枝桠，洒下百草露，喃喃祈语，仿佛在与神灵对话，把祝福一点点送进风里。

突然，鼓声急促，人群齐刷刷地望向我。米亚的母亲笑盈盈地催促："去吧孩子，该你背妹妹'出嫁'啦！"

我还没反应过来，旁边几位姑姨已经笑着解释："你今天是她哥哥，得背她去'嫁'给柚子树，这是哥哥最大的责任，可不能逃！"

"背去结婚？"我哭笑不得，只好硬着头皮蹲下身，"来吧，小新娘。"

米亚娇羞地趴到我背上，脸埋在我肩膀上，小声说："唐老师，你身上……香香的。"

我笑："不香怎么行？今天是我妹妹出嫁呢！"

米亚笑得更深了。我一鼓作气，随着鼓点和歌声，围着柚子树跑了十八圈，跑到双腿打颤才停下来。

院子里掌声笑声响成一片。年轻人冲进来，拉成一圈，跳起了洛卡人最爱的踢腿舞。我拉起扎波和米亚的手，放开一切顾虑，在这热情似火的山寨中，瞎蹦一气，一直到深夜。

第二天，米亚和学生们依依不舍送我到寨口。

　　米亚轻轻扯了扯我衣角，小声问："老师，你明年……还会回来吗？我还能叫你'阿哥'吗？"

　　我看着她眼里藏着的那份说不清的期待，忽然有些心酸，轻声应了句："嗯，我是你阿哥。"

第十五章

山路幽深寂静，脚下枯叶松动，沙沙作响。我脑海里还残留着米亚成人礼的余韵，像林间缠绕不去的雾。

那一个昼夜太热闹了，热闹得有点不真实。我被簇拥，被称作"哥哥"，被当成他们的一份子。我跳舞、喝酒、大笑，像真有资格参与他们的命运。可一旦脚步慢下来，那些热闹便像风吹过耳边，只留一点模糊的回响。

我知道，我不是米罕。我只是个过客。我答应得那么自然："我是你阿哥。"可心里却清楚，我连自己都顾不了。

那一刻，我想起朵娜。

想知道——她是不是也幻想过这样的成人礼？有没有在某个夜里，偷偷试戴母亲的银饰，梳过双辫，站在鹿角前默默许过愿？有没有幻想过，被"哥哥"背着，绕着柚子树跑十八圈？可她没有亲哥哥……那，她想象中的那个"哥哥"，会是谁？

她从未说起过自己的成人礼愿望。她十七岁的那天，只是带我去看了日出。这一刻我明白了——自己不配。过去我没敢承担，现在也不敢承诺未来。我心里像住了两个人，一个拉着我往她走，一个却不停提醒：别自作多情，别越界，别再让她哭了……

***

山风带着些许热意，我绕过橡胶林，顺着小径往谷底走，想着捧点凉水洗洗脸。

谁知刚走近瀑布，我脚步一顿，心跳骤然加快。

朵娜就站在瀑布的水帘不远处，独自沐浴。长发湿湿地垂在背后，肌肤在阳光与水汽中泛着淡淡的光，溪水绕过她的腿，水珠四溅如珍珠。那一刻，她不属于这人间，更像是这山林里悄然现身的精灵。

我赶紧退入一丛浓密的蕨类植物中，屏住呼吸，动也不敢动。整个人僵住了，像个做错事的孩子，又像个迷路的少年。

"快走啊！"我心里喊着，可手却鬼使神差地从背包里抽出速写本

——我知道这不对，像是不经意闯进了她的梦。但她太美了，美得让我觉得，这不是我偷看的，而是山林安排给我的奇遇。

我轻轻落笔，生怕惊扰了她。

直到画完最后一笔，我才如梦初醒，慌忙收起本子，低着头一路逃回营部。

大尚师父见我魂不守舍的样子，皱着眉头问："小峰，咋了？"

我犹豫了几秒，低声说："师父……我想考美术系。我想把那些我看到的美好都画下来。"

他看了我一眼，眼神像在权衡什么，然后叹了口气："美术这路难走啊，你基础太薄，跟城里那些孩子差得远。最多……报个美工班碰碰运气吧。"

那话像一盆凉水泼下来。我知道他说的是实话，可那两个字"美工"却一下子把我心里的那团火压得死死的，像是一脚踩灭了我刚冒出来的梦。

那晚，我坐在桌前，望着那张空白的高考报名表，迟迟落不下笔。最后，我在"专业"那一栏里，写下了"文学"。不是因为我又想当作家，而是不爱听"美工"两个字。

可填完那两个字后，我望着那纸，心里却空得发凉。

为什么是文学？为什么不是美术？

我想起在瀑布边画下朵娜的身影，想起她在水光中回头一瞥。我从没那么想画一个人，也从没那么怕自己画不好。我多想让画笔替我留住一切——她的笑，她的悲，她的眼神，还有那一刻我想靠近又不敢的心。就一直这样画下去。

可现实没给我靠近的资格，连画的资格都那么吝啬。

***

大尚师父翻着课本，眼睛红得像被烟熏过，可嘴里还在一遍又一遍地背公式，像是在念某种咒语。

可偏偏就在这个节骨眼上，他出事了。

那天伐木时，他一不小心，斧头砍到了自己。

我赶到医务室时，他躺在床上，右腿缠着厚厚的绷带，脸色发白，手里却还死死抱着那本角落磨破的数学书。那模样，就像是把斧头换成了书，准备硬扛到底。

"师父，疼吗？"我问。

他咧嘴一笑，比哭还难看："顾不上疼，就怕……考不上。"

我看着他咬牙坚持的样子，像是被命运逼着上阵——也许他想孤注一掷，追回那些逝去的十年青春；也许是他父亲坎坷的境遇，让他格外不敢松懈。

那一刻我明白了：对我们这些山沟里的人来说，高考更像在过一座独木桥，通往命运的另一端。

他强忍着痛，吸了口气："小峰，别费神想太多考什么专业。先走出去，走出这座山，给自己一个更大的天地！"

我点了点头，不敢说话。

那天晚上，熄灯号响后，我悄悄点亮了油灯，把画本合上，塞进抽屉，翻开了语文复习资料。桌上的报名表还摊着，"文学"两个字在昏黄的灯光下，晃得人心里不安。但这一回，我不再犹豫了。

都得走出去——不管是走着、爬着，还是像大尚那样，拄着拐杖一步步挪过去。

***

最后一节课结束，我正弯腰收拾散落的课本和教案。抬头那一瞬，竟看见朵娜站在门口，神色有些局促。

我吓了一跳，赶紧迎上去一把拽住她的手腕，把她拉进教室——学校人多嘴杂，要是被谁撞见，又传到我妈耳朵里，那麻烦可就大了。

"给。"她递过来一本封皮磨得发白的笔记本，嘴角带着一抹克制的笑意。

我接过的时候心跳突然乱了节拍——这是情书？还是那种偷偷传阅的少女小说？

可一翻开第一页，我就愣住了。

密密麻麻，全是六十年代的高考数学题和解法，笔迹歪歪斜斜。

"你从哪儿搞来的？"我忍不住问，声音里藏不住惊喜。

她耸了耸肩，装作不经意："团部有个数学老师，是我爸战友的媳妇。我在她家窝了一个周末，一题一题抄的。"

"你……你费了多大劲啊。"我嗫嚅着，"你最近老躲着我，把我当陌生人。我还以为你真铁了心，不想理我了。"

"你就没躲我？"她抬起下巴，眼里闪着一丝委屈，"那天大会上撞见你，你躲得比兔子还快。"

"我是怕连累你。"我低声说。

"我不也是嘛。"她低低回了一句。

我们对视了几秒，从彼此眼神里，看到了那份藏不住的熟悉和无奈。

我忽然有点冲动，嘴一快："我究竟怕什么！"

她愣了一下，随即眼角一弯，笑得有点狡黠："既然不怕，那今晚我去你家玩，好不好？"

我一听，脑袋"嗡"的一下，手忙脚乱地挥着："别别别！千万别来，我真招架不住！"

她的笑容顿了一下，随即垂下眼睫，低声说："算了，我懂你的处境。你安心复习吧，我相信你能考上。"

我沉默了一会儿，低声问："那你……就没想过自己也试试？"

她垂着头，声音轻得像柳絮飘落："我连高中都没读，就这点底子……下辈子再说吧。"

我张了张嘴，想说点什么，可发现什么话都说不出口。那一刻，所有的安慰都轻飘飘的，没有意义。

回到宿舍，我立刻翻开她的笔记。可里面上标下标乱飞，公式东倒西歪，方程像古文，图形像迷宫。

我苦笑着合上它——她那份用尽力气抄下来的心意，终究还是帮不上我什么忙。

＊＊＊

高考结束那天，我沮丧透顶。数学那道几何题像一团死结，无论怎么理都绕不明白；历史卷上那道"波斯文化对中原的影响"，我脑中只剩几片丝绸与陶器的碎影，写了删、删了又写，最后也不过是草草交卷。

成绩未出，心却一直悬着，像吊在风里的纸鸢，七上八下的。

而这时的农场，也陷入一场莫名的动荡。团长因为牵涉"四人帮"被带走，父亲接到调任通知。教导员整日阴沉着脸，想着心事，忘了往日的威风。

那些曾被禁唱的知青歌曲，如今却被人放声高唱，像是一种反击，也像在宣告一个旧时代即将落幕。

傍晚时分，扎波气喘吁吁冲进营部，满头是汗，眼睛却闪闪发亮："老师！今晚去看露天电影吧！"

我笑问："放什么？"

"《南征北战》！"

我皱眉："这片我都能背下来了。"

他凑过来，语气神秘："那只是幌子。真想看电影，还用跑几十里来请你？"

我被他勾起了兴趣："那到底什么事？"

他嘿嘿一笑："去了你就知道，比电影还带劲。"

我拗不过他，最终点了头。

我们沿着山路走了几个小时，抵达孟卡寨时，天色已暗。村口早已聚着一群小伙子，都是我教过的学生。他们围着我，个个眼里藏着兴奋与紧张。

"老师，今晚可是大事！"一个男孩悄悄说。

"啥大事？"我一头雾水。

扎波笑得神秘："我们要——约姑娘！"

放映时，他们的眼神几乎没在银幕上停留，全盯着姑娘堆。电影散场前，扎波开始"分工"：

"你、你、你……还有老师！"他点着人，"你们几个回寨准备酒席，剩下的跟我走！"

他带着一队人趁乱"拦人"去了。

不多时，他气喘吁吁跑回来，沮丧道："姑娘堆里混了个汉族姑娘，我们没人敢搭话，结果气氛全被她带凉了，谁都不肯走。"

我提议："要不换拨人试试？"

"来不及了。"他眼巴巴地看我，"老师，你出马行不行？"

我苦笑："我可不擅长这个。"

"老师你最会说话了！"大家七嘴八舌起哄。

我犹豫几秒，只好答应。他带我绕小路追上那群姑娘。

手电一照，一个熟悉的身影落入光圈。

"朵娜？"我脱口而出。

她怔住，也举起电筒照向我："你怎么在这儿？"

我笑着走近："你能来，我为什么不能？"

她哼了一声，躲到普洛身后："你来的奇怪。"

"你妈又不在，怕什么？"我打趣，"我可不是图谋不轨，是来骂你的——人家头一回约姑娘，你搅局。"

"我哪有？"她嘴硬，"我只是想早点回去睡觉，明天还得割胶。"

"你是'过来人'，不懂体谅点他们的小心思？"

"谁是'过来人'？"她瞪我一眼。

我笑得前仰后合："行行行，那今晚我约你行不行？就当陪大家玩。"

她眼神一闪，和普洛咬了几句耳朵，牵了她的手，然后一起走上前来。

***

太洛寨的谷场上，篝火正旺，火焰跳跃，把每张青春的脸都映得亮晶晶的。姑娘们佩戴的银饰在火光中叮当作响，空气里混着烤肉和稻草的香，还有一丝说不出的甜味，像是热闹里飘来的悄悄话。

几个小伙子弹着吉他，敲着手鼓，节奏欢快又热烈。有的已经拉起姑娘的手，围着火圈跳起了索啦舞，身影在火光与夜色中穿梭，像山林间奔跑的鹿群。

不时有姑娘笑着向我伸手邀舞，我都婉婉谢过："我笨脚笨手，会踩你的脚的！"其实我哪儿是在怕跳舞，我在等一个人——朵娜。

可她从头到尾都跟表姐待在一块儿，笑声连着话题，仿佛刻意不给我一点靠近的机会。

最后，还是她表姐看不过去，忽然将她拽到我面前，故意放大声音："你俩自己玩吧，我还有事！"话音未落，手一推，就把朵娜送了过来。

她被推得一个趔趄，直朝我怀里撞来，我慌忙伸手接住。她顺势握住我的手，一把把我拉进了舞圈。

火光映在她脸上，眉眼像刚绽开的花。那一瞬，我觉得她眼睛里藏了好多星星，亮闪闪地，只洒给我一个人看。

我却笨得像一头大熊，动作总慢半拍，惹得她笑个不停。那笑声清脆悦耳，像夏夜树上的风铃，一声一声，敲进我心里。

在她的鼓励和热烈的鼓点中，我渐渐找到了节奏，舞步也慢慢顺了起来。握着她温热的手，我的胸口泛起一阵久违的悸动。

了起来。握着她温热的手，我的胸口泛起一阵久违的悸动。

第十六章

　　舞散后，夜餐已整齐摆好，酒碗一溜儿地列在桌上，米酒泛着微微的光晕。小伙子们兴奋得满脸通红，殷勤地招呼姑娘们进了茅草屋，围坐在圆桌边，男女依照习俗交错而坐，一场热火朝天的情歌对唱随即拉开序幕。

　　姑娘们先声夺人，清亮的嗓音划破夜色，唱的是藏在梦里的心动与等候。男孩们也不甘示弱，一句句调侃里掺着小心翼翼的暗示，用歌声去牵住姑娘的心。

　　谁若对不上，就得罚酒一碗，或者把一块肥肉塞进嘴里。笑声、叫好声、起哄声混在一起，气氛热烈得像快要爆开的蒸笼。

　　朵娜坐在我身边，不时翻译着歌词，语气里带着几分调笑。我其实懂的不少，可还是乐意听她一字一句说出来——她的声音，比那歌还迷人。

　　酒过三巡，我也索性放下拘谨，举起碗来，跟着大家一口干。

　　等到抢歌环节，已经有几对年轻人对上了眼，笑着起身，追逐着溜出屋去，身影很快消失在夜色里，只留下一屋子暧昧未尽的遐想。

　　"你不用再译了，"我兴致勃勃地转向朵娜，"你不如自己唱一首，亮亮你的好嗓子？"

　　"我唱了，你接吗？"她看着我，神情淡淡。

　　"我不行，还是让别人接。"

　　"那谁要是接了，我是不是就得跟他走？"她挑眉，语气意味不明。

　　"那不行，那不行！"我赶紧摆手，憋了半天挤出一句，"我想起来了……你是'过来人'。"

　　她"扑哧"一笑："哈哈，我表姐刚刚也是这么解释的。"

　　不知什么时候，表姐已经悄悄离开了桌子。屋里只剩下我和朵娜，两个人，相对而坐。

　　她捧着酒碗，指尖漫不经心地沿着碗沿缓缓滑动，眼神在跳跃的火光里飘忽不定。我们之间那短暂的沉默，就像锅里未揭盖的汤，翻腾着些什么，炽热而又难以捉摸。

看来她不打算先开口。

我终于憋不住，笑着打破僵局："今晚的'男女追'戏挺热闹的……朵娜，要不我们也试试？"

她抿了口酒，斜眼瞅了我一眼，唇角挑起一丝笑意："你知道自己在说什么吗？真玩起来，你未必接得住。"

我愣了下："怎么就接不住了？"

她语气淡淡地说："你以为追完就完了吗？春夏一过，没准儿就有姑娘抱着娃回寨里找她男人去了。"

我后背一阵发凉，赶紧转移话题："好，那换个温和点儿的游戏。我们玩'问答游戏'吧，你问我一个，我问你一个，只准说实话，不许兜圈子。"

"行啊，"她爽快地点头，眼底却闪着狡黠的光。

我心里早就备好了一肚子问题："那我先问你——"

"不行。"她抢先打断我，眼睛微眯，语气带火，"吊桥上那个死死抱着你不放的女生，谁啊？"

我差点一口酒喷出来，赶紧摆手："高中同学，她那会儿怕掉进水里，真不是你想的那样……后来她去当兵了。"

"真就这么简单？"她半信半疑地瞥着我，语气吊着劲儿。

"真的。"我压低声音，像是怕被谁听见似的，"她去部队后，我们就再也没联系了。"

不等她继续发问，我赶紧反击："该你了。你跟四眼，到底怎么回事？"

她神情顿了下，低下头，语气轻得像落水的树叶："我爸走后，家里穷，四眼帮过我们。我只是……把他当个大叔看。"

她说得平静，我听着却还是心里拧巴，总觉得哪里别扭。只好装作轻松地举起酒碗："行吧，就信你这次——为'大叔'，干杯。"

她咧嘴一笑，碗口轻轻碰上我的，"叮"的一声，像火星落进水里。

带点酒意，她忽然又靠过来，"那你呢？有没有什么……见不得人的小秘密？"

"当然有。"我故作神秘地压低声音，"小时候我趴在你们家伙房墙头，偷看你们一家晚上……不穿裤子。"

她顿时瞪大眼，笑骂道："你们这些臭小子，眼睛坏得很！"

"你还烫伤了你爸。"

"是啊，我故意的。"她笑得眼睛弯成月牙，"我就是想让他穿上衣服。"

她忽然一转攻势，"不过你也别太得意！你初中那个暑假回来时，我们几个女生也偷偷看过你在伙房冲凉呢。"

我差点没呛着，咳了半天才稳住："你……你们也太离谱了吧！"

"彼此彼此。"她笑得像只藏不住坏心思的猫，抿着嘴，一脸得意。

我忍不住又提起："还记得那次你晕倒在屋下废墟里吗？我贴着你胸口听心跳时，雷突然一响，我直接摔在你身上了。"

她噗嗤一笑："那是救命，你还怕我计较啊？"

她说得轻松，我心跳却猛然加快起来，酒意上头，不禁脱口而出："瀑布那天，我……我偷看你了。"

"你以为我不知道你躲在后面啊？哼，只是不想拆穿你罢了。"

我顿时羞愧不已。

她又接着道："你知不知道，在我舅家那次，谁给你换的衣服？"

我脑袋嗡的一声，下意识地说："不是……舅舅吗？"

"是我，还有我表姐。"她语调轻飘飘的。

我惊得张大嘴，还没反应过来，她又加了一句："放心啦，换内裤的时候我捂着眼睛呢，直留出……"

我差点把酒碗摔出去，赶紧摆手求饶："停停停！朵娜，我投降，这件事咱们谁也不许再提！"

"成交！"她眉眼弯弯地笑着，伸出手指跟我拉钩。

不知不觉间，夜已经深了。她拉起我的手站起来："陪我出去看看星星吧。"

篝火渐熄，周围传来细碎的笑声。我们靠着稻草堆。夜幕低垂，星辰闪耀，一颗流星突兀划过天际，拖着耀眼的尾巴，仿佛要带走什么来不及说出口的心愿。

我侧过脸，"你信吗？每颗流星背后，都藏着一个故事。朵娜，要不要听一个凄美的爱情故事？"

她眼里映着星光，轻轻点头："讲啊，我愿意听。"

我微微调整坐姿，仰望满天星光，声音慢慢沉下来：

"很久以前，在遥远的海岛上，住着一个十七岁的姑娘。她像刚开花的海棠一样美，声音也像夜莺一样好听。可命不好，继母只想赶紧把她嫁出去，好把家里仅剩的财产吞掉。媒婆三天两头换着法子带人来提亲，可姑娘一直冷着脸。因为她心里藏着一个没人知道的秘密。"

"什么秘密？"朵娜靠近了一点，眼里透出好奇。

"有一天，她在海边捡到一个漂流瓶，里面有张纸条，上面写着——'我是你命中注定的人。如果想见我，请在七月七日午夜，流星划过那一刻，对着天许下最真诚的愿望。海风会替你传话，把我带来。'"

朵娜眼神亮了，"她信了吗？"

"信了。从那年起，她每年七月七日的午夜都会去海边看星星，等那颗能传愿的流星。可一年，两年，那个男人始终没来。继母忍无可忍，在第三个七月七日的午夜，趁她不备，把她推进海里。"

"太狠了！"她咬牙，"真有这么坏的人！"

我继续："可第二天早上，太阳刚升起来，人们发现港湾里多了一艘大船。船上站着她，脸上带着笑，旁边是个高高的船长。他，就是漂流瓶里的那个人。他来晚了，但他来了。"

我顿了顿，看着远处的山影，继续说："从那以后，海湾每天都有姑娘唱歌，声音被海风带着，飘得很远很远。"

朵娜静静听着，一言不发。风拂过她的发梢，她抬头看星星，眼里隐约浮着一点说不清的忧郁。

过了好一会儿，她才问："小峰，那要是船长再晚一年呢？五年？十年？要是他永远不来呢？"

我心头一震，没有立刻作答。我隐隐知道，她问的不是故事。

"也许，只有那个姑娘自己知道答案。"我低吟，心里却像堵了什么东西。

她像是不愿让气氛太沉，忽然转头看我："我可没什么爱情故事……不过，我可以唱一首山歌。"

月光洒满田野，风带着稻香轻轻吹过。林子安静得出奇，只有虫鸣在远处低低回响。我们肩并肩坐着，呼吸似乎都变得小心翼翼。

她轻轻开口，歌声带着一点淡淡的哀愁，像一只藏在夜里的鸟，低低吟唱——
　　手鼓对锣哟锣对歌
　　妹想哥哥哟月来羞
　　一歌一舞一秋天
　　相思相恋哟年一年

　　手鼓对锣哟锣对歌
　　妹摘星星哟织嫁衣
　　春藤上树问高枝
　　稻香季节哟约归期

　　手鼓对锣哟锣对歌
　　妹抱吉他哟不梳妆
　　夜夜听风过山涧
　　梦里拉手哟忘归期

　　手鼓对锣哟锣对歌
　　妹想哥哥哟花来羞
　　一歌一舞一秋天
　　相思相恋哟何时休

歌声落下，夜色更深了。虫鸣似乎还在追着旋律哼哼唧唧。

我们相视一笑——那笑里藏了太多话，不说也懂。

我没多想，手像自己长了翅膀，悄悄飞过去握住她。唇贴上去那一刻，只觉得脑子"嗡"的炸开了——一半是悸动，一半是心慌。

然后——

"啪！"耳光落下的瞬间，我甚至没来得及闭眼，火辣辣的疼从脸颊一路烧到心口。刚才那点温柔，被这一巴掌扫得干干净净。

她猛地起身，像一道倔强的影子，头也不回地消失在火光背后的黑暗中。

我愣坐原地，手还停在半空，既想追，又不敢。只剩耳边风声，像是在嘲笑我。

夜，沉了下去。

后半夜，扎波在谷场的草堆里把我拎了出来："老师，你是被姑娘扔这儿啦？还是喝风喝醉了？"

他晃晃悠悠把我背回去。我醉的一觉睡到中午才醒。

一睁眼，他就递过来一碗热酒，"这是还魂酒，快喝了。"

我仰头喝下。他对面坐下，满脸嬉笑："老师，够精彩吧？"

我还沉浸在郁闷里，没搭话。他开始眉飞色舞讲他的战果。我想听点实质性的，插嘴问："你是说，你把人家姑娘……？"

"是呀，不然对不起美好的月夜！"他挠着一头乱发。

我羡慕他，复杂的事原来这么简单。"那你以后呢？"

他拍了胸脯，"秋天我就去提亲！"

我竖起大拇指："结婚记得叫我。"

他忽然关切地问我："那你呢？昨晚和那汉族姑娘……咋回事？"

我皱了皱眉："你不是很忙，还有空盯我？"

"你是我老师，我当然要关心你点。"

我装作不在乎："她？我弄不懂她。我看她更像洛卡人。"

"我倒是听你梦里念'朵娜朵娜'哦。"

我揉了揉脸，苦笑："说实话。我亲她了，被她扇了一巴掌。"

他差点笑翻："像洛卡姑娘！那你追没追？"

我摇头，嘴角有点挂不住。

"哎呀！"他一拍大腿，"她跑，那就是等你追啊！"

我嘟囔："你也不早说这些规矩……"

他一副不在意的样子："没事，错过今年，还有明年。"

可我坐不住了，猛地起身："朵娜在哪儿？"

"下半夜走了。看那样子……你把她伤了。"

我心像被针戳了一下，撒腿往山下冲。

她会去哪儿？胶林？宿舍？我不敢迟疑，只怕晚一步，连解释的机会都没有。

我直奔胶林。远远看见她那间小工棚，门半开着，工具散了一地，饭盒水壶横七竖八，连吉他都扔在草堆上。

她在附近。肯定还在。我扫视四周，林子安静得让人心慌。

她……晒太阳？还是，醉倒了？我一边叫她名字，一边冲进林子。

第十七章

一阵山风拂过，带来湿润的水草气息，像在轻声提醒我什么。我怔了半秒，脑中浮现她的身影，几乎没过脑子，就撒腿朝山谷冲去。

竹枝划破手臂，裤脚被荆棘扯出一道小口子，刺痛火辣辣的，但我毫不在意。脑子里只有一个念头——追上她。

瀑布的轰鸣越来越近，如同擂鼓，震得胸腔发紧。我拨开最后一丛灌木，眼前倏然开朗。

她正站在浅水滩中，低着头，慢慢拧着湿漉漉的长发。瀑布自岩壁倾泻而下，水雾在阳光里化作一圈柔和的光晕。她就站在那片雾光中，安静得像画，像是这世间不该被惊扰的温柔一角。

她没回头，却察觉了我的到来，忽然转身，眉眼间带着几分调皮："你来干嘛呀？"

我站在岸边，气喘吁吁，一只鞋还挂在脚尖上，慌乱中脱口而出："我……我在找我家的乌龟。"

她"扑哧"一声笑了，甩掉脸上的水珠，"我看见它了，正朝你家方向逃命呢，你还不快追？"

她的笑声瞬间击碎我心里的所有顾虑。我也笑了，索性甩掉鞋，脱了衬衫，一下跳进水里："说不定，它就躲你脚底下呢。"

"哟，你这是赖上我啦？"她笑着转圈，水花飞溅，"你瞧瞧，哪儿有乌龟？"

她笑得肆意，眼睛明亮得让人晃神。我一步步靠近，水声掩不住心跳。

"别过来！"她笑着后退，扬手泼水，"我可不是你家那只小乌龟哦！"

我一时没稳住脚，扑通一声跌进水里，冰凉的水瞬间灌进胸腔，呛得咳嗽连连。

她笑得前仰后合，伸手来扶我，假装嗔怪："你是不是故意吓我？"

我紧握她的手。那一刻，那只手湿润而温热，柔软得像要把我整个人融化。

她的笑戛然而止，手指轻颤，抬头看我，眼神忽然慌乱又温柔。

我借势将她轻轻拉进怀里。她轻挣几下，咯咯笑出声，笑里却藏着一点羞涩："痒死了。"

我松了点力，她却没离开，反而靠得更近，脸贴在我胸前，低声问："那……我刚刚在水里到底捞到了什么？"

"一个……"我刚想说"乌龟"，她却伸指轻轻按住我嘴唇，低声嗔道："别傻了。"

我凑近她耳边，声音低低的："捞到什么不重要，我知道——我终于抓住你了。"

她挑起眼角，半嗔半笑："那你怎么现在才来？"

"你那一掌太猛，我缓了一夜才敢追来。"

"狠一点你才记得住，"她眨眼，"不过……下次轻点吧。"

"还有下次？"我故作惊讶。

"当然有啊，"她话锋一转，声音忽然低了，"不过，也许要等下辈子了。"

我心头一酸，脱口道："对不起，让你等太久。"

"你再不来，我就真的不等了。"她的声音很轻，几乎被瀑布声淹没。

我将她抱紧，低声说："以后你哪儿也别想去了。"

她紧紧攥着我衣角，像怕一松手，我和她又散了。

我拉着她，往瀑布深处走。水流轰鸣，阳光穿过水帘，碎金般洒在她脸上，她站在光里，像梦。

她忽然脚下一滑，落入我怀里。

这一刻，天地喧哗，我却只听见她心跳，还有我自己的。

这一刻，我们再也无法逃开。

＊＊＊

我们手牵着手，沿着蜿蜒的山间小径往橡胶林走。山风轻拂，带着草木的清香。

她忽然停下，目光被山崖边一株野山楂吸引。那树斜斜倚着岩壁，枝头挂满晒得发亮的红果。

“你看那果子，馋死我了！”她眼睛一下亮了，跑过去，踮起脚却怎么也够不着。

我笑着蹲下：“上来。”

她愣了一下，随即咯咯笑着爬上我肩头。

她摘下一串果子，低头塞一颗进我嘴里：“快说，甜不甜？”

我咬了一口，酸得眼都眯起来，可还是嘴硬：“甜。”

她自己尝了一颗，忍不住皱起鼻子笑：“骗人！”

我正托着她往回走，脚下一滑，两人一头栽进草丛。她坐起身来揉着手臂，佯怒：“你故意的吧？”

“疼不疼？”我赶紧凑过去。

“哪儿都疼！”她撅着嘴，眼角泛红，我伸手拍拍她肩上的草屑，说：“我去赔你点东西。”

我四下看了看，摘了几朵淡紫色的小花，捧回来：“这个赔你。”

她接过花，在鼻尖轻轻一嗅，然后挑了最小的一朵，别在耳边：“这样呢？”

我看着她，不由自主点头：“真好看。”

她满意地笑了：“那就不跟你计较了。”

我们钻进她的工棚，小屋仿佛成了世界的一角。她靠在我肩上，手指在我掌心画圈，像是在写字，又像在说再见。

“小峰哥，”她轻轻叫我，声音软得让人不敢呼吸，“你这么喜欢我，我真的……已经很满足了。”

“只是满足？”我握住她的手，贴在心口，“你听听，我这心跳，都快烧穿了。”

她轻笑，眼神却渐渐暗下去：“你一定能考上大学，对吧？”

我愣了，没接话。

她又问：“那……你考上以后，还会回来吗？”

这句像石子砸进湖面，激起一圈圈晃不散的涟漪。

“我……不知道。”我低头，“外面的世界，我从没真正见过。”

她笑了笑，眼神有点涩：“那八年呢？十年呢？”

我张口想说点什么，却发现什么都说不出口。

“你不会回来的。”她替我说了，语气不重，却像悄悄关上一扇门。

“你是注定要飞远的人。”

"我不是——" 我刚想解释。

"什么都别说了。" 她轻轻挣开我，走到角落，从脖子上取下一只小小的玉葫芦，放进我手心，"这个，给你。"

"太贵重了……"

她没理我，绕到我背后，拿起小玉挂在我脖子上，指尖在我胸口停了一下。

"嫌贵？那就把我的心也还我。"

"我会好好留着。" 我说，然后一把抱住她。

她在我耳边轻声说："它会替我陪你。"

话音刚落，她却像雾一样从我怀里滑走。

"你……" 我伸手想抓住她，她却退到一边，眼中多了些看不懂的光。

"你该走了。" 她语气平静。

"我可以带你走，我妈那边我能——"

"不用。" 她摇头，"那不是我要的。"

我嗓子发紧："你是说……这是结局？"

她不答，只看着门外，像在望一个她到不了的地方。

"别说你怕拖累我……" 我哽着说。

"你飞得越高，越不能被牵绊。" 她语调依旧温柔，"别让一个山里姑娘，困住你。"

"你不是牵绊！" 我声音发抖，"你是让我更想飞的理由！"

"小峰哥，别再说了。" 她起身，把我推向门口。

山风灌进来，我站都站不稳。

她却背对着我，声音扬起来："忘了我吧。我……我已经答应四眼了。"

那一刻我整个人像被钉在那里，脑子一片空白。

她回过头，眼里泛着泪光，却笑得克制："哪天你想我了，就看看那块玉。"

我咽了口口水，失落地说："那你……你想我了，别忘来找我。"

她没答。也许听见了，再也无语。

我转身，往山下走，一步一晃，像喝了醉风。

走出几步，我回头，她还站在门口，对我挥手。

风起了，带着雨意，扑面而来。

山还是那座山，林子还是那片林子。

可我，是真的没什么流连的了。

***

我带着初中班级的学生，踏上营地附近的山坡。

这片林子曾是一片浓密的绿海，包裹着整个山谷。但前年的那场开垦大火，把它烧成了焦土。半山的树木成了灰烬，焦黑的树干像根根利刺戳向天空。

晨雾像纱一样罩着山头，远处营房若隐若现，如一座被岁月遗忘的孤岛。

食堂那头冒起袅袅炊烟，青菜香混着湿润的山风，弥漫在空气中。我想起大贵的"鸟蛋炖蘑菇"，也想起井边遇见朵娜，她在人前回避的眼神——慌张却藏不住光。

那条小河从天上泻下，绕过营地缓缓流淌。它像个默默的老朋友，见证我们所有的故事——平静时像悄悄话，湍急时像哭出来的委屈。

我望着这条夹皮沟，心里发酸。除了我们，还有谁记得它？

学生们一锄一锄地翻着地，修出层层梯田，为未来的橡胶林打下基础。广播喇叭里传来革命歌曲、先进事迹，还有"扎根边疆"的誓言。声音在山谷间回响，仿佛要把沉睡的大地吵醒。

正干得热火朝天时，喇叭忽然卡壳，然后是小吴焦急的声音："以下同志请注意，请立即到营部报到……"她点了三个人名：郝姐、我、大尚。

听到自己名字时，我手里的铁锹差点脱手，脚下一个趔趄，差点滑下坡。学生连忙扶我一把："老师，没事吧？"

我知道，来了——通知书到了。

赶到营部，操场上人头攒动，每个人都望着那几张薄薄的纸。我的那张，被一只只手传阅着，纸边都卷了，仿佛摸一摸就能沾点运气。

我在人群中四处张望，希望她就在某个角落，哪怕看我一眼，哪怕只是微微一笑。

可我找遍了人群，也没看到那张熟悉的脸。

小吴站在人堆里，看着男朋友高兴地跳来跳去，脸红得像番茄，酸酸地嘟囔："乐什么乐？通知书上又没你的名字。"话音一落，众人笑作一团。

我却怎么也笑不出来。

***

离别的日子一天天近了。

母亲早早缝好新棉被，眼角藏着掩不住的笑意。组织把我的档案装进档案袋，郑重地交到我手里。

整理行李时，一个老旧笔记本掉落，夹在里面的那朵木棉花碎了——像一段感情，在沉默中裂开。

我蹲下，把花瓣一片片捡起来，试图拼回原样，却怎么也复原不了。

目光落在书柜顶那块紫红色的石头上，形似花朵，静静躺着。我轻轻抚去灰尘，一个念头浮现。向大尚借来刻刀，我躲进后院，一刀一刀，将思念刻进石头。到最后，石头已成了一朵粗糙但栩栩如生的木棉花，不完美，却承载了我所有的心思。

送别那天，单位派了一辆卡车，车头系着大红花，比婚车还热闹。我们三人站在车厢里，四周人挤得水泄不通。我又一次在人群中搜寻那张熟悉的脸——依旧没有。

陈佳突然跑来，慌慌张张地把一个信封塞给大尚："粮票！"话音落时，她已泪流满面。

我一把拉住她，把木棉石塞到她手中，小声说："帮我交给她。"

卡车缓缓启动，颠簸着驶出熟悉的山谷。每过一道林，心就沉重一分。途经我曾坠崖的地方，回忆像潮水般涌来——那是我与朵娜第一次亲近的地方。

就在此刻，密林深处，传来一阵熟悉的山歌：

手鼓对锣哟锣对歌，

妹想哥哥哟月来羞……

那是她的声音，清亮婉转，在山谷里回响。我急忙探出身，目光在林间搜寻，却只见一片云雾和模糊的树影。

大尚在我身旁叹道："这歌真好听，就是听不懂唱的是啥。"

我苦涩一笑，喉头哽咽。

　　歌声越来越远，像她的影子一样，被风带走，消散在重重山林深处，怕是再也找不回来。

第十八章

列车一路颠簸着向北驶去。窗外的景色从层层叠叠的群山渐渐变成一望无际的田野，在初春的天光里泛着交替的黄绿。

车厢里，大尚不知从身上哪里摸出一叠粮票，塞到我手上。

"小峰，进了城别再省吃俭用了。出了大山，一切才刚刚开始，好好拼。"他说着，拍了拍我肩膀，语气一如既往地爽朗。

我接过粮票，脱下一只鞋，小心地将它们藏进鞋垫下："多谢师父，一路上你一直在鼓励我。"

大尚呵呵一笑："还好你这站就下车了，不然这几张票非得泡烂在你这双大脚丫底下不可。"

"你说，除了鞋底还能藏哪儿防贼？"

"我藏这儿。"他卷起裤腿，指指长筒袜，"陈佳教我的，实用。"

我的目光却落在他小腿上的一道深褐色伤疤上，不由得一惊："师父……你那斧头原来砍得这么深？"

"是啊，那就是'代价'。"他轻描淡写地说。

"代价？你是……你是故意砍的？"我怔住了。

他点了点头，笑容却带着苦涩："那时候，心一横，斧子就落下去了。"

***

新生活如同一条奔涌的急流，哗哗地推着我一路向前。

教室、图书馆、操场、宿舍，日子被时间的发条拧得紧紧的，转得我头晕目眩。

以前在农场时，四眼那只破旧的木箱子就是我的全部"书库"；如今，图书馆却成了一座书山，一排排书架上挤满了我从未见过的书，每一本都是通往新世界的大门。

我不只读课本，还贪婪地泡在各种人文书籍里。哲学、历史、文学、艺术，能读多少就读多少，像个刚从沙漠走出来的人遇到一片湖泊。

　　越读，越觉得自己从前眼界太窄；越读，越能理解那片雨林深处生生息息的人们，也越能明白朵娜骨子里那股沉静的倔强——那"野性"，是被风雨淬过的一种生命力。

　　夜深人静时，合上书本，占据脑子的时常是，潮湿的雾气、树叶上滚动的雨珠，还有朵娜的笑声，清清爽爽地掠过耳边，像山风一样惹人心痒。从前我一心想逃离那片深山，如今心却像一只倔强的鸟，总是往那个方向飞。

　　一天，我翻箱找笔记本，竟摸到早被压在箱底的那枚小玉佩。我轻轻握在手心，像握住某个尚未枯萎的念想。它凉凉的，像她最后那天吻我脸颊时的唇。

　　我低声念，"你还好吗，是不是……已经嫁给四眼了？"

　　玉佩无声，却像根无形的细线，绕在我的心头，勒得隐隐作痛。

　　那天夜里，我提笔写信，写完一封总觉得不够，又补了一封。两封信内容差不多，絮絮叨叨，仿佛梦里与她说着悄悄话，还夹杂了一些鼓励她向前走的句子。

　　信寄出去后，我数着日子，可一连几个月，朵娜始终没有回信。直到后来我才得知，那两封信，她连封皮都没见着。

　　邮递员嘴欠，有天在镇上碰到我妈，随口说了句："唐小峰还挺惦记那个洛卡姑娘的。"

　　我妈"嗯"了一声，然后不动声色地吩咐道："小峰的信，以后都拿来给我。"

＊＊＊

　　那天正午，烈日把水泥地烤得冒烟，空气像一块闷热的铁皮罩在头上。

　　郭文从系里回来，手上晃着封信，一脸鬼笑走到我跟前。

　　"方朵娜是谁？说清楚才给你！"

　　我心跳漏了一拍，硬撑着说："表妹。"

　　他将信往我胸前一递。我赶紧塞进口袋，压住狂跳的心。

　　下课后，教室空了下来。我解开领口扣子，擦了擦额头的汗，把那封信取出来，撕开信封。

　　熟悉而久违的笔迹映入眼帘，像是从遥远的地方穿越时光而来，每一个字，都如同她在耳畔低语，温柔而清晰。

小峰哥，

多少次提起笔想给你写点什么，可笔就像铁镐一般沉重，压得我手疼，心也疼，泪水一次次打湿纸张，最后都无法成行。那天送你过了野猪岭，我的心情一度轻松。我知道，那是你想要的路，你渴望远方，而我，必须放手。你母亲的话还在耳边回响，她要我放你自由，不要成为你的负担。我做到了，尽管每一步都像在刀尖上行走。

四眼？他不过是我用来骗你的幌子，谁知你竟然当了真，真是个傻瓜！

其实，最傻的是我自己。我以为离开你只是习惯的问题，以为自己足够坚强，能熬过去，像山间那些无名的藤蔓一样活着。可我错了——我的心早已跟着你走了。

否则，为什么无时无刻不在想你？为什么盼着你的信，像盼着一场久违的甘霖？为什么回忆起我们在一起的点点滴滴，竟比现实还要清晰？

明明当初求上苍让你远走高飞的是我，如今又跪在心底苦苦祈求上苍，把你送还给我。这是不是太可笑了？

谢谢你留下的木棉花小石雕。它沉甸甸地躺在我手心里，每一道细微的刻痕，都藏着我们共同走过的时光，似乎在悄悄告诉我，你从未真正离开。

告诉你，我去了瞭望台，一个人，看了日出。这次太阳没有爽约，它就像一团燃烧的火焰，从山口跃起，驱散了浓雾，照亮了你离开的那条路。

小峰哥，我站在栏杆边，不停地望着那条路，仿佛下一秒你就会再次提着网兜，背着背包，朝我笑着走来。

如果一切可以重来，我还是要傻傻地送你山歌，送你远行。我会在你的心上挂一个风铃，每当风吹过，铃声会提醒你，不论你去到哪里，都不是孤单一人。

如果有来生，我还会等在这里，为你提网兜。

小峰哥，这里最近发生了一些变故，说来话长。我和舅舅可能要搬到深山里去了。等我安顿下来，再找机会和你联系。

别为我担心。我会像你写的那株小松树一样，给点阳光和雨露，

就能顽强地生长。

朵娜

信读完，我的手心全是汗，纸都皱了。风扇在天花板上一圈圈转着，信纸轻轻颤动，像她在对我说："你没走远，我也一直在。"

那一刻，我只有一个念头：我要回去。

我要回到那个山谷，去找那曾在河边笑着唱歌、在星空下拉我跳舞、在工棚里送我玉佩又将我推出门的姑娘——

我要亲口告诉她：朵娜，我爱你。

我开始悄悄筹划暑假返乡，反复排演重逢的每一幕，连说话时的语气和表情都一遍遍推敲。

结果人还没出发，钱包先丢了。宿舍被小偷光顾，连回家的车票钱都没了。我被困在空荡荡的校园，心里像装了块石头，沉甸甸的。

我试图靠读书麻痹自己，可也难以凑效。

她就像热带林子里那株木棉，高高挂在天边，鲜亮得扎眼，却怎么也够不到。

我开始画她。

一遍又一遍，从眉眼到发梢，只想把她留在纸上。

＊＊＊

熬到了寒假，我像被什么一把推出门似的，直接奔到火车站，买了张站票，然后换大巴、搭货车，七天之后，才又见到了家乡的大榕树。

可脚一落地，心里却泛起一阵说不出的陌生。爸妈早搬到了坝区，农场的军编也早撤了。知青大多返城，熟悉的地方像褪了色。

我说想进山看看学生，妈就帮我找了辆便车。

车子一路颠着进了山谷，越往里走，心越提得高。可当十五营营地真的出现在眼前，我却怔住了。

营房歪歪斜斜，有些墙体裂开了缝，有些屋顶已经塌了。像个老兵，站在风里，连敬礼都忘了怎么做。

我跳下车，问车师傅："这儿像打过仗啊？"

他笑了笑："你说对了一半。那年知青返城，闹得挺凶，上头强压，结果就成了这样。"

　　我走向那片我曾玩球的操场。场边荒草长到膝盖，风一吹，草浪一层接一层，像在招手。

　　大食堂那边只剩几根柱子，像烧过。几只野火鸡在旧灶台边啄着灰烬。

　　我绕过那排破旧的宿舍屋，站在她和陈佳曾经住过的那间门前。门半掩着，一推几乎整扇门都要散架。

　　我忍不住笑了笑，自言自语："你知道吗？以前我总爱找借口来这儿坐着，赖着不走，非得等到熄灯号响。"

　　脚步不由自主地踏进那间熟悉又陌生的屋子。阳光透过残破的竹帘，斜斜地洒在地上，光斑一块块，像时光破碎的影子。

　　角落的柜子只剩半截抽屉，歪斜着倚在那里。我走过去，"吱呀"一声拉开它，里面只剩些零星旧物：几张干瘪的糖纸，一根断了的琴弦，还有一个皱巴巴的纸团滚落在地。

　　我蹲下身，小心地拾起那纸团，缓缓展开。

　　那是朵娜的笔迹——涂涂改改，一封未曾寄出的信：

小峰哥：

本来不想写的，我以为说出口的，都会变质。但有些话，不写出来，就像长在喉咙里的一根刺，吞不下去，也吐不出来。

那天你走后，我想了很久。其实你一转身，我就知道，这辈子可能再见不到你了。

可是，我不怪你。我从来没怪过你。

你总说我是你心里的光，可我知道，你要走的，是没有我的远方。你那颗心，太不安分，装不下山，也装不下我。

我不是没想过哪天跟你一起走。真的。可你记得我说过吗？我妈当年走出寨子，几十年后连梦里都还在回头望。那种痛，我见过。我不想重演一遍。

所以我把那颗葫芦玉给你了。它不是护身符，是我自己的一小块心。你走得再远，身上也还带着我一点点。

小峰哥，你那么聪明，一定有远大前程。将来你在城里，会遇见更多比我漂亮、比我会说话的姑娘。她们懂得怎么穿裙子，怎么抹口红，不像我，割胶割得手都是茧。

可如果哪天，你在城里住腻了，也许你会想起我——那个把你拉

下水、又帮你捞起来的姑娘。

别急着回答我。也许这信，我永远不会给你。

——朵娜

纸张已有些发黄，折痕处几乎裂开。我看着这行行字，仿佛见她坐在床边，一笔一划写下时的沉默与决绝。那种藏着的喜欢，那些无从送达的道别，全被她轻轻压在了这一页纸上。

朵娜，你只说对了一半。没有跨出这大山，我不知道我的原点在这里；远离了你，我才知道我已把我的心交给了你。

你等着我吧！这一次，我看你往哪里躲？

不远处传来模糊的说话声。我收了纸条，出了门，见阿华正牵着个姑娘往这边走。

我站着没动，看着他，心里忍不住猜：这家伙那时成天嘴上挂着姑娘，现在总算有了着落。

"小峰！真是你？我还以为你早把这地方忘了！"阿华一脸惊喜，笑容还是当年的那副厚道样。

"你还在这儿？"我一拳捶他肩上。

"嘿，转正了。铁饭碗，不敢撒手。"他说着笑，眼神却多了点沉稳。

"怕不是只为了这碗饭吧？"我朝他身边那姑娘笑了笑。

"这是我媳妇，成了家，去哪儿也没意思了。"他说得轻松，倒是真心实意。

"恭喜。"我点点头，语气放缓，"朵娜……她们一家，还好吗？"

他的笑容顿了一下，脸色慢慢沉了下去，"你还记得高建伟？"

"直属连那个？"我立刻想起那副油腻的脸，"怎么，他跟朵娜有关系？"

阿华环顾四周，压低声音："出事了，挺大的事。"

他那语气，让我背后一凉。

***

高建伟的老婆带着两个孩子刚安顿没多久，便听到有人在背后嚼舌根，说她男人和方医生眉来眼去。这女人本就心眼小，听了几句便气血翻涌。翻箱倒柜一番，发现抽屉里的避孕套少了几只，当场恼羞成怒。

她干了件谁也想不到的事：把剩下的套一只只扎了洞，想给"那个狐狸精"一个教训。

可天不从人愿，那场"教训"却砸在了无辜的人头上。一个城里下来的女知青，被送进了诊所，连夜引产。

事发之后，高建伟的仕途瞬间轰然倒塌。被撤职那晚，他回家堵住了老婆，声音里全是咬牙切齿的恨意："你知道你毁了我什么？"

她慌了，瘫坐在地上，嘴唇打颤："我、我不知道……我听人说……说是方医生……"

他眼神变了，像点着的火药。"方医生？"他一个劲重复，脸上的肌肉一下一下抽动，"我让她这辈子都记住我。"

那晚，天阴得像要塌下来。没人注意到，他摸黑进了女工宿舍区。窗外的影子扭曲着，像一头发狂的兽。

他轻轻推门，弓着身，一步步走向床边。

朵娜醒了。

那张脸——她只看了一眼，就僵住了。她刚要出声，嘴却被重重捂住。他带着酒气和怒火撕扯她的衣服。

她拼命挣扎，手四处乱抓，摸到了床边的割胶刀。

那一刀，直直扎进他的小腹。

他惨叫着滚落在地，把整片夜色都惊醒了。

营部不愿丑闻外传，当晚就将两人秘密拘押。若不是四眼觉察有异，偷偷把消息带给了方医生，后果难以想象。

当夜，克特舅舅带着芒卡寨的族人悄然下山，像一股沉默的山风，摸进营地，把朵娜救了出来。

第二天清晨，营部出动民兵围住芒卡寨。寨首站在门前，脸色冷如铁："搜吧，要找的人，不在这里。"

竹楼、水潭、谷仓——全翻遍了，结果只带回一肚子羞愤。

从那天起，方医生再没为自己辩过一句，只是默默收拾行李，牵着孩子的手，头也不回地离开了营地。

***

我带着最后一点希望，走上通往芒卡寨的小路。

昨夜刚下过雨，土路被泡得松软，鞋一踩就陷进去半寸。路边叶子上仍挂着雨珠，林子闷热潮湿。

我一边走，一边胡乱猜想着她的模样——也许她正穿着洛卡姑娘的裙子，倚在竹楼的栏杆上晒太阳，翻着旧画报；也许她在和表姐说笑，说起一个又木又呆的小伙子。

芒卡寨窝在山坳里，样子还是记忆里的样子。竹楼屋顶升着薄烟，小孩在泉边打水，嬉笑声一阵接一阵。可我听不到那道最熟悉的笑音。

我循着记忆，慢慢走近克特舅舅家。院子里柚子树结得沉甸甸的，香蕉叶在风里沙沙作响。风铃在屋檐下轻响，像在唤我。

我站在门口，喊了一声："有人在吗？"

门吱呀一声开了，走出来的是朵娜的二妹。那双眉眼，像是朵娜从旧时光里走出来的一样，叫我心口猛地一紧。

"小峰哥，快进来吧。"她笑着说。

我刚跨进门槛，一股药草味便扑面而来。

方医生从屋里出来，语气温和如旧："坐吧。"

我顾不上寒暄，急切问："舅舅呢？朵娜呢？"

她的笑意收敛了，语气也低了下去："半年前，她和舅舅去了缅甸。之后……就没消息了。"

我只觉眼前一晃，像被什么击中心口："没人去找他们吗？"

"缅北战乱频发，路早就封了。"她叹了口气，"现在去，无异于送命。"

我一下站起身来："我去！你只要告诉我她在哪儿——"

"你去干嘛？"她抬眼看我，眼神沉静却锐利，"再让大家担一次心吗？"

我像被泼了冷水，动作僵在半空，只得慢慢坐回去。

朵娜，就这样断了线。飞去了我追不上、也找不到的地方。

***

我独自走向那片小瀑布。水声熟悉得像梦里常响的某一段旋律，雾气在阳光中浮浮沉沉。

我坐在溪边的石头上，看着水面波光晃动，像她当年的笑。她站在水中，头发湿漉漉地贴着脸颊，对我说："你来干什么？你家乌龟回家啦！"

我坐在那里很久，直到夕阳把天地染成温柔的橙红。

我想等一个人，哪怕一辈子。

可她已经走进那片无人知晓的山色里，像一滴水没入林海，再无回音。

第十九章

我重返校园，心里藏着无处可放的心结。

她的身影常常悄无声息地闯进梦里——笑着、跑着，又在最后一刻，转身走远。

一个星期天清晨，寝室格外安静，室友们都出门了。窗外的柳树已经抽出嫩芽，春风轻轻撩过枝头，太阳透过玻璃窗，洒下一片明丽的光。

我盯着那角阳光发呆，似看见那片雨林。她穿着轻盈的衣裙，像风穿过山谷，笑声落在花丛中。那裙角翻飞的样子，老也赶不走。

我下意识拿起画板，勾勒她最后一次回头的模样。记忆里她在流泪，笔下却画出一抹若有若无的笑，那笑像春天的晨光，让人不舍得眨眼。

"哟，这画里是谁？"郭文不知什么时候凑了过来。

我一怔，把画压住："随意画着玩。"

"该不会又是你那位'表妹'？"他一挑眉，嘴角噙着笑，像踩中我藏起的回忆。

"我哪来的表妹！"

"那方朵娜又是谁？"他咪笑着，一副要刨根问底的样子。

"你这口气像辅导员。"我翻了个白眼，语气却没恶意。我和他算得上朋友，但我的往事，越少人知道越好。

"得，我不问了。让我看一眼成不？"

我把画板递给他。他看了半天，惊叹道："你这画功……不去美院真是可惜了！"

"别捧了。记住，以后别拿方朵娜开玩笑。"

"行，不提她。但我有个请求。"他说着，从钱包里抽出一张小照片递给我。

"这不是班长吗？你怎么……偷偷藏她的照片？"

"嘘，小点声。"他嗫嚅着，"捡来的，捡来的。我正追她呢，还差临门一脚，就看你了。"那口吻，挺像我当年跟朵娜撒谎的样子。

"怎么帮？传纸条？"

"纸条多俗。我打算在她二十一岁生日那天送她个大惊喜，一击必中。你帮我画张她的大特写——漂亮点，她爱美。"

"她看起来挺正经的，你这招靠得住吗？真出了事，可别说我画的。"

"放心，我还会说是我画的呢！"他得意洋洋。

过了几天，晚自习后他拉我出去散步，一路走到火车站，买了碗炸酱面犒赏我。边吃边兴高采烈地告诉我，那幅画果然帮他赢得了班长的芳心。

从那以后，他和班长之间眉来眼去，课间偷偷传纸条，两人隔着走廊都藏不住嘴角的笑。

我宁愿相信，我的画笔似乎有点奇妙的魔力，竟能点亮别人的爱情。或许，只要我心怀一份执念，用这支画笔去召唤她——那个迷失的好姑娘，她总有一天会回到我身边。这样的遐想像是暗夜里一抹微光，虽然微弱，却足以让我在等待中不失希望，在孤独中寻得慰藉。

***

天刚蒙蒙亮，操场边的树影还不是很分明，我已绕着校园跑了两圈。

背心早已湿透，紧贴在背上黏糊糊的，每次摆动手臂都皱巴巴地粘扯着皮肤，让人浑身不自在。

我喘着气，缓步来到露天泳池边，打算歇息片刻。正要闭目养神，却忽然听见不远处传来一阵低低的争执声。

走近才看清，原来是我的室友小胡。他怀里抱着一堆衣服，脸上挂着戏谑的笑容，正用一种轻佻而玩味的语气对池中说道："亲我一下，衣服就还你。"

泳池里，一个女孩蜷缩着身子，只露出一颗湿漉漉的小脑袋，水珠顺着发梢往下滴落，她的眼神闪烁着慌乱："你……你先把衣服还我，我就……亲你一下，好不好？"

在学校裸泳，可是天大的禁忌。

我皱了皱眉，上前几步，冷冷地开口："小胡，把衣服还给她。

天快亮了，闹出事对谁都不好。"

小胡转头斜睨了我一眼，嘴角勾起一抹嘲弄的笑，语气里带着不屑："山里佬，你是不是管得也太宽了？"

女孩在水中轻轻抽噎了一下，那微弱的声音一下击中了我的心底，我的眉头拧得更紧了。

我不再废话，直接伸手去抢他怀中的衣服。他下意识地往后一躲，挣扎拉扯间，整个人"扑通"一声栽进了泳池里。

水花飞溅，他在水中剧烈地挣扎起来，四肢乱扑——他竟然不会游泳！

我来不及多想，一个猛子扎进水里，快速潜到他身下，将他一把托出水面，推上岸去。

他狼狈地伏在泳池边，咳得厉害，脸上浮现出恼羞成怒的表情。他狠狠瞪了我一眼，咬牙切齿地说道："你……给我等着！"随后跌跌撞撞地逃离了现场。

我舒了口气，正要离开，身后却传来一阵轻盈的脚步声。

"谢谢你帮我！"一个声音清脆如银铃，带着晨雾般的凉爽，"我叫田雪。"

我刚转过头去，她湿漉漉的倩影快速靠近。还没等我反应过来，她便踮起脚尖，在我的脸颊上飞快地印下了一个温软的吻。

她咯咯笑着，转身跑开，水珠像碎玉般洒落一路。

我呆呆地愣在原地，脸颊上残留的湿意仿佛带着她的温度，心跳莫名乱了。

田雪？没见过这样的姑娘，笑得像浪花，亲得像闪电，走得像一阵风。

***

果然，小胡不会那么轻易咽下这口气。

那天下午，我一推开寝室门，就看见他阴沉着脸堵在门口，神色如暴风雨前的阴云。

"唐小峰，今天你不给我跪下认错，就别想好过。"他阴狠地开口，说着一脚踹翻了我的椅子。

其他室友纷纷退到角落，没人敢说一句话。

小胡逼近一步，用手指了指地面，傲慢地说道："从我胯下爬过去，我就放过你。"

一股怒火瞬间冲上脑门。我弯腰抓起地上的椅子，正要和他拼命，这时门口却传来一个低沉的声音：

"想打架？陪我去操场练练手，别在这欺负老实人。"

门口站着的是郭文。他的外套随意搭在肩膀上，卷起的袖口露出古铜色的肌肉，一看就不是省油的灯。

小胡冷哼一声，狠狠撞了一下郭文的肩膀，甩袖而去。

我原以为事情到此就结束了，却没料到某个傍晚回到寝室，我的行李箱被翻得一片狼藉，更让我惊讶的是，那些人体素描——竟然不翼而飞了！

不祥的预感像一阵寒流涌上心头。

几天后，我站在系领导办公室里。素描纸铺了一桌子，像一份份等待审判的证据。辅导员指着它们，冷冷道：

"这是艺术？在这儿，就是淫秽。"

我喉咙发紧，"是我的习作……"

他一拍桌子："你以为你是谁？徐悲鸿？"

我的心骤然沉了下去。前阵子系里刚刚劝退了一名未婚先孕的女生。

我知道，这事不会轻易过去。

果不其然，仅仅几天之后，我的"问题材料"就被直接呈送到了校长那里。

***

那天傍晚，校长坐在家里沙发上，眉头紧锁，手里拿着那几张素描。

一个清脆的女声在客厅响起："妈妈！快来看！爸爸在看裸女画！"

厨房里传来她母亲的声音："什么乱七八糟的？拿来我看看。"

她接过素描，认真看了一会儿，轻轻"咦"了一声："还挺有点意思，线条挺干净。谁画的？"

"唐小峰，一个问题学生。"校长表情纠结。

"问题个头啊，这是一个画家。"

她把画收好，只扔下一句话："把他叫来见我。"

***

我忐忑地站在校长家门前，深吸了一口气，手心全是汗。

门一开，我愣住了。

站在那儿的，竟是田雪。她穿着居家长裙，头发随意地披着，睫毛下的眼睛笑意盈盈。

"是你，这么巧。"

"……这是校长家？"我傻愣愣地问。

她斜倚门框，嘴角微翘："当然。惊不惊喜？你这回闯大祸了吧？"

我点头苦笑，跟她进了屋。

客厅收拾得雅致温馨，一侧墙上挂满了画作：素描、油画、水墨，题材各异，却都带着浓郁的迷人气息。

沙发上坐着一位穿素色旗袍的女士，举手投足间自带风骨。她目光不动声色地扫过我，带着某种隐隐的锋利。

"妈，这是唐小峰。"田雪介绍。

"嗯，我听说你因为几张画差点被处分。"她轻轻拿起桌上的几张素描，眼神里多了几分审视。

我点头："是的。"

她翻到其中一张，略一打量，淡淡道："这些画不像是乱涂乱画。"

我觉得她有点大尚的味道，是个行家，便谦虚地说："这些都是自学的，我没有美术训练。"

"你画的是谁？"她问。

我犹豫了下："一个……很在意的人。"

她抬眼看了我一眼，嘴角浮现出一抹若有若无的笑："你画里有情绪，这很难得。画技可以学，但情感画不出来。"

她放下画纸："如果你愿意，我可以帮你转到美院来系统学习。"

我怔住了，不敢相信有这样的可能性。

她见我恍惚的神情，悄悄提示我："我是美院院长哟。"

"真的可以？"我几乎不敢相信。

她点点头："你有这份真诚，就值得一试。"

我重重地点头。

几天后，转学的决定悄悄批下来了。我连一句解释都没来得及跟同学说，便像个悄无声息的逃兵，从原来的大学里抽身而出。

***

暑假，我再次回到了家乡的热带雨林。名义上是为了新学业采集素材，但我心里很清楚，真正吸引我回来的，是那个始终放不下的女孩。

我出门时，母亲还在厨房里忙着洗菜，听到动静探出头来，皱着眉头问："你那经济学学得咋样？别整些不正经的，别把正路荒废了。"

我一边背起画袋，一边笑着安慰她："放心吧，妈，我心里有数，不会走偏。"

"要不要给你找个便车？"

"不用，我想徒步进山，一路看看风景。"

经过村口那棵大榕树时，我意外发现路边的小店主人竟换成了米蕉。我兴奋地上前打招呼："米蕉老板！"

"你是？"她一时没认出我。

"以前在你家里躲过雨，还管你要过朵娜的小照片，记得吗？"我笑着提醒。

"是你呀！"她惊讶地睁大了眼睛，随即又咧嘴呵呵笑起来，"几年不见，成大小伙了！当时咱们聊得可投缘了。"

她拿起扫帚，把板凳上的灰仔细掸去，招呼我坐下，又切了个熟透的木瓜递给我。

"你怎么开起店来了？"我好奇地问。

"想听实话吗？"

"难道不是为了赚钱？"

她摇了摇头，神情变得倔强："不，我是想堵在这路口，盯着来来往往的人。"

"你还在等那个'兵团总部的记者'？"

"嗯，我要像这棵老榕树一样等下去。"

我叹了口气："米蕉，兵团早没了，知青们也都返城了。"

"我知道。"她低声说。

"那你傻等什么？"

"你说，他会不会偷偷回来瞧一眼，至少看看他的孩子？"

我心里觉得她过于天真，忍不住狠心敲打了一下："他躲你们还怕来不及，怎么可能回来！"

"你怎么这么肯定，难道你认识他？"她抬起头，眼里闪过一丝倔强的不甘。

"我是真的认识他！他根本不是记者，就是十五营的一个伐木工，他从头到尾都在骗你。"

米蕉听完，整个人颓然往地上一蹲，掩面呜呜地哭起来，嘴里不停念叨："他的嘴那么甜，却没一句实话……"

我看着她，心里有些难受，试探着劝道："你这么漂亮能干，趁早给孩子找个靠谱的爸爸吧。"

她却突然停住了哭声，抬头问我："你看得上我吗？"

我顿时被她这句话吓了一跳："我看得上也没用，我可当不了你孩子的爹。我心里有人了。"

"还真是朵娜？"她的眼神带着点儿羡慕。

"是啊，我正准备进山去找她呢。"

＊＊＊

山里的清晨被雾包成了一团淡白的轻纱，微风带着露水的清凉钻进衣领，熟悉的小路有些模糊，又仿佛从未改变。

终于来到太洛寨。刚踏进谷场，就听见一群大孩子的喊声："唐老师回来啦！"一个个蜂拥而至，把我团团围住，个个脸上都挂着阳光似的笑。

"哟，都长这么高啦！"我故作夸张地举起手比量，引得他们哄堂大笑。

几个戴着绣花头巾的女孩站在圈外，早已出落得亭亭玉立，眼神却还是当年教室里那样闪亮。

"唐老师，你真的把我们忘了？"有人嘟起嘴，眼底带点委屈。

我摸摸后脑勺，连连赔笑："哎呀，认不出了认不出了，得多看看。"

孩子们的笑闹声一波接一波。

"米亚呢？"我问。

"嫁人啦！"几个姑娘咯咯笑。

"那扎波？"

"在学校修屋顶呢，说要盖间像样的教室给寨里的娃娃们！"一个小伙子抢着答。

他们拉着我进了草屋，递上一碗凉凉的泉水。碗口已经开裂，阳光映着清澈的水，仿佛把那年一起打歌、对歌的夜晚，又捞了回来。

还没见到人，远远的声音就先到了："唐老师，真的是你？"

扎波提着裤腿小跑进来，一手抓住我，满脸兴奋又带点埋怨："我去农场找过你，他们都说你再也不会回来了。"

他接过我手里的碗，闻了闻，哈哈大笑："咋能让老师喝生水？"

"泉水也挺好，酒晚上再喝。"我笑着说。

我说明了回来的原因，扎波一拍我肩："今晚必须来一场痛快的！"

我们进了寨子走向他家。竹楼还是老样子，门前晾着衣裳，屋檐下挂着腊肉和辣椒，一股烟火味迎面扑来。

"你老婆和娃呢？"我注意到墙角多了几只木雕玩具。

"回娘家去了。"

"那见不着她了。"

"你肯定见过，就是那个嘴皮子特别快的小丫头。"

"那我可得回忆一下，到底是哪位？"

他憨笑着说："你不记得我说过，屁股最大的那个？"

我笑着摇头："抱歉，当年我只顾自己那点事了。"

他伸手轻轻敲了我胸口一拳，笑骂："就知道你心眼全在那汉女身上。"

我从包里摸出个小盒子递给他："送她的口红，还有这盒蜡笔，娃会喜欢。"

他接过礼物，眼睛亮了一下："哎哟，老师这准备得也太周到了吧？"

"早猜你会娶她。"

他正经起来："那你呢？找到你的那个'她'了吗？"

我点头："就是朵娜呀。"

他脸上的笑渐渐淡了下去，犹豫片刻才说："是她呀！你知道，我老婆是芒卡寨的……她说，朵娜他们几个，到现在都没回来。"

　　我心里咯噔一下，原本还打算下趟去芒卡寨的。

　　天色暗下来，寨里的年轻人抱着葫芦酒、拎着干巴肉陆续进了屋。昏黄的油灯下，他们热烈地聊着、笑着，嗓门越提越高，酒意越来越浓。

　　夜深了，屋里响起扎波均匀的鼾声，我却辗转反侧。

　　干脆披了件外套，拿了壶酒，一个人去了谷场。四周静极了，连虫鸣都显得小心翼翼。曾经的篝火边欢快的歌声与舞影，仿佛刚刚才散去，还残留着余温。

　　我坐在草垛上，仰头看那轮孤月，轻轻晃着酒壶，小声念着：

　　"朵娜，要是你在这里，一定要笑话我了。今晚，我又喝多了……可醉人的，不是这酒，更不是这风。"

　　仿佛听见我的话似的，一阵风蓦地穿过谷场，带来远山深林里特有的清新气息。风声中，我恍惚听见她那清澈的歌声。

　　"风啊，既然你懂我的心事，可否告诉我，她真的走远了吗？"

第二十章

在场部那座老旧的篮球场上，我意外碰见了小海。他坐在一辆破旧的轮椅里，目光呆滞地望着不远处一群正在追逐篮球的孩子。风吹过，轮椅下空荡荡的裤管微微晃动，像是无声的叹息。

他头发乱成一团，胡子拉碴，像一棵风中摇晃的枯树。

我走上前喊了一声："小海！"

他抬头，眼神里闪过一丝诧异，随即挤出一个勉强的笑："是你啊，唐哥……好久不见。"

我伸手跟他握了握，目光落在他腿上，"这是……自卫反击战？"

他点点头："嗯。第一次上战场就碰上了埋伏，醒来时，腿已经没了。"

说着，他苦笑了一下："不过，跟那些没能回来的比，我还算是运气好的。"

我默默推着他的轮椅回家。他母亲坐在门口，目光涣散，嘴里反复念叨着听不清的话，像是活在另一个时空。听说自从教导员自尽之后，她就一直这样。

我看着眼前的小海，心头泛起说不出的滋味。

"你家的理发工具还在吧？"我问。

他愣了下，随后笑出声来："还在，估计早锈透了。"

"我来给你理个发。"

他缓缓点了点头，从抽屉里找出那把旧理发剪。我滴了几滴菜油，试着让刀口顺滑一点。

我修理了他蓬乱的头发，又帮他剃了胡子。那个昔日风风火火的少年，终于在镜子中慢慢显出原来的模样。

他的眼里，重新浮起一丝光亮。

晚上，他母亲做了一桌饭菜，留我吃饭。灯光下，我默默看着小海，脑海里却浮现出另一个可能的画面：如果当年不是他替我入伍，今天坐在轮椅上的，会不会是我？

***

暑假快结束时，母亲接到了一个电话，是白雅兰的母亲打来的："我们一家准备移居香港，临走前想和你们见一面。小峰也要在，雅兰说想再看看他。"

挂电话后，母亲意味深长地望着我，笑道："这姑娘不错啊。"

我只是一笑，没有回应。

几天后，一辆吉普驶进院子，车门打开，一个穿牛仔外套的女孩利索地跳下车。短发轻扬，神采奕奕，一看便是白雅兰。

她抬头瞥见我在窗户里盯着她看，先是一愣，然后笑着喊："我的车需要加水，你帮我一把。"

午饭后，我领她去了书房。

"给你看看我最近画的东西。"我有些紧张，翻出画夹。

她饶有兴趣地一页页翻着，目光专注而明亮："你什么时候开始学画了？"

"最近。"我眼角却在偷瞄她的反应。

她从中抽出一张画："这一张呢？"

我低头一看，脸立刻烧得通红——竟是一张裸体素描。我刚要去抢，她却灵巧地躲开，嘴角带笑："没想到你藏得这么深，小峰。"

我苦笑着不知如何辩解，空气里有点尴尬。

正好她母亲走进来打破沉默："下午你们有什么安排？"

我忙看向雅兰："你想去哪儿？"

"带我去大象谷吧，我想看看大象。"她说。

我有些遗憾地笑了笑："这个季节，大象都迁到境外去了。"

她神色一暗。

"要不，去森林保护区？"我提议。

她眼睛顿时一亮："走吧！"

***

一路上，她坐在我单车后座，手轻轻扶着我的腰。沉默了一会儿，我忍不住问："雅兰，你到底是什么兵？"

她笑着摇头："你猜。"

"不猜了，快说。"

"学生兵，和你一个城市。"

"哪个大学？"

"没名字，只有代号。"她故作神秘地一笑。

"保密单位？"

"嗯。"

"专业呢？"

"数学。"

我忍不住感叹："听起来好厉害。"

"喜欢的事就不难。你喜欢经济学吗？"

我皱了皱眉："不喜欢啊，我报考的是文学，结果被调剂到经济系。"

"经济学挺有用的。"她像是在安慰我。

我犹豫了一下，"其实……我已经转学学画画了。"

她明显一愣，"你认真的？"

"真的。"我笑，"吓到你了？"

她没说话，似乎在消化这个消息。

"我妈要是知道，非得骂我'好好的正道不走'。"我咧嘴一笑，"你可别给她打小报告啊。"

仍没听到她回话，我悄悄回头，才发现她掉车了——人还在坡上，正低头拍裤腿上的尘土。

我赶紧返回，她一脸委屈地盯着我："人丢了，你不知道？"

我大笑："你怎么不叫？"

"路上那么多人，我才不要丢脸！"她瞪了我一眼，气鼓鼓地走过来。

森林保护区里，阳光透过树叶，斑驳洒落。雅兰兴致勃勃地走在前头，不时停下欣赏花朵，或者蹲下来看长得奇奇怪怪的虫子。

那一刻，我才发现，原来她也有这样单纯而孩子气的一面。

整个下午，我们都沉浸在雨林的清幽与探险的乐趣中，直到暮色悄然降临，雾气在树林间升起，我们才依依不舍地离开。

第二天一早，她一家就要启程。

临行前，她悄悄把一张折得整整齐齐的小纸条塞到我手里，小声道："这是我的地址，开学后，记得来找我。"

我站在院口，握着那张小纸条，看着他们的车越开越远，心里泛起一阵说不清的温馨。

母亲来到我身旁，关心地问："雅兰的学校离你的远不远？"

"不远，坐车四十分钟。"

"挺好的嘛。"她意味深长地说。

***

我狠狠地埋头补课，恶补着基础与落下的进度。田雪成了我最可靠的帮手——她的笔记清晰工整，思路严谨，让我少走了不少弯路。

终于，我去看望白雅兰。

她的学校门口没有校牌，只有几名士兵在门前警戒。我被拦在外头等候，不一会儿，熟悉的身影出现在门口——白雅兰穿着笔挺的军装，胸前佩着徽章，短发利落，眉眼间多了几分英气。

我打趣道："军装真适合你。"

她扬了扬眉，嘴角微翘："你到底是在夸我，还是夸这身衣服？"

"都夸不行吗？"

她笑了。

她带我进了宿舍。几位女兵正在打牌，看见我进门，目光齐刷刷地投来。

"这谁啊？"有人问。

"唐小峰，我高中同学。"雅兰答。

"就同学？"另一位起哄。

她耳根一下红了，支支吾吾地补了句："也是老乡。"

气氛一时热烈起来，她赶紧岔开话题："别闹了，来来来，一起玩拱猪！"

那晚原本她约我去看电影《林海雪原》，可吃饭时几个男同学非要请我喝酒，硬是把我灌得晕头转向。

她坐在一旁，眼神有些冷，但什么也没说。

电影，我终究没能陪她去看。

***

一年后，我的画作在校内渐渐有了名气。油画仿佛流淌在我血脉里的诗，而人体素描——更像夜色中悄然绽放的昙花，孤独而炽热。

在艺术课堂上，人体写生虽是专业必修，却仍带着社会的禁忌阴影。我在画布上勾勒赤裸的身体，又小心用光影、薄纱和姿态去掩盖它们的锐角——像是在与传统博弈，又似在沉默中退让。

学校的模特极其有限，多数学生只能临摹古典作品。画室里堆满了米开朗琪罗和提香的复制画，肃穆庄严，像一座无人祈祷的教堂。而我见过的唯一真人女裸模，是那位外教的女儿。

那天，田雪跟我刚从写生教室出来，忽然停下脚步，望着天边的晚霞，语气平静却压着一股躁动："我想当中国第一个现代女裸模。你怎么看？"

我顿住脚步。

也许，历史终会迎来那样的时刻。但当这句话从田雪口中说出时，我脑中却闪过一篇陈年旧报的标题——"民国第一裸模终身蒙冤，死于沉默。"那些褪色的黑字像铁钉，直扎心头。

我小心问她："你是真的考虑清楚了？是为了艺术，还是为了标新立异？"

她倔强地回望我："凭什么外国女孩可以大大方方站在画布前，我就要遮遮掩掩？"

我提起那个民国女子的结局，她静静听着，脸上的神采一点点退去，眼里浮现出一丝迷惘，像是第一次看见了代价的轮廓。

从那之后，她再也没提起那件事。

＊＊＊

我和白雅兰之间，始终保持着一种若即若离的连系。每次见面都随性又自然，像是彼此心照不宣地保持着某种距离。

她明媚自信，是同学们关注的焦点。尤其是田雪，时不时地抓住我开玩笑："老实交代，你跟白雅兰到底啥关系？要是再不说，我可真得造谣啦！"

我哭笑不得，只能说："就像我和你一样，是铁哥们。"

"得了吧！"她翻个白眼，"你们俩一对视，我这边鸡皮疙瘩都掉半地儿了，谁信是朋友？"

我收起几分玩笑："跟她在一起确实很舒服，但……我从没真正想更进一步。"

田雪眨了眨眼，语气变得认真："你呀，就是差那临门一脚。再不追，她可真毕业了，别怪我没提醒。"

我没有回应，只是低头笑了笑。

心里某个地方隐隐抽了一下。她虽好，可那个角落，还在等待另一个人的归来。

第二十一章

田雪生日那天，她请我去她家，说要我给她画一幅油画作纪念。

"就当是送我的生日礼物嘛。"她眨着眼睛，语气带着几分恳求。

我在校园门口买了一束白玫瑰带过去。她一见我，就张开双臂把我拢进怀里，笑声清脆得像六月的风。

"哎，快放开，我这小心脏有点受不住。"我笑着挣开。

"受不住？那你想怎么样？"她盯着我，一脸坏笑。

"想你饶了我吧。我可不想被你爸妈撞见，又得转学。"我半真半假地说。

"你这么拘谨，一点都不好玩。"她撇撇嘴，松了手，似乎有点小失落，"我还以为你对我有点别的想法呢。"

"想得美，除非这世上没女人了。"我不留情地打击她。

"我就这么不招人待见？"她倒不恼，转身去切蛋糕。

"不是不待见，是不知道该怎么敬你这位大小姐。"

"怪不得我那课桌从来没男生敢坐，除了你。"

"我现在也快不敢了。"

"别装了。你是艺术家，而我嘛——我可是为艺术而生的。"她把蛋糕递给我。

"这话听起来真玄乎。"

"很快你就懂了。"她冲我一笑，轻声说："你先吃着，我去换件衣服。"

午后的阳光透过纱窗斜洒进来，在画架边的木地板上映出温柔的光斑。空气中飘着蛋糕的奶油香，还有白玫瑰微微的甜意。我坐在客厅里，画具早已摆好，等着她出现。

片刻后，她轻步走来，身上披着一件紫色睡袍，质地柔软，袍摆随着她的脚步微微摆动，露出一截修长的小腿线条。肩颈处沾了些阳光，泛着温润的光泽，仿佛一层薄雾笼罩其上。

她走到我面前，俯身在我脸颊上轻轻一碰，那唇像羽毛拂过，轻得像错觉。

"准备好了吗？"她问。

我有些局促地"嗯"了一声，她便转身走向沙发，一边缓缓解开睡袍的腰带。那轻薄的布料像云雾一般滑落，悄无声息地落在脚边，留下一个光洁静谧的背影，线条干净优雅，有种不动声色的诱惑。

我赶紧把头扭向一边，装作调侃地喊道："我的眼睛瞎啦！"

她轻笑出声，语气带着点挑衅："怎么，你不是早就见过世面了吗？"说罢，又补上一句，"今天，我是你免费的模特。"

她慢慢坐进沙发，姿势自然而慵懒，睫毛低垂，暖黄的光洒在她的脸颊与肩头，柔和得像一幅悄然铺开的写意画。

我深吸一口气，调整角度，提起画笔。线条一点点落下，色彩缓缓晕染开来。我沉入其中，她的轮廓、神态，还有那份若有若无的张力，在我笔下一点点浮现。

等最后一笔收尾，我轻轻放下画笔，走过去弯身拾起她的睡袍，小心地替她披上。她垂眼看着画布，轻声感叹："原来，你眼里的我是这样的。"

她起身去倒了两杯红酒，递我一杯，笑得像阳光："你辛苦了。我也有礼物。"

她转身回了卧室，拿出一个信封，郑重地放进我掌心。

"打开看看。"

我拆开信封，心脏却猛地一紧——那是一张我早以为丢失了的素描。

瀑布下的朵娜，笑容藏在水雾中，目光穿越纸页，定格在我心底最深处。

我的指尖在微微颤抖，眼眶也悄然湿润，仿佛又听见了雨林深处她轻唱的山歌。

"我从我爸那儿偷来的，"田雪说，语调柔软，眼神中多了份罕见的郑重，"本来想自己留着，可现在，我觉得它还是该回到你手里。"

我缓缓抚着那熟悉的画纸，心头阵阵抽痛。

田雪坐在我身旁，语气轻得像风："跟我讲讲她，好不好？"

我闭上眼，沉默片刻，然后缓缓开口，像是在讲一个未完的梦，一个我从未停止过的回忆。

***

周末午后的阳光温暖柔和，微风中透着梧桐树叶的淡淡清香。雅兰戴着一顶粉红色的太阳帽，身穿一袭浅黄色连衣裙，脚踩白色高跟鞋，褪去平日军装的严肃，整个人明媚得像夏日的向日葵。

她扬起下巴，故意带着几分命令的口吻宣布："今天不许去画展，也不准跟我聊素描，你得陪我去做点好玩的事！"

"你打算干嘛？"我笑问。

她眨了眨眼睛，神秘兮兮地说："玩水。"

"你不是怕水吗？"

她耸肩笑了笑，有点自嘲："自从中学那次沉船后我就不敢靠近水。但今天我想试试，看看我是不是真命犯水。"

"有我在，不用怕。"我调侃了一句，"不过你带泳衣了吗？"

她被我逗笑了："我说的是划船啦！谁说要下水了？"

湖滨公园的湖面闪着粼粼波光。我们租了一条脚踏船，雅兰帽檐上的蝴蝶结随风轻摆，湖面倒映着她的轮廓。

"你最近怎么用英文名字'克里斯·唐'了？"她转头问我，语气揶揄。

"老师把我的画拿去国外展，说我的中文名太难念，就给我起了这个。"

她点头。

"你的画，我有点看不懂了。有些纯净明亮，有些却……大胆得让我觉得陌生。"

我轻笑："你最好不懂，我自己也不怎么懂。"

她望着湖面轻叹："你变了，变得——有点看不透。"

我只是笑了笑。

船靠近湖中心的小岛时，雅兰提议："上去走走？"

我点了点头。

船靠了岸，她刚起身就脚下一滑，"扑通"一声跌进了湖里！

水很浅，她自己站起身来。整个人湿漉漉的，水珠顺着裙摆一串串往下滴。

我赶紧下水："来，我拉你一把。"

她扶着我站稳，瞪我一眼："丢人了……"

湿裙子紧贴着她的身体，勾勒出玲珑的曲线。她一边拧着裙摆挤水，一边咕哝："不许笑。"

我实在忍不住，笑出声来："干脆玩一会儿水得了，反正都湿了。"

她红着脸摇头："才不！我跟水犯冲！"

我脱下外套递给她："穿我的衣服吧，到那边灌木后头换，我帮你把风。"

她接过衣服，临走还不忘警告我一声："不许偷看！"说完便一溜烟钻进树丛。

几分钟后她出来了，裤腿挽到膝盖，神情轻松了不少。我注意到她的小包鼓鼓的，笑着指了指："里面的也拿出来晒晒？"

她顿时脸红到耳根，犹豫半天，还是扭扭捏捏地从包里掏出湿漉漉的内衣，小心地搭在树枝上。

我们坐在树荫下乘凉，没聊几句，她便抱怨起来："早上野营，急行军十公里，困死啦。"

我看她眼皮直打架，关心地说："要不……找棵树靠靠打个盹。"

她脑袋已经轻轻地靠在了我肩上。

我低声提醒："你不怕被人看见？"

她只是"嗯"了一声，已经睡过去了。

那一刻，我竟有些恍惚——靠着我肩膀的，仿佛是朵娜。那份信任，那种靠近，那熟悉的重量，几乎让我不敢呼吸。

她醒来时毫不羞涩，伸了个懒腰，笑着打趣道："谢啦，免费的枕头。"

晚上我请她吃了炒面，又补上那次错过的电影——《庐山恋》。

回校园的路上，夜色温柔如水。她忽然停下脚步，靠在一棵梧桐树上，抬头看着我问："我快毕业了，爸妈希望我去香港发展，可我舍不得军营。你说，我该怎么办？"

我望进她的眼睛，那里面有月光，也有一丝藏不住的惶惑。

"这个决定，还是得问你自己最想要的是什么。"

"就没有一点建议？"她语气平静，却带着某种不动声色的期待。

"我自己也还懵懵懂懂的，怕一张嘴，误了你的前程。"

她沉默了几秒，眼神微垂，轻轻说："是吗？白问你这个大才子了……"话锋一转，声音里有点倔强，"那我就去香港吧。"

我默默把她送到田雪家门口，叮嘱田雪："今晚请你帮我照看下雅兰。"

田雪正在阳台晾画，画布在暮色中轻轻晃动。我要离开时，雅兰走到门口，轻声道："明天你别送我了，我们就在这里告别吧。"

我伸手，原本想给她一个拥抱，可在田雪的注视下，只握了一下。

这一握，仿佛告别了一段珍贵的时光。她的手指微微用力，好像有什么话要说，却最终只是微笑着松开了手，转身走进屋内。

＊＊＊

我原以为毕业后会被分配到杂志社、画院，或某所大学，继续走艺术这条"正道"。但命运总爱拐弯抹角——外教突然告诉我，他替我争取到了一份全额奖学金，可以赴洛杉矶一所顶尖艺术大学攻读博士。

消息来得太突然，快得让我甚至来不及回家告别，更别说，再回那片雨林，寻她的踪迹。

启程的前一晚，田雪约我在学校附近的咖啡馆坐坐。我们像往常一样聊画、聊学校，也调侃彼此的怪脾气。她还笑着回忆我第一次画她时的手忙脚乱，我则笑她当年想当"第一裸模"的勇气。

话渐渐少了，她低头看着咖啡杯里的晃动，"看来，真要说再见了。"

我望着她，微笑着点头。

"我原以为，只要我陪在你身边，你终究会回头看我一眼。"她顿了顿，又自嘲地笑了："可惜啊，你还是被我'吓跑了'。"

我回应："我注定只是你生命中的一个过客。我的心……早就留在别处。而属于你的那个人，也许已经在来的路上。"

田雪眼神变得深沉："我知道。雅兰也知道——你的心里，一直住着一个别人进不去的影子。"

我皱了皱眉："这和雅兰有什么关系？"

她抬眼望着我，声音低柔："你真的不知道？雅兰一直在等你。"

我脑海闪过那天湖边她滑进水里的狼狈、沙滩上她靠在我肩头的安静……那一瞬间，我才意识到，我从未真正回应过她。

"她以为你会叫她留下。"田雪轻叹，"那天晚上，她在我家浴室里哭了很久……她在等你开口，等你别那么轻易地放她走。"

我低下头，心里带点愧疚。

＊＊＊

田雪来机场送我。她身边站着一个男人，个头高高的，穿着整洁，手自然地搭在她肩上，眼神里带着不动声色的防备。

我们都没说话。最后还是她开口："这是我新交的朋友。放心，我不会因为你守寡。"

我笑笑，语气调侃："那我就放心了，总算有人敢接你这颗定时炸弹。"

她仰头笑着，上前抱了我一下，在我耳边轻语："早知道这是句号，我应该跟你上一次床。"

我哑然一笑。她总是出其不意，却又直来直往。

我看了一眼她身边的男人，半真半假地说："哥们，祝你好运。"

飞机冲破云层时，我靠在舷窗，看着脚下那片模糊的土地渐渐远去。

我像一只刚被风吹离港口的小船，漂进没有标识的海。远处是自由的波浪，也可能是撕碎记忆的暗礁。可无论前方是什么，我知道自己，已经离心中的她越来越远了。

第二十二章

抵达洛杉矶国际机场那一刻，海关人员的章"砰"地一声在我护照上重重一盖，墨迹从纸页背面隐隐渗出，像一朵黑色的牡丹——冷峻又孤独，仿佛在对我低语："欢迎来到美国——这将是你人生的一场豪赌。"

我拖着行李箱缓缓走进大厅，头顶是一片巨大的玻璃穹顶，阳光像瀑布一样从高空倾泻而下，把人影拉得细长又飘忽不定，像一场梦刚刚开始。耳边是嗡嗡作响的英文，听不真切，却挥之不去。

我像只误入夏日的北极熊，还穿着棉外套，而周围美国人轻快短装的打扮，愈发显得我格格不入。口袋里仅剩的五百美元，是靠一幅幅卖画换来的血汗钱，得撑到奖学金到账，哪怕一分钱也不能乱花。

大厅的人流渐渐散去，我却迟迟未见佛曼教授的身影。正当我犹豫着要不要咬牙叫辆出租车时，一双破旧的篮球鞋出现在我面前。

一个金发高个青年说了句什么，我没听清，尴尬地问："对不起？"

他爽朗一笑，改用略带口音的中文说："你好！"

我忙回应："你好，我是克里斯·唐。"

"我是杰克，佛曼博士派我来接你。"他说着便给了我一个美式熊抱，一把抢过我的行李。

杰克比我高出半个头，金发被风吹得乱翘，蓝眼睛像晴天里的海，穿着格子衬衫敞开两粒扣子，露出胸前几缕汗毛，一身不羁的青春气息。

"你的中文真不错，在哪学的？"我忍不住问。

"台北混过两年，教英语，中文是跟室友学的。"他一边推行李，一边笑，"以后可以互相练习。"

车上他问我准备住哪里。

"教授建议我住学生公寓。"我说。

"开什么玩笑，那地方简直是抢钱！"他立刻抗议，猛打方向盘，"跟我来，我带你去个便宜又有人情味的地方。"

杰克把我带到一栋两层小楼前，是个学生合住的公寓，比校内宿舍便宜不少。楼管是个戴老花镜的美国大叔，盯着我看了半天，伸手要八十美元的押金。

我手摸到钱包，心头发紧，这可是预算外的支出。杰克笑嘻嘻拿过我的录取通知书，拍着楼管的肩说："乔治，这位是艺术天才，未来大师，别吓坏人家。"

楼管沉吟片刻，最终松口，只收了二十美元，还给我安排了一间两人合住的小房间。

房间狭小却温暖，窗外绿树成荫，光影斑驳。杰克满意地拍拍我的肩膀："欢迎来到美国，兄弟！"

安顿好后，杰克又开车送我到艺术系楼下，告诉我系秘书会安排见佛曼教授。

我目送他离开，看着他开的那辆老旧的红色小车如一只不甘寂寞的野兔一般蹦跳着窜出去。

下午，我终于见到了佛曼教授。他建议我补修几门本科高年级课程，前两年主攻基础。我欣然应允——多修点课没坏处，我来这里不是为了那张文凭，而是为了成为真正的艺术家。

***

第一次走进教室大楼，走廊里满是五颜六色的年轻女孩，笑声洋溢如泉水。她们的衣着像画布上的浓墨重彩，晃得我一时竟分不清谁是谁。

正要推门进教室，一名女生匆匆走过，钱包"啪"地一声掉在地上。我刚弯腰要捡，另一个女生快我一步，拾起钱包，不假思索地塞进自己口袋，淡定走进教室。

我赶紧追上前，拦住失主："你的钱包刚被……被别人捡了。"

她一惊，拉我进教室让我指认。

站在一屋子的金发红发棕发面前，我脑子一阵空白。刚才那人是短裙还是牛仔裤？高个还是矮个？我一点都记不清了。

我羞愧地低头："对不起，我……认不出来了。"

她失望地叹了口气，默默离开。

我望着她背影，无奈地嘀咕："这地方，什么都得从头学起啊……"

***

杰克住在郊外的一个小农场，每次来学校都要开上一个多小时的车。他总会带来一小筐刚从地里采择的蔬菜——胡萝卜、芹菜、甜菜，泥土的芳香还没来得及散去。他每次都是悄悄地把菜放在我宿舍门口，像个老园丁，让人既感动又有点不好意思。

我笑他："你是不是退休老头？总带这些土特产。"

他哈哈大笑："你不懂，种地比当教授更有成就感！"

在异国他乡，我们这两个来自完全不同文化的人，就这么稀里糊涂地成了朋友。杰克比我大两岁，金发卷曲，总带着一种阳光灿烂的无害气质，其实他的生活并不轻松。他在台湾混过两年，靠教英语糊口，时不时还念叨夜市里的臭豆腐："那味道，闻一次，记一辈子！"

他还曾在监狱里教书，"你能想象吗？隔着铁栅栏教英语，简直像在拍美剧。"

有天晚上，他边晃着酒杯边问我："克里斯，你有女朋友吗？别告诉我你谈恋爱的水平和英语一样差。"

我苦笑："有过，丢了，不过我还在等她。"

杰克眨眨眼："哇，你是那种老派到骨子里的亚洲诗人吗？"

我耸耸肩，"可能吧。"

"兄弟！这年头，爱情是快餐，别等太久，凉了就不好吃了。"

后来他邀请我去参加他的单身派对，"人生只办一次，你一定得来！"

派对在他那栋白色小屋举行，房子已经有百年历史，满身都是时间的褶皱。他指着屋顶的木梁骄傲地说："这些都是我亲手翻修的，每一块木头都有故事。"

晚上，朋友们带着啤酒和吉他蜂拥而至，笑声和烤肉香在院子里乱飞。我带的炒米粉竟最受欢迎，杰克举着叉子宣布："以后谁结婚都得请克里斯来！"

到了深夜，口哨声和笑语交织，一位穿着亮丽短裙的女孩缓步走上客厅临时拼出的"舞台"。她随着音乐轻摆胯部，动作柔中带火。

我坐在角落，像误入了一场本不属于自己的节庆，既好奇又局促，只觉脸上的热度被音乐一波波烘上来。

杰克凑过来说："兄弟，这才是派对，放松点！"

接着，有人悄悄溜出去，又一个个带着诡异笑容回来。杰克的表哥凑过来："那女孩在房车里，五十块，来一场'美国式初夜'，要不要试试？"

我脸涨得通红，赶紧摇头："不行……我有女朋友。"

他笑得前仰后合："可你女朋友不在这里啊！"

正当我进退两难时，杰克走了过来，把我护在身后："够了，别吓着我们新来的艺术家了，今晚你们太疯了！"

我如释重负，赶紧逃上了阁楼。楼下的喧哗一直持续到天亮，我梦里也萦绕着他们的狂欢。

第二天清晨，屋里一片狼藉。杰克站在后院，望着阳光照耀下的田野，手里捧着热咖啡，笑容温暖又惬意。

"马上结婚了，感觉如何？"我问。

他望向远处："说真的，能遇到一个愿意陪我过田园生活的女人，就像在乱石堆里挖出钻石。"

顿了顿，他又调皮地笑道："只是想到以后不能再泡妞了，心里多少有点舍不得。"

我也笑了起来。

＊＊＊

我的宿舍简陋，夜晚却像菜市场。三更半夜，总有人喝醉了在走廊上高谈阔论，有时还会在厨房摔锅打碗，校警来了也只是象征性晃晃手电，转身就走。

最折磨人的，是那位非洲邻居交的白人女友。每晚隔壁墙后都响起"震耳欲聋"的合奏，我和菲律宾室友只能对视，苦笑着竖起大拇指："今晚表演又升级了。"

最尴尬的一次，是我迷迷糊糊推开浴室门，正好撞见她光溜溜地站在水柱下。她一惊，滑倒在地，接着一声惨叫，把我吓得不浅。

第二十三章

头两年，我忙着应付课程和考试，日子过得又辛苦又乏味。

直到第三年，课程渐渐松动，我才终于有时间真正沉浸在艺术里。那段时间，我像着了魔一样研究世界各地的经典画作——从文艺复兴的细腻写实，到印象派的光影斑斓，从东方水墨的留白之美，到西方抽象的狂野奔放，每一个流派都令我沉醉不已。

但我从不轻易落笔。每一幅画，我都要等灵感真正涌现时才动手。如果最终看不到"灵魂"，我宁可将它撕毁重来。这不是任性，而是大尚教我的——画画，不是堆技巧，而是在寻找心里的回音。

偶尔完成的得意之作，我会对着它出神，甚至感动得流泪。旁人都说我疯了：谁会对着一块石头自言自语？谁会画出那么多赤裸裸的天堂与地狱？画中那些坦然裸露的女人，又是我怎样的执念？

但市场似乎并不讨厌我这份"疯劲"。

我的作品挂进学生画廊里展售，一幅能卖一千、甚至几千美元。靠着这些收入，我终于离开了那座夜夜喧闹的宿舍楼，搬进一间安静的小公寓。窗外是街边垂挂的紫藤花，每一瓣都在告诉我，生活开始变得不一样了。

***

洛城图书馆举办一年一度的多元文化艺术节，我送去一组以"热带雨林"为主题的画作展出。不久后，我陆续收到了观众来信和电话，表达他们的喜爱和共鸣。

有一天，电话那头传来一个带着生涩英文口音的女声："我喜欢你的画作。我们……能否一起喝杯咖啡？"

我客气地婉拒："抱歉，这几天我有点忙。"

对方顿时换成流利的中文，语气调皮："那如果是老朋友呢？"

这声音……太熟悉了！

我呼吸慢了半拍："老朋友？哪位？"

她拉长语调笑着说："你的老同学呀。"

我脱口而出："雅兰？你也在洛杉矶？"

"是呀，来了好几个月了。"

"太好了！你是来留学吗？"

"不，找了份工作。"

"那我去找你？还是你来看我？"

"你来吧，我有了个家……我已经结婚啦。"

那一刻，我整个人怔住，半晌才找回自己的声音："恭喜你！他……一定很好吧？"

她轻快地笑："你见了就知道了。"

她的语气里藏着自豪与一丝神秘，我好奇，到底是谁娶走了这个曾被无数人偷偷喜欢的"神仙老乡"。

＊＊＊

我走出电梯，顺着炖羊肉的香味，来到雅兰的公寓。门铃刚按下，门就"咔哒"一声打开。雅兰套着围裙，笑靥如花，一把拉住我进门："快进来！"

她朝厨房喊："老公，快出来！"

厨房里走出一个戴着油渍眼镜的男人，手里还握着炒勺，"菜要糊了，有啥急事？"

我定住了。

那张脸，那双眼睛，熟得不能再熟。

他拨开额前凌乱的头发，隔着厚厚的镜片看了我一眼，眼睛骤然亮了起来："小峰！"

"四眼！"

这世上最让我惊掉下巴的事，就是四眼这家伙，居然成了雅兰的老公。

"你们这是怎么勾搭上的？"我哭笑不得。

四眼哈哈大笑："勾搭？明明是我被她'骗'了！"

雅兰一记白眼："得了吧，明明是你当年读诗会当场送我一首'专属诗'，还说是压箱底的那首。"

四眼洋洋得意："我的朦胧诗，迷倒的不只是你一个。"

那年，港大学生读诗俱乐部请四眼做分享嘉宾，雅兰在台下。他认出了她，一首"当年错过的诗"就此牵起了这段姻缘。

四眼打开酒柜，拿出一瓶威士忌，倒了三杯。

"第一杯，为我们在军垦农场的青春干杯！"

三人举杯，一饮而尽。

我举起第二杯："为你们的爱情干杯，愿你们一直恩爱到老，比你写的诗还长。"

四眼搂着雅兰哈哈大笑。

这一晚，像是回到那片星空下的农场岁月，回到那些轻狂的年少时光。

＊＊＊

但生活，并非永远浪漫如诗。

雅兰在洛城一家通讯公司做信息加密的工作，收入可观，日子安稳；而四眼，却渐渐陷入困顿。

"他整天闷在家里，将窗帘拉上，就像隔绝了世界。"她边收拾餐具边说，声音低得几乎听不见，眉眼间是日积月累的疲惫。

我皱起眉头："他没找工作吗？"

"不是不找，是找不到。"她苦笑，"他在香港时是中文报纸的编辑，可在这里——哪有中文文学的市场？"

我明白她的难受："那他每天都做什么？"

"写诗，喝酒。"雅兰轻叹，"整天发呆，从清晨坐到黄昏，不见天日。"

一个曾在农场星空下挥洒理想的诗人，如今却困在现实的天井里。

饭桌上，雅兰忽然问："你和那个茶妹，现在怎么样了？"

那久违的称呼几乎让我语塞。

"哪个茶妹？"我装傻。

"别装了。"她笑了笑，"朵娜。"

我沉默片刻，"自从她逃往缅甸，就再没消息。"

这时，四眼抬起头，神情凝重："那年朵娜被教导员关起来时，我去查她的下落。我在禁闭室窗外被保卫干事抓住，他一脚踹翻我，膝盖压着我胸口，枪抵住额头，恶狠狠地说——'不怕死，就继续管闲事。'"

我倒吸一口凉气。四眼苦笑着低语："说实话，我当时吓尿了。"

雅兰轻轻握住他的手，柔声安慰："那不是懦弱，没人能在枪口下不怕。"

　　四眼只是摇头，自顾自灌了一口酒，眼神飘远，像陷入一个再也走不出的回忆。

　　几天后，我帮他在一家华人报社谋了份编辑兼广告推销的差事。非理想中的文学岗位，好歹能让他走出家门、重新与人接触。

　　后来，他的诗作偶尔出现在副刊上，虽然不再惊艳，却有人读，有人谈起他，这就够了。

　　雅兰终于轻松了一些，对我说："谢谢你，小峰。在我们最难的时候，是你拉了我们一把。"

　　我摆摆手："你们就是我在这边唯一的'家人'。我以前被很多人帮过，难得也能当一次别人的光。"

***

　　忙于毕业论文那段时间，我几乎没再联系四眼夫妇。

　　直到一个傍晚，电话骤然响起，四眼的声音嘶哑而慌乱："小峰，雅兰走了……她发现我根本没去上班。"

　　我匆匆赶到他家，门一开，酒气扑面。四眼满脸胡渣，靠在沙发上，空酒瓶倒了一地，神情恍惚而颓然。

　　"我是不是彻底没用了？" 他苦笑着问我，"曾经写诗为理想，现在成了个废人。"

　　我默默捡起茶几上的手稿，字迹凌乱，像是从灵魂深处拽出来的哀号。

　　"少喝点。" 我皱眉。

　　"酒是毒药，也是止疼药。" 他咕哝着，"没有它，我熬不到现在。"

　　门开了，雅兰脸色苍白地走进来，泪痕未干。

　　四眼像被电击般站起身，声音发颤："雅兰……"

　　她缓缓走近，抱住他："你这个傻瓜……你是我全部的世界，你怎么可以这样放弃自己？"

　　四眼伏在她肩上，泣不成声。

***

　　几个月后，一张医院诊断书重重落在雅兰掌心——肝癌晚期。

　　四眼瘦得脱了形，脸颊凹陷、眼神黯淡，却依旧倔强地握着笔，一行一行写着诗，仿佛那是他对命运最后的反抗。

临终时，他紧紧攥住雅兰的手，眼里浮现出从未有过的柔情与安宁："原谅我……诗人，总是短命的。"

雅兰点头，泪水止不住地往下涌。

"雅兰，我有一事相托。小峰他……他……"他猛地咳出一阵血，话还没说完，眼神便慢慢失去了焦点。

他就这样走了，带着那句没有说完的托付。

不久之后，雅兰被公司辞退。

那天，她坐在我家的沙发上，眼神空洞，像一只在风里走散的鸟："他们查我背景，说我身份不清……我也懒得再解释了。"

"今晚别回去了，就睡我房里。"

"那你呢？"

"我睡沙发。"

她点点头，露出一个勉强的笑。

"小峰，我心里还有个结没解开。"她望着我，半张脸埋在浓密的发里，声音轻得几乎听不见。

"说吧。"我低声鼓励她。

"他没说完的那句话……他提到了你，到底是为什么？"

我其实隐约明白四眼的意思，但不想揭破，不愿在她的痛里再添重负，只能淡淡地说："他是让我多照应你。"

"不，不是这样。"她摇头，"他知道，就算他不说，你也不会丢下我。"

"让我再想想吧。"我垂下眼，语气闪躲。她是聪明的女人，不会被轻易糊弄过去。

夜深了，我躺在沙发上，昏昏沉沉间，感觉有人轻轻为我披了披毯子。

那双手，温暖而克制，却藏着太多未出口的疲惫与失落。

＊＊＊

获得博士学位后，我陆续收到了来自美国不同地区的工作聘书。

离开洛杉矶的前夕，我和雅兰一同去墓园看望四眼。

清晨的阳光透过薄雾洒落在墓地上，风从林间穿过，带来一丝青草气息。四眼的墓碑立在一棵盛开的樱桃树下，花瓣随风纷纷扬扬，如同他散落的诗稿，在空中短暂停留，然后静静落地。

我捧着一束色彩斑斓的鲜花，轻轻放在墓碑前："老兄，你曾说生命就该五彩斑斓，那就让我替你点亮这一隅安宁。"

接着，我打开一瓶白兰地，缓缓倒在墓前的泥土上："没有酒的诗，就像没有风的帆。你最讨厌平淡，我可不敢让你在天堂无聊。"

墓碑上的墓志铭，是他自己选的，也是他留给世界的最后一句诗：

唯爱永远

唯诗永远

阳光把我和雅兰的影子拉得细长，两道身影在碑前交叠的那一刻，像一场三人无声而深情的拥抱。

回城的地铁上，她靠在车窗边，望着窗外飞驰而过的城市剪影，眼神静静的，像是在与这个城市告别，又像是终于卸下了什么。

"雅兰，我准备离开洛杉矶了。愿不愿意和我一起走，换个环境？"

她微笑着，轻轻摇了摇头："谢谢你。但我已经决定回香港，回爸妈身边去。"

"你就这样匆匆放弃？"

她叹了口气："与其说放弃，不如说……我从来都没有真正拥有过。"她转过头来看着我，语气温柔，却带着某种不可动摇的决心，"小峰，过去的，就让它留在梦里吧。你该轻装上路。"

我明白。

轻轻拉起她，给她一个拥抱，用乡音说："你是雨林长大的女儿，别忘了回去看看。"顺手在她掌心放了一个小字条，上面有米蕉的地址。

***

也许是命运的安排，我最终选择了纽约。那座城市，有种说不清的力量仿佛在召唤我。

我进入一所艺术学院任教，同时经营一个自己的画室，继续创作。请了艺术经纪人打理展售，生活看似步入正轨，实则不然。

我的身体悄然发生变化——头痛频繁袭来，夜不能寐。医生检查后摇头："没有实质性的病灶。不是所有的痛，都能在影像里找到答案。"她说，"也许，是旧伤引发的神经性反应，或者，是你一直回避的心理创伤。你该直面，什么东西让你夜里醒来。"

我沉默。

也许她说得对。

朵娜的失踪，别离了雨林，四眼的辞世，雅兰的伤感……那些未竟的故事，如藤蔓缠绕着我。

我夜夜失眠，即使能迷糊一阵子，也在梦里反复描绘那些无法表达的记忆——每一笔，都是空洞的，画笔在手中微微颤抖。

深夜时，我常常翻开戴望舒的诗集，轻抚夹在其中的那张已微微泛黄的素描纸。

纸上的女孩，模糊了轮廓，淡去的线条如时间留下的斑驳。而我却仍能看见那瀑布边的她，听见她清亮的笑声。

我曾以为，时间是最好的解药。

可每当我在街头遇见某个熟悉的背影，或在地铁车厢中瞥见一袭碎花裙摆，那些回忆便如潮水般汹涌袭来。

她是否早已在异地生根？什么样的人能配得上她呢？他必须有一颗纯净的心，他必须有勇气当护花使者，他必须听得懂大山和森林的声音。

那会是谁呢？

我只知道，我还在画，还在等。

第二十四章

我的经纪人叫崔朴惠，韩裔，年近四十。她不算漂亮，却极有风格——衣着永远得体，言语干练，在纽约艺术圈里颇有几分声望与人脉。

那天，她兴致勃勃地带来了一个女孩，语气神秘地对我说："克里斯，我觉得你需要一点新的灵感。"

女孩叫珍妮，刚从巴黎来，是个舞蹈生。年轻、自信，带着一种说不清的灵动气质。她不只会跳舞，还能看懂梵高。

她站在我的画前，像是在"听"。良久，才轻声说："梵高的画，是灵魂的挣扎；你的画，是灵魂的喘息。"

她一字一句，像敲在我心里最隐秘的角落。那些连我自己都说不清的画语，她竟能精准捕捉到其中的脉动。

"在艺术里，赤裸的身体只是外壳。"她又补了一句，"你真正画出来的，是深处的呐喊和渴望。"

我们仿佛在某种隐秘的频率上对上了调。

第二天，珍妮出现在我公寓，说是"要给我一点灵感"。

她准备了音乐，还带来一支自编的独舞，名叫《海之恋》。

旋律响起，她缓缓起舞，仿佛一尾美人鱼，在海浪间浮沉穿梭。她的身体轻盈如水，舞步中藏着无言的悲伤，眼神像在等待一个人——那个永不归来的水手。

她的确有点天分，也可能是我太感性。看着看着，我竟觉眼眶发涩，仿佛真的看见了那个童话里永远等不到爱人的少女，孤独，又倔强。

那晚她留了下来，拉我进了卧室。

我轻轻触碰她的肩胛、她脊背的曲线，在某个临界点却停住了。就像风前摇曳的树叶，不知是要坠落，还是吊着。

她忽然问："吻女人的胸，是种什么感觉？"

我喃喃道："像触碰一个苹果般美好，又像……在亵渎一个纯净的灵魂。"

她笑着摇头："你真是个古怪的男人，总把自己活得这么艰难。"

我叹息："那苹果是你，诱人；那灵魂，是另一个早就住进我心里的女人。"

她扬眉："真的假的？你知道我什么都不懂，是不是随便搪塞我？"

"对不起。"我低声说，"我应该早点告诉你。"

她盯着我，忽然问："那你倒是说说她？"

我顿了顿，轻声答："不——你还年轻，好好享受你该有的年华，别听那些伤感的故事。"

说完，我拿起毛毯，去了客厅，在沙发上躺下。

我仰头看着天花板发呆。

今晚……我差一点就栽了，真的。

她那身段，那眼神，像海浪一样，一圈圈地把人包围住，弄得我心头也起了潮。

她是懂我的。不只是舞，她懂画，懂孤独，也懂那种没说出口的沉默。

可她，不是她。

那个让我移不开眼睛的姑娘，是山路上向我奔跑、提我网兜的她；是清晨伴我看日出、轻轻哼着歌的她；是撵我出山、将他的一片心做了风铃挂在我风口的她。

我清楚得过分，清楚到几近残忍。

***

第二天清晨，厨房里弥漫着咖啡与吐司的香气。

珍妮倚在吧台边，啃着一个苹果，随口说道："昨晚和一个画家约会去了。"

"哟，前几天还嚷嚷着要当单身贵族，怎么这么快就变心啦？"室友打趣道。

"偶然遇到一个特别有才气的男人。"珍妮笑笑，语气中带着几分自嘲，"不知怎么，一下子就被他迷住了。"

"进展如何？"

"被拒得干干净净，哪来的进展！"她一边说，一边耸耸肩。

“什么样的画家，居然看不上我们这位可爱又热情的小珍妮？”

“他太伤人了。”珍妮又咬了一口苹果，忽然神情一顿，把剩下的一半轻轻扔到吧台上。

她脑中浮现昨夜那个“苹果”的比喻，不禁低声自语：“我都准备献身了，他却停了下来……他大概是无性者，或者……是个同志。”

“是吗？”坐在吧台对面的女孩闻言抬起头，眸中闪过一丝诧异。

“真的。他画女人画得惊心动魄，却对女人的身体始终保持距离。”珍妮摊开手，“跟我约会，最后连个吻都没有。他就像个活在画布上的人。”

那女孩低头，指尖轻轻摩挲着无名指上的订婚戒指，声音低柔：“也许……那就是艺术家的气质吧。”

“哈哈，朵娜，你还真像他。”

“像在哪儿？”

“你看看你，明明想做老姑娘，还偏要戴个假戒指糊弄人。他也是，既不想动心女人，却又要出来约会。”

朵娜淡淡一笑：“你说的这些我认了。还有吗？”

“有啊，他还说他受热带雨林的影响很大——说不定是你老乡呢。”

那一瞬，朵娜胸口仿佛被什么轻轻撞了一下，呼吸微微一滞。她下意识重复了一句：“热带雨林？”

“神秘之地，神秘之人。”珍妮唠叨着，“什么时候我也去看看，说不定悟出一个全新的舞风来。朵娜，你说呢？”

“什么，你在问……”

“你发呆呢！”

“对不起。你刚刚说他姓什么？”朵娜问。

“唐。克里斯·唐。你认识？”

朵娜摇头：“我认识一个姓唐的，是学经济的。”

“反正我对他已经死心啦。”珍妮拿起自己的小钱包，像变戏法般抽出一张票，“明晚有场慈善艺术晚会，他会去。你要是真好奇，就自己去看看。”

朵娜接过票，轻轻放在茶几上：“我考虑一下。”

当晚，夜色沉静如水。她披上那条草绿色的纱巾，独自走上公寓楼顶。海风穿过阳台的缝隙，温柔地拂过她的面颊。远处港湾的灯火在夜色中微微闪烁，如同坠入凡尘的星辰。

她站在天台边缘，望着那片幽深星海，缓缓闭上眼。

心底那个久被压抑的声音，悄然浮现——

"如果你还在等我，就让我们快快重逢吧。"

风扬起她的纱巾，也掀开了那段沉睡许久的思念。

***

七年前的雨林。

克特舅舅救出朵娜后，意识到事情不妙，便决定带着朵娜和普洛暂时出境避一避。

普洛嘟着嘴，一脸不满："阿爸，您一向天不怕地不怕，从不管事闹大闹小，怎么这回就突然躲起来了？"

克特叹了口气："这次是咱自家的事，我不想连累寨子的人。还有——为了朵娜她妈。她十七岁那年嫁了个汉人，直到你爷爷去世，才被允许回寨子看看。这些年，她吃了多少苦、受了多少委屈，咱不能再让她受牵连。"

"舅舅，你想得周到。我也不想看到寨子跟农场的人闹起来，就算是'逃'，也比硬碰硬好。"朵娜接过话来，语气平静坚定。

克特点点头："也别太看轻自己，这不算逃，我心里有数——我有个小计划。咱在缅甸那边的远亲做玉石生意，我打算让你们两个过去，一边避风头，一边学点东西。"

普洛听了，噗嗤一笑："您咋不早说，害得我憋了一肚子的火呢。"

临行前，他拿出两套男装，说道："穿上它们，从今天起，你们是两个小子。"

他仔细打量两个女孩，给她们各人腰间系上一把佩刀，又笑着说："记住，以后你们是我的侄子，没人会认出你们是姑娘。"

两个少女彼此看了一眼，不禁笑出声来。

"哥哥哟，你娶了我吧！"普洛学着男人的腔调打趣道。

朵娜也装模作样地调笑："哥哥哟，你从哪个寨子里来的？"

克特舅舅严肃地挥了挥手："走吧，路长着呢！"

他们沿着崎岖小路穿行丛林，最终来到了一条河边。

朵娜指着河边一个锈迹斑驳的金属物，好奇问道："舅舅，那是什么？"

舅舅神情凝重起来，"那是地雷，这里曾经打过仗，到处都是死亡的痕迹。"

朵娜和普洛顿时噤了声，谨慎地随舅舅前进，途中不敢多言一句。

夜晚，他们躲进一处岩洞。

岩洞幽深，钟乳石滴着水珠，发出滴滴答答的声音。干燥的石地上有些残留的柴火痕迹。

他们铺上兽皮，吃了点干粮。他让两个女孩先睡，而他则坐在洞口抽烟，警惕地注视着外面的动静。

岩壁上，有一些褐色和白色的涂鸦，画着狩猎、鸟兽和家庭。

舅舅盯着那些壁画，想起自己年轻时也喜欢用石块在墙上乱画。

于是，他在岩壁上，画下了自己和亡妻结婚时手拉手的样子，又画了两个女孩围着篝火跳舞的影子。

他知道，这一走，不知何时才能回家。

第二天，太阳爬到山腰时，他们启程渡河。

舅舅找到了当地人留下的安全标识，带着两个女孩小心翼翼地走过水雷区。

过了河，舅舅才松了口气，放下了所有的防备，沿着一条隐秘的小道，边走边给她们讲起自己年轻时的故事。

然而，正午时分，远处传来隆隆的炮声！

他们停下脚步，隐约看到两架直升机低空掠过，机枪对着树林猛烈扫射。

舅舅的脸色陡然一变，"快躲起来！"

他们潜入附近的一个寨子。

舅舅敲开一扇竹门，一位满脸皱纹的老伯看到门外的三个陌生人，眼里闪过一丝警觉。

舅舅赶紧用本地语说："老哥，外面在放枪，能不能暂避一下？"

老人沉吟片刻，目光在他们脸上一一扫过，才点了点头，把他们迎进屋里。

"先在这里躲几天吧。"老伯朝外看了看，关上了门。

老伯家有个十五岁的孙子，小名叫"猫头鹰"，因为他夜间视力极好，走夜路从不带灯。

见家里来了两个"哥哥"，猫头鹰十分兴奋，盯着朵娜和普洛细细打量，笑嘻嘻地说："两位哥哥看起来不像当地人，一定是走了不少冤枉路吧？快去后面的水潭洗洗，一身泥怪难受的。"

朵娜连忙摇头："不用了，我们趁着天亮，能干点活就干点活，等天黑再去洗吧。"

舅舅接过老伯编了一半的竹筐，熟练地编起来，一边询问外面的情况。

老伯叹了口气："仗已经打了好多天，东面西面的队伍轮番上阵，村子里也不好过。"

厨房里，普洛帮着老伯生火做饭，猫头鹰则拉着朵娜到竹楼下挤牛奶、劈柴。

晚饭后，月亮已爬上树梢，夜色静谧，只有几声狗吠和远处牛的低吟。

普洛和朵娜带着换洗衣物去了屋后的水潭。猫头鹰正要跟着，却被老伯叫住："臭小子，碗还没洗完，想偷懒？"猫头鹰撅起嘴，不甘心地回到厨房，一边洗碗一边透过窗户朝外张望。

月光下，两个披着长发的"哥哥"在水中嬉戏，白皙的肩膀若隐若现。猫头鹰顿时瞪大眼睛，心跳得厉害，"这哪是什么哥哥？分明是两个姑娘！"

夜里，猫头鹰执意要跟两位"哥哥"挤在一张床上。他悄悄地伸出手臂，故意碰了碰朵娜的胸口，又去碰了碰普洛的，心脏砰砰跳，脸也热得厉害。

第二天，猫头鹰看见朵娜在劈柴，动作干脆利落，完全不像一般柔弱的女人，忍不住好奇地开口："你到底是哥哥，还是姐姐啊？"

朵娜顿时停住手，"嘘——猫头鹰，姐姐求你，千万别说出去！"

猫头鹰眨眨眼睛，咧嘴一笑："放心，我嘴严得很。"但整整一天，他看朵娜的目光都带着狡黠的暧昧。

几天后，战火渐息。寨子里传言，交战队伍已撤离，舅舅决定继续赶路。

猫头鹰自告奋勇送他们一程，老伯点头同意了。翻过两座山后，猫头鹰停下脚步，指着前方山路说道："前面我也不熟了，我送你们到这儿吧。"

　　就在他们路边歇息时，舅舅起身走进林子方便。一声巨响在密林深处炸开，紧接着枪声、爆炸声四起！

　　朵娜刚起身，就被几个士兵冲出树林按倒在地，猫头鹰和普洛也同时被压制住！

　　"阿爸！"普洛挣扎哭喊着。

　　"莫要喊，他被炸飞了。快快堵住她的嘴！"一个士兵说。

第二十五章

　　他们被押解数日，颠簸穿越丛林与山谷，终于抵达一处藏于密林深处的军营。四周拉着铁丝网，设有岗哨，像是一口沉默的牢笼，隔绝于世。

　　营地的指挥官名叫坎，年约三十，身形魁梧，面孔如刀刻般硬朗，眉眼间带着一股久经战火的狠劲。他听完部下简短的汇报，脸色倏然阴沉，将朵娜三人误认为敌方的耳目，猛地怒吼：

　　"绑到旗杆上！全体集合！"

　　士兵们哗然起身，手脚利落地动了起来。

　　"坎，你疯了吗！"

　　人群外，一个声音急切地插了进来。

　　一个白人青年冲了过来，个子不高，金发被汗水黏在额头上，手里抱着一台便携录像机。他喘着粗气挡在坎和三人之间，神色惊疑。

　　"你这是干什么？他们还是孩子！"他指着朵娜三人，语气焦急。

　　坎瞥了他一眼，语气冷硬："约翰，这事不归你管。"

　　约翰是坎在美国念中学时的老同学，如今是战地记者，几天前特意赶来采访坎，拍摄一部关于"缅北战事"的纪录片。

　　"他们看起来不像士兵。"约翰一边说，一边举起手中的录像机，镜头缓慢地对准坎，"你要真砍下去，全世界都会看到。"

　　"把他带走！"坎低吼，士兵立刻上前拽住约翰的胳膊，往旁边的屋子推。

　　约翰拼命挣扎，喊道："坎！你不是说过你信基督？"

　　坎脸上的肌肉抽动了一下。他一言不发，登上营地中央的石台，仰头灌下一碗烈酒，酒液沿着下颌滑落。他猛地拔出随身长刀，高举过顶，低声却清晰地吐出一句：

　　"天父，请宽恕我今日的罪。"

　　他脚步沉沉，朝旗杆走去。

　　朵娜三人被塞住口，绑在木桩上，只能挣扎着发出模糊的呜咽。

士兵们聚拢过来，一时间人声喧腾。

　　就在不远处的木屋内，约翰悄悄推开窗户，举起了他的录像机。

　　坎一步步逼近旗杆，用刀柄挑起普洛的下巴。他的目光没有波澜，像一片结冰的湖面，却又隐隐藏着一丝挣扎。

　　他猛地扯掉她的头巾——一头乌黑柔亮的长发顿时如瀑垂落。坎愣住了，凝视着那张年轻、惊恐的面孔，一时说不出话。

　　他转身走到朵娜面前，又扯下她的头巾。又是一张干净而慌张的少女面庞。

　　"两个……小姑娘？"坎低语，神情缓了一分。

　　他走到猫头鹰面前，抽掉他嘴里的布片，嘴角带着一丝玩味："小子，你呢？"

　　猫头鹰倔强地抬起下巴，眼神挑衅："你猜啊。"

　　坎冷不防一把抓住他的裆部。

　　"你疯啦！"猫头鹰猛地瞪大眼，惊叫出声。

　　坎松手，冷笑："好吧，至少你没骗。"

　　他回到普洛面前，脸色再次阴沉，抽掉她嘴里的布条，沉声问："你们伪装成这样，有何目的？说清楚点，给我一个不砍你们的理由。"

　　普洛强忍住颤抖，尽量镇定地答道："我们从中国来，是去内地找亲戚的……我有亲戚的姓名和地址，你可以查。"

　　"那为何女扮男装？"

　　"这条路危险，女人太容易出事。"

　　坎皱眉，又指了指猫头鹰："那孩子呢？"

　　"大哥，"普洛语气缓了下来，"他是给我们带路的。"

　　"证件呢？"

　　"你得先解开我的手，我自己拿。"

　　"说吧，放哪儿了？"

　　"……在我内衣的小兜里。"

　　坎挑眉，"哦。"他偏头叫来一名女兵，示意她检查。女兵解开普洛腰带，从内衣夹层里取出几张折叠得整整齐齐的纸。

　　坎接过一看："只有介绍信，没别的？"

　　"真没有了，哥哥。我们家出了点事，才匆忙出来避一避。"

坎盯着她的脸看了几秒，眼神暗中掠过一丝复杂。

"冲你这声'哥'叫得甜，我就网开一面。"他将刀缓缓收回，摆手道："别想走了——把他们编入救护队。"

"坎，你今天吓死我了！"约翰这时出了屋子，站到坎身边。"我可以问那三个孩子几个问题吗？"

"你去吧。"

***

几个月匆匆过去。对朵娜和普洛而言，那是腥风血雨的日子，时常与死神擦肩。

坎常出现在救护队，走动时总会不动声色地留意普洛。不是送来一瓶洗发水，就是塞一罐头或一盒饼干。他还特意为她们安排了独立的小屋——在这座营地里，极为罕见。

那天，他走进普洛的房间，递给她一个精致的小盒子，语气带点得意："我敢说，你从没见过。"

"是什么？"她下意识地接过，有些忐忑。

"巴黎香水。试试看？"

普洛轻轻拧开瓶盖，一股清幽的香气逸散出来。她忍不住笑了："这味道真好！你不说是香水，我还以为是果酒，想喝呢。"

"你喜欢就好。"坎看着她，"想试试吗？"

"怎么用？"

"只要一点，涂在耳后、脖颈，或者……"他顿了顿，带着半分调侃，"我也可以帮你。"

"坎哥，你别吓我。"她笑着往后退了半步。

"吓你？我可是在美国做过香水推销的专业人士。你雇我，我才会帮你。"

"还是先收着吧，等哪天不打仗了，我再用。"她小心地合上瓶盖。

"随便用，我是你的运输官。"他咧嘴一笑。

"谢谢你，哥哥，总是想着我。"她双手捧着小瓶，垂下头，忽然小声道："你要是真想对我好，不如放我和我表妹走。"

坎的笑容顿时收了。他的语气仍温柔，却透出坚定："什么都好说，就是别提离开。"

后来，坎照旧对她照顾有加。有时，他开车带她去镇上采购，偶尔也顺道带上朵娜。

那天，他的吉普车嘎然停在营房前，朵娜正巧在外头晒衣服，问："你们是去镇上？"

"也许，也许不。"

"长官，听起来今天不想带我了？"

"朵娜，"他笑着摇头，"别老缠着你表姐，也分她一点时间给我。"

他载着普洛离开，驶向一个更远的湖滨。

车窗外，是起伏的山林与茶园，偶尔有炊烟从谷地升起，远山缠绕着淡淡的青雾。

他一手搭着方向盘，望着前方，语气轻得像风："普洛，你不属于战场。你该有另一种生活，更适合女人的那种。"

普洛心头微颤，侧头望他一眼："你想说什么？"

"我父亲是自治政府的首长，我自己也在美国念过大学。说实话，我完全可以留在那边，跟叔叔过体面日子。"

他顿了顿，偏头看她，声音忽然低了几分："可我还是回来了。你知道为什么吗？"

她轻轻摇头，眼神落在他那张线条分明的侧脸上。

他缓缓道："我想冒险，想做点真正的事。"他转头看她，眼神灼热，"而你，是我多出的那个理由。"

他们抵达湖边。湖水静静的，像一块织满微光的绸缎。远山在水中投下模糊倒影，傍晚的天色正缓缓褪成浅灰蓝。

坎停下脚步，忽然单膝跪地，从兜里掏出一个小绒盒。

他轻轻打开，露出一枚细致的银戒，掌心朝上，仰头望她。

"普洛，嫁给我。"

普洛一时怔住。

她看着眼前这个男人，他的脸因阳光微红，眼神却无比清澈。可她这时脑海里闪过的，却不是他，而是另一张脸——战火硝烟中的朵娜，她默不作声地坐在角落，低头写着什么；还有她自己，在独坐时心中浮现最多的一个词：自由的家。

他那种坚定的气质，确实令人动心。可她明白自己并非心甘情愿来到这里，是他用"温柔"把她留在战区的。

那句"我不愿意"卡在喉咙口。

他的目光毫不闪躲，像赌上一切在等她点头。

她轻咬嘴唇，最终缓缓伸出手，指尖微颤。眼中浮起一丝难以察觉的挣扎。

坎起身，将戒指稳稳套在她的指上，声音低而坚定："从现在起，你就是我的人。"

回到救护队后，普洛把这一幕告诉了朵娜。她语气轻快，眼里透着少有的光亮，像个终于找到落脚地的旅人。

朵娜听着，只轻轻点头，什么也没说。

夜深，营房已寂。她仍睁着眼，薄薄的月光从窗格缝隙里透进来，映在地板上斑驳一片。

她轻声叹息。脑海中，一个声音不合时宜地浮现——

"我在等你。"

＊＊＊

坎手下的女医护兵，也会定期参加实弹训练。他清楚，战场上没有例外，哪怕是看似柔弱的姑娘，也该有在危急时刻保命的本事。

那天的训练场，阳光刺眼，尘土飞扬。朵娜站在靶位前，稳稳举起步枪。坎在她身后不远处，静静注视她的每一个动作——举枪、瞄准、扣扳机，一气呵成，没有丝毫犹疑。

"砰！砰！砰！"枪声在山谷间回荡，干脆而扎实。

不一会儿，靶纸被送回来。子弹全部命中靶心，密密排列在中心区域，几乎没有偏差。

坎挑了挑眉，嘴角浮现出一丝罕见的笑意，像意外发现了一块藏在泥沙中的好料。

"玩过枪？"他低声问。

"学过打猎。"

"你天生该拿枪。"他丢下一句。

没过几天，坎亲自签署了命令——将朵娜调入狙击组，参加实战。

消息传到救护队，普洛脸色大变。她几乎是冲进指挥帐篷的，推开帘子时，营中正午的热风也一并卷了进来。

"你开什么玩笑？"她一把拂乱坎案头的地图，怒气压不住，"你让她上战场？她是救人，不是杀人！"

坎站起身来，神情并不意外，语气也依然冷静："她有天赋。这种人才不能留在后方。"

普洛咬着牙，抬手取下自己手上的订婚戒指，"啪"的一声甩在桌面上，戒圈滚了几圈，在文件中间缓缓停下。

"那这个你也拿回去吧。"

帐篷里一时沉寂。

坎望着那枚戒指，轻轻叹一口气："行。她留下，陪着你。"

第二十六章

雨后的夜晚，药品库房只剩下朵娜和普洛。

"姐，这次征战是往北边吧？"朵娜抚摸着一包印有"中国制造"的药品，心头涌现出强烈的乡愁。

"我哪知道。"普洛随意地回应。

"你真的一点风声都没听到？"朵娜明显不信。

普洛眼神顿时警惕起来："你又想做什么？"

朵娜手指在药包上轻轻划过，眼神倔强中带着一丝哀伤："我要离开这里，趁着离国境线近些。你要是不走，我一个人走。"

"你疯了吧！"普洛猛地站起，声音不自觉拔高，"你知不知道一旦被抓到，会有什么下场？你会被当逃兵枪毙！"

"难道留在这儿等死就甘心吗？"朵娜也急了，"你甘心每天都在血腥和死亡中度过？"

"你以为你是谁？"普洛红了眼圈，声音微微颤抖，"你以为你真的能活着走出这方圆一百里？"

朵娜咬牙："是坎这样吓唬你的吧？"

"闭嘴！"普洛突然抬头，眼神凌厉，"你以为逃出去就自由了？你知道前天逃跑的艾玛妹后来怎么样了吗？她在两百里外的村寨被抓住，被那些军官们凌辱后卖到了妓院！"

朵娜眼圈瞬间泛红："难道，你就这样认命了吗？"

普洛看着她，语气缓了下来："妹妹，我知道你的心思。你想念你的男朋友，想念家。你相信我，总有一天，我一定会送你出去的。"

"那你呢？"朵娜哽咽着问，"你还要留在这儿多久？"

"我早就是他的人了。"普洛的眼神里带着无奈与温柔，"他没有你想象得那么坏。他值得。"

朵娜似乎还想说什么，最终都咽了回去。

接下来又是一场遭遇战。

　　敌军突破防线，爆炸声和惨叫声此起彼伏，战壕中遍布尸体、伤兵和鲜血。

　　朵娜刚要撤出，一个敌军士兵突然扑过来，死死掐住她的脖子，几乎让她窒息。

　　她奋力挣扎，意识渐渐模糊。

　　"砰——！"一声近距离枪响。

　　敌兵倒下，温热的鲜血溅在她脸上。

　　她剧烈咳嗽着，抬头看到坎跃出战壕，他手中的步枪枪口还在冒烟。

　　"你欠我一条命。"他喊了一句，冲进了硝烟。

　　普洛目睹了这一幕，明白不能让朵娜继续留在这里。

　　她趁去镇上的机会，把自己珍藏多年的玉佩偷偷递给一个马商："求你，找机会带她离开！"

***

　　晨光懒洋洋地洒在小镇的石板路上，雨后的泥土味在空气中飘荡。街边的小铺吱呀开门，商贩三三两两在门前摆出水果和干粮，晨雾未散，炊烟升起，一切都缓缓苏醒。

　　坎驾着军用吉普穿过镇口，车轮碾过水洼，泛起一阵阵清脆的水响。普洛和朵娜坐在后座，副驾驶是随行的卫兵。

　　"今天打算干什么？"坎点燃一支烟，透过缭绕的烟雾，视线从后视镜扫了一眼。

　　朵娜望着窗外，语气平淡："我想去发廊，修一下头发。"

　　普洛靠在椅背上，抿着嘴笑了笑："我要去泡温泉，洗掉这几天的汗。"

　　坎吐了口烟圈，似乎并未起疑。他转头吩咐副驾驶："你陪着朵娜。盯紧点，要是少了根头发，我就拿你脑袋填坑。"

　　士兵一挺背脊敬礼："是！"

　　坎掐灭烟头，臂膀一伸，顺势揽住普洛的腰，笑里带着不容拒绝的意味；"走吧，温泉比理发有趣多了。"

　　进了发廊，朵娜则从后门溜出，去了隔壁的马帮店。

　　卫兵倚在发廊门口的竹椅上，军靴搁在斑驳的木栏杆上，一根草茎吊在嘴里，像只懒洋洋的猫。

这是难得的清闲时光。不用提枪杀敌，只要守着指挥官的女人，看她们像瓷娃娃一样。

街对面，几个老人围着棋盘嘀咕，胡子拉碴的屠夫在剁猪肉，血水顺着砧板一滴滴落下。茶铺的小姑娘小心翼翼地添着壶水，一切静谧如常。

温泉蒸汽氤氲，缠绕着木桥与石池，硫磺味微冲，却叫人欲罢不能。坎缓缓浸入水中，热泉冲刷着他布满伤痕的身体。

普洛靠在他胸前，她锁骨上的水珠一颗颗滑落。她静得出奇，像一块浮石。

但坎始终没完全放松。他从不背对门，手枪搁在池边，伸手就能摸到。他的教官曾说："活着的将军，才配叫将军。"

他目光警觉地扫过廊角与暗影，仿佛随时准备起身作战。

她的指尖滑过坎胸膛上的旧伤，一道道触摸着，像是在翻阅一本陈年密档。

坎低头，在她耳边呵了口气："想什么呢？"

普洛摇头。

坎捏起她下巴，眉头微蹙："是我不好，还是你做了什么对不起我的事？"

她忽然伏进他怀里，抓住他的胳膊，指节发紧，声音低到几乎听不见："朵娜……走了。"

一瞬间，温泉水似乎凉了下来。

坎猛地抓住她肩膀，水花四溅，把她几乎拽出池面："她怎么走的？"

普洛抿唇不语。

他盯着她的眼睛，语气如剑锋："是谁带她走的？"

她闭上眼，"你别问了。她……她一定会平安。"

坎冷笑："连我坎都不能保她平安，你怎么敢信别人？"

普洛睁大眼睛。

坎语气忽然放缓，像自语，又像真心："其实……我这几天也在想，怎么送她回去。但外头太乱，危险还没过去。"

她眼泪夺眶而出："你是说……你原本打算……"

他没再说什么。

普洛拉起他就往外走，跳上吉普，朝马帮店飞驰而去。

***

经过发廊时，坎一脚踢在躺椅上，正在打盹的卫兵猝不及防，险些翻倒！

他猛地惊醒，手忙脚乱地抓起枪，抬头迎上坎冰冷的目光，瞬间脸色煞白，浑身发抖。

坎和普洛风一般冲进马帮店。但刚一踏进门，脚步便齐齐顿住。

店里，一片狼藉。老板和几个帮工被五花大绑在柱子上，嘴里塞着破布，眼中满是惊恐与无助。

坎拽掉老板嘴里的破布，枪口顶住他的太阳穴，声音如雷："人呢？"

老板额头冷汗直冒，嘴唇发抖："兵爷兵姐，不关我的事……真不是我……是土匪劫的她！你们快追啊！"

"谁干的？"坎眼底杀意毕露。

老板脸色惨白，"栗将军的人……四个，穿着你们的军服，冒充是你们的兵，赶着一辆破马车。他们说……要把姑娘带上山，送去给将军当姨太太……"

砰！

枪声乍响，店老板惨叫一声，左腿应声中弹，鲜血喷溅！

"她要是有个好歹——你们一个都别想活！"坎怒吼，眼中布满血丝。

他猛然转身冲出门，一挥手臂："带队！堵住他们的退路——我要活的！"

坎一跃上马，率领一队骑兵沿着山道疾驰而去。

***

林间，一辆破旧的马车正摇摇晃晃地驶来，车轮碾过松软的泥土，马匹喘着粗气，显然已经奔行多时。车厢上，几个兵痞吊儿郎当地哼着小调，手持酒葫芦，有说有笑，推推搡搡。

忽然，四周山坡上，数十匹战马从灌木后，如幽灵浮出。

马蹄震地，卷起落叶一片。

"别动！动一下试试！"

寒光一闪，马刀抵上了脖颈。四个兵痞当场僵住，手中的酒葫芦滚落地面。

普洛冲上马车，扯开车里被麻绳死死扎住的麻袋。

朵娜双手被绑，嘴里塞着一块破布，脸色苍白，额前发丝湿漉漉地贴在脸上。

"朵娜！"普洛一把将她抱进怀里，泪水止不住地滑落，打湿了朵娜凌乱的发梢。她哽咽着说："都是我不好……我再也不会让你离开我！"

坎站在几个匪兵前，面无表情地吐出一句："带到水塘边。"

士兵立刻上前，将几人拖了起来，像拎破麻袋一样拖行下坡。

林间阳光透过枝叶，斑驳地映在匪兵惨白的脸上。他们这才意识到——命已到头。

水塘边，几人被踹跪在泥地上，浑身抖得如筛糠。坎走到他们面前，冷冷提起卡宾枪，毫无迟疑地扣下扳机——

哒哒哒！

枪声惊起一群飞鸟。

四具尸体应声倒入水塘，水面顿时溅起沉闷水花，染出一片绯红。

枪声停歇，世界似乎陷入短暂的寂静。

坎收起枪，缓缓转身，走向马车。朵娜坐在那里，身子缩成一团，神情惊惶，目光一动不动地盯着他。他手搭在腰间，指尖掠过枪套，眼中一闪而过的神色让人琢磨不透。

普洛将朵娜护在怀里，神色紧绷，不敢出声。

坎走近她们，点上一支烟，深深吸了一口，然后将烟递到朵娜面前。

"来一口，压压惊。"他说得平静，却不容拒绝。

朵娜愣了一下，犹豫着接过，轻轻吸了一口，随即呛得猛咳，泪水都出来了。

坎哈哈一笑，轻轻拍了拍她的肩膀："好了，魂算是回来了。记住一件事——你得信我。"

***

朵娜彻底打消了逃走的念头。

她开始相信坎的承诺——等战事平息，他会亲自送她回中国。可战争像头脱缰的野兽，谁也无法真正驾驭。

枪炮声一次次撼动山林，救护队跟随坎的部队辗转前线，在尸横遍野的战场上穿梭。

直到——最惨烈的一战爆发。

友邦反叛，局势骤变。

坎的部队遭遇围剿，连夜奔逃，血迹染透了战马的鬃毛。他们一路退到一条山涧边。

朵娜和普洛，还有几名女兵，衣衫褴褛，满身硝烟与血污。她们实在忍受不了身上的气味，趁着短暂的平静，一起跳入河中清洗。

可就在这时——

炮弹的尖啸划破天空！

轰！

河面炸开，血雾腾空，惨叫撕裂山谷！

朵娜被冲击力掀翻在岸上，正欲爬起，一道身影扑了上来——

是普洛。

她的眼中满是痛意，却死死抱住朵娜，低声道："别动……"

她侧腰一片血肉模糊，鲜血顺着她的衣襟流淌。

坎从硝烟中冲来，飞身将朵娜扯开，把自己的衬衫死死按在普洛的伤口上，想止住那汹涌的血流。

可血，怎么也止不住……

普洛的目光渐渐涣散，气息微弱："送朵娜……回家……"

她的手慢慢垂下，血染红了岸边的鹅卵石。阳光从林隙洒落，落在她微微上扬的唇角上。

普洛，走了。

***

撤退途中，朵娜和猫头鹰被困于深山密林，与主力失联。

几名同伴渐渐露出贪婪的目光。

"带上她，投降能换赏钱。军官要是喜欢，咱们还赚个好价。"

他们夺了朵娜的枪，反绑了她的双手。一个老兵粗暴地捍起她的下巴，嘿嘿冷笑："好货色……"

他们又看向猫头鹰："小子，你什么打算？"

猫头鹰毫不犹豫地点头："听长官的。"

夜色降临，他们决定等天亮再投降，以免被误杀。

可就在夜幕沉沉之际，猫头鹰悄悄割断了朵娜手上的绳索，将一支步枪塞进她怀中。

刚逃出不过几十米，身后骤然枪声大作，密集如雨！子弹撕裂树干，溅起碎屑！

猫头鹰低声说："姐，别怕。他们看不见咱，我能看见他们。我喊你打哪儿，你就往哪儿打。"

朵娜咬牙握紧步枪："姐不怕，姐是打猎的。"

"十一点方向，树根后。"

砰！

枪响，一道黑影应声倒下。

他们像野林中的猎手，接连击毙三人。

只剩最后一个。

"小心！"

猫头鹰猛地扑向朵娜，一梭子子弹撕碎了他的胸膛！几乎同时，朵娜一枪击中枪手的胸口。

猫头鹰倒在她怀里，嘴唇微颤："姐……其实……我见你第一眼，知道你是女的。"

他笑了，像个捉弄成功的孩子。下一瞬，鲜血哽住了他的嗓子，顺着嘴角流下，带走了最后的笑意。

他的眼缓缓合上。

朵娜抱着他，泪水无声地滴落，浸透了那片血迹斑斑的泥地。

第二十七章

普洛死后，坎变了。

他不再骑马巡视军营，不再冷厉地下达命令，也不再用霸道压服众人。

夜里，他常一个人坐在帐篷前，点上一支烟，任烟头燃尽，再点一支。浓烈的烟雾在夜风中飘散，他的眼神沉沉的，仿佛穿透了这片战火的原野，看见一个遥远却再也回不去的地方。也可能，他只是在盯着虚空发呆。

一天，部队辗转回到大本营。没过多久，坎让卫兵传话——叫朵娜去他的宿舍。

"为什么是宿舍？"朵娜皱眉，"他病了吗？"

"没有，他就是一个劲儿抽烟。我看……他像是需要人陪着。"卫兵有些沮丧。

"不是还有你？"

"我又不是女人。"

"你是说，他要女人？"

"你自己去问吧。"卫兵说完，便在门外站着没动。

朵娜轻轻敲门，里面传来一声低哑的"进来"。她推门进去，屋里弥漫着烟草味，烛火只剩下豆大的亮光，勉强照见坎斜靠在床边的身影。

他抬头看了她一眼，指了指床边的椅子，示意她坐下。

他不说话，只是把烟头按灭，又换上一支，动作机械。双臂交叠，盯着墙上的那把砍刀出神。

朵娜的余光扫过那柄刀，心里一紧——那是条亡魂缠绕的兵器，自己也曾一度命悬它下。她猜不透他在想什么，只试探着问："姐夫……我能为你做点什么吗？"

"你能做什么？"他语气淡淡。

"我……给你做点吃的？"

"普洛能做的，你会吗？"

"我会糯米糍粑，还能煲汤……"

"朵娜。"他忽然叹了口气，"让别人去做吧。你陪我……"

"陪你？"她一时没听懂。

"……坐会儿。"他补了一句。

"好。"朵娜略微放松了一些。

"我有话要说。"坎坐直了身子，盯着她的脸。

"我听着。"

"你和普洛，就像这山里的罂樱花——艳丽，危险，碰了就戒不掉。"

"你怪我们是罂樱花？"

"不。我怪我自己。一见罂樱花就上瘾。我不肯放手……才害死了她。"

"她不会怪你。她是真地爱你。"朵娜轻声。

坎盯着她，问："那你呢？"

"我什么？"

"你不会……是下一朵罂樱花吧？"

"不会的。"朵娜的声音变冷，"我已经是别人的罂樱花了。"

"其实我真的想……"

"你留住我也没用。"她打断他。

"你说什么？"他微皱眉。

"我是在说——你最好尽快送我走。"

坎沉默了片刻，终于开口："我正说服自己……该让你离开。可你长得像她，总让我……想起一些事。"

"你刚刚说放我走！"朵娜强调。

"是的。你想去哪儿？"

"回家。"

"要是回家，还得等……半年、一年都说不准。但如果去美国，你可以很快启程。"

"为什么是美国？"

"我说过。可以立即从我眼前消逝。"

"我要的是中国。"她固执地回答。

坎盯着她，好一会儿才道："普洛说过，你的梦想是上大学。"

"嗯。"

"在美国，不用考试。你高中毕业就能申请。不想试试？"

"你觉得我能行？"

"你能。我想过。我的叔叔婶婶在纽约，他们会照顾你。"

朵娜沉默了。

她曾无数次幻想，穿着白裙走进课堂，在图书馆翻书，在午后的阳光下写字——像个真正的女孩。

可就在这一刻，她心底忽然浮现一个影子，一个她无法割舍的名字。

她望着坎，眼神慢慢警觉："你为什么要帮我？"

他轻轻一笑："因为普洛希望你活下去。"

朵娜点了点头，声音低却坚定："好……我去纽约。"

***

坎带着几名贴身护卫，换上便装，亲自护送朵娜来到泰国边境。几经辗转，他们在一间靠近关口的小客栈住下，等候接应的人。

午后阴沉，天色昏黄。门口来了个四十多岁的男人。他没有立刻走进屋里，而是缓步停在门槛处，像一尊久经风雨的黑铁佛，身影挡住了一半昏沉的天光。

伙计迎上前，声音低而恭敬："您是'无愁'先生吧？请进，随意坐。"

"是，我和'兔影'先生有约。"男人低声回应，嗓音沙哑，像沾了灰的砂纸。

昏暗的店里坐着几名散客，各自桌上摆着碗筷，却没人真正低头吃饭，目光隐隐都在关注进门的人。

他穿着花衬衫，敞开的领口露出一道疤痕，约三寸长，像条睡着的蜈蚣，随着呼吸起伏。他身形精干，肩颈间线条如削，显出一股被打磨后的劲。

正当他提脚进屋，伙计已悄悄贴近，摸了他衬衣下的藏枪，将黑洞洞的枪口冷冷抵住他的后脑。

"别动。"伙计语气冰冷。

男人并不慌乱，只是偏头扫了他一眼。眼袋下藏着的，是一双鹰隼般的眼，沉静锋利。他嘴里还在嚼着槟榔，咧嘴一笑，露出一抹赭红的齿缝。趁伙计皱眉嫌恶的空隙，他脚掌一旋，皮鞋猛地一扫，将伙计踢翻在地。

伙计正要起身，男人伸出手拉了一把，干脆利落。

"哈哈！无愁，"伙计笑着，脱掉假发。他是坎。"每次都骗不了你，每次也都能跟你学点新招。"

"彼此彼此。"无愁哼了一声，伸出他那只断了一截小指的左手，"快把我的枪还我。"

"走吧，里头说。"坎把他带进了隔间。

"这次，送什么货？"他随口问。

"不，是送人。"坎收起笑意，语气转冷，"我把一位小姐交给你。我要你保她平安抵达美国——毫发无损。否则……"

他做了个抹脖子的手势。

无愁点了点头，眼神不动："明白。"

坎回头轻声唤道："朵娜，过来吧。"

朵娜走进来，素面朝天，身边只有一只小巧的行李箱。

"你走吧，他是我信得过的人。"坎说着，端起桌上的威士忌，手里缓缓晃着，冰块撞击杯壁，发出干净的咔哒声。但他始终没有喝一口。

无愁走上前，伸手去接朵娜的行李："我来吧，小姐。"

他拍了拍坎的肩膀，露出一颗镶着金边的犬牙，笑得豪气中带点讥讽。

朵娜随着他往门外走去。

走出门槛前，她忍不住回头望了一眼。坎还坐在昏暗的屋里，一动不动。

她知道，这一次，是真的可以离开了——可她的心，却比任何时候都沉重。

＊＊＊

她第一次踏进登帕家的客厅时，鞋底还沾着异国的尘土。厅堂的摆钟"铛——铛——"地响着，仿佛为她开启一段新生。

登帕叔叔正戴着草帽蹲在花圃边，修剪玫瑰。他冲她眨眼："你得学会让花听你说话，不然它们不开。"

朵娜蹲下身，轻触一朵含苞的蔷薇，笑说："它们听得懂洛卡语吗？"

登帕愣了一下，随即哈哈大笑："那它们得报个补习班！"

琪米婶婶像一块温润的玉。厨房里时常飘着苹果肉桂粥的香气，阳台上，她一丝不苟地折叠毛巾，还轻声说："杯口要朝东，这样早晨的阳光才不会晃眼。"

登帕开着那辆旧雪佛兰，带她去空停车场学倒车，"慢点，不然那灯柱今晚就躺医院去了！"

一开始，朵娜还有些拘谨，但很快，她学会在登帕和琪米的生活节奏里找到自己的位置。

几天后，琪米牵着朵娜来到社区成人高中。那是一栋不大的红砖楼，外头的花坛里种着叫不出名字的灌木，几只麻雀跳上跳下地啄食残叶。门口挂着一面略显褪色的蓝白校旗，在风里轻轻摆动。

琪米一进门，便朝前台笑着打招呼："您好，这是我外甥女朵娜，我们给她登记过成人高中入学。"

前台的女管理员约莫五十出头，戴着一副细框眼镜，听后点点头，语气亲切："我记得，几个月前是我给您办的手续。人终于来了，太好了。请出示护照或身份证件。"

琪米从包里取出朵娜的缅甸护照递了过去。

"好的，我去复印一份。"

她起身走向内室，脚步轻快，不时回头看看朵娜。

不一会儿，她拿着护照复印件回来，又领着她们填了一些表格，照了张相片，办好了一张学生证。

"从下周一开始，就正式开学了。欢迎你，朵娜。"

朵娜轻轻点头，把那张学生证捧在手心里——那张照片有些拘谨，但眼神清亮。

她的手指微微颤抖，仿佛捧着一张从命运手里接过来的船票，虽薄如纸，却载着一个女孩跨越大洋、穿越荆棘的全部希望。

＊＊＊

周末三人一起逛超市，登帕常偷偷往她的购物篮里塞薯片，然后狡黠地说："嘘，别告诉琪米。"

她最喜欢教堂的第三排长凳。每当管风琴响起，彩绘玻璃洒下碎光，她闭上眼，仿佛那些血腥的记忆也被慢慢熨平——但有时候，一阵遥远的爆炸声、一道异国的闪电，也会在脑中突如其来地炸开。

"她是我们的外甥女。"琪米这样向邻居介绍她，声音柔和，笑容不带一丝迟疑。

那天夜里，她躺在房间的小床上，窗外是低沉的纽约夜。她翻着手里的日记本，写下：

"我终于开始相信，这世界上还有地方，是为我准备的。"

一天，他们围坐在沙发上，琪米织毛衣，登帕轻打盹。朵娜倚窗而坐，望着屋外橡树的落叶在路灯下旋转坠落，像是前尘记忆在异国的沉默中缓缓脱落。

"孩子，你在看什么呢？"琪米抬头问。

"那些飘飘落落的叶子。是不是秋天快到了？"

琪米闻言笑了笑："是的，孩子，夏天快结束了，游泳池也该收起来了。"她站起身，到阳台去收毛巾。

"秋天不能下水了吗？"

"除非是室内泳池，我们家的可不行。"

朵娜看着那片黑漆漆的水面，低声道："在我家乡，只有雨季和旱季，不管什么时候都可以下水。"

琪米略一怔："怎么，想家了？"

"也许吧……我可以到后院玩会儿水吗？"

"当然，你不用问。只是有点黑，记得开灯。"

"不用了，"朵娜轻轻地说，"不开灯才看得见星星和月亮，水……才最好玩。"

琪米望了她一眼，像是想说什么，但终究只是点了点头："坎也这样说。这泳池……是为他建的。"

"那我去了。"朵娜轻声一笑，赤足走向后院。

夜色像一层薄纱，罩住了整个后院。她游了好多个来回，然后缓缓仰躺在水面，任身子浮在星空下。天上的星星不如雨林中那样低垂，连一颗流星都不肯路过，她连个许愿的机会也没有。

她想起芒卡寨的那个夏天——村头的泉水清凉甘甜，普洛和她，还有其他姑娘们，在水中赤裸嬉戏，一个男孩不知怎的，从担架上滚了下来。

她轻笑了一下，那种没有羞耻的天真早已远去，却又在此刻偷偷溜回来。她褪去泳衣，让冰凉的水温柔包裹住她的身体，如同山间瀑布倾泻而下的瞬间——震颤而又释放。

她缓缓游到池边，踏上台阶，一步一步走向水面之上。若是此刻真有一道瀑布，她真愿意就这样闭眼沉入其中……

忽然，啪！

后院灯光骤然亮起，强烈的聚光正好照在泳池边缘，朵娜宛如舞台中央的独角演员，毫无遮掩地站在明晃晃的光柱下。

"啊——"琪米站在半开的后门口，忍不住低呼一声，整个人定住了。

登帕听见动静，匆忙赶来，刚要探头，被琪米一把按住："别出来！"

朵娜愣了半秒，随即捞起毛巾，迅速包裹好身体，从琪米身边匆匆穿过，低头不语地钻进了浴室。

"到底发生了什么？"登帕疑惑不安地问，"你吓着孩子了？"

琪米咬了咬牙，指了指浴室方向："这孩子一丝不挂……得教教她什么叫分寸。"

"深更半夜，在自家后院，能有什么大不了的？坎不也是那样？"登帕耸耸肩。

"坎是男孩。"

朵娜裹好衣服，带着一丝尴尬走出来，小声说："晚安。"

琪米没有说重话，只温声提醒："水里凉，多穿点，小心着凉。"

"知道了。"朵娜点头，踮着脚尖走向她的卧室，背影清瘦而宁静。

等她房门一关，登帕忍不住挤眉弄眼："你刚才说水凉，叫人在水里多穿点……你自己想想，这逻辑……"

"老头子，闭嘴。"琪米瞪了他一眼。

第二十八章

安定下来后，她兴冲冲地写了一封信，寄往小峰曾就读的大学。

"小峰哥，我自由了。我在纽约，在读书。你还好吗？"

她满心期待地等了一个月，结果信被退了回来。信封上盖着一行刺眼的红字：查无此人。

她不死心，又写信给二妹，让她帮忙打听。

没过多久，二妹的回信寄来了：

"姐，我偷偷问了他妹妹，地址没错。他寒假的时候还来过芒卡寨找你。看他那样子，满脑子都是你。"

她又写了一封挂号信，亲自跑去邮局寄出。

结果，又是一样的盖章——查无此人。

那之后，她开始失眠。梦里常常回到那个夏天，回到山林深处，舅舅带着她和普洛一路逃亡，那片林子仿佛永远也走不出去；还有那个人，那个有着一双清澈眼睛的人，站在林子的尽头，身上只剩下一条裤衩，像是被人骗了、丢了方向，在某个她找不到的地方流浪。

她不敢多想，只能逼自己埋进书堆里。

她唯一的愿望，就是尽快读完大学，亲自回去，把那个调皮又倔强的人找回来——不管他在哪里，不管他变成了什么样。

***

朵娜把寄出又退回的两封信夹在一本旧诗集里，摆在书桌的一角。书页边卷起，像她反复打开又合上的心事。每当夜深人静，她会翻出它们，低声念出开头，"小峰哥——"，声音轻得像风掠过山谷。

那天午后，楼上的浴室管道破裂，水滴顺着天花板渗入楼下，滴滴答答地落在朵娜的书桌上。琪米听见响声，披着毛衣过来查看。

她一边擦水一边嘟囔："真是倒霉，老屋子总漏。"

她抹到书桌角落时，不小心扫落了那本诗集，书页散开，两封略显皱折的信掉在地板上。琪米弯腰捡起，眼角瞥见信封上的中文地址与收信人姓名。她怔了片刻，念出声："唐……小峰？"

她眉头一紧，本打算放回原位，却终究没能压住心头那股不安。她找了块干布包起信，走回厨房，倒了杯咖啡，坐下，犹豫再三，打开了信封。

纸张展开，一段段亲密的中文跃然纸上。她一封一封读下去，手指渐渐收紧，最后哆嗦着放下信纸，咖啡早已凉透。

"登帕！"她捧着信冲上阳台，眼圈发红，"她骗了我们！她根本不是来美国重新开始的，她心里有别的男人！"

登帕正在花围边修剪玫瑰，摘下手套，平静道："琪米，她是自由人，不是我们的财产。"

"她是坎托付的姑娘！坎要回来娶她的！"她近乎嘶吼，"我写了多少封信，说这孩子懂事、可靠。结果她在偷偷写情书，给别人！"

登帕沉默半晌："就算她爱上了别人，也没做错什么。"

"你还想着为她存钱？"她气得浑身发抖，"你连自己的退休金都顾不上了，居然要为个撒谎的女孩出信托？"

"我只想，如果有天我不在了，她还能完成学业。"登帕看向远处的槐树，眼神泛着隐隐的不安，"我总觉得，我撑不了太久。"

自那天起，琪米变了。

她不再每日接送朵娜上学，只留下一句："钥匙别动，公车多坐坐也是锻炼。"周末去教堂，她总是早早出门，门关得很响，不再回头。

朵娜察觉到了变化，却始终没问。她将信重新夹回书里。有些误会，语言无力；她只安静等待时光为她洗白。

她浑然不知，琪米已悄悄写信给坎，信里语气生硬："你该当心了，这姑娘……可能不属于你。"

还未收到回音，噩耗却先传来。

那天傍晚，电话响起，登帕接起电话后久久未语。放下听筒，他只是看着琪米，说："坎……在行动中阵亡了。"

琪米怔怔地坐在沙发上，咖啡冷了，泪却没落下。她就那样坐了一夜，像一尊不会说话的雕像。

第二天天刚亮，登帕走到她面前，蹲下身子，低声说："坎走了，我们得照顾朵娜。那是他最大的心愿。"

她终于哭了，泪一颗颗滴在毛衣袖上："是我害了他……是我写了那封信，他读了，不肯回来……所以才……"

"不会的。"登帕轻声说，"坎是个有主见的孩子，他不会因为谁的信就不回家。他早写过信给我，说如果他死了，希望我们把他留在战场，不办葬礼，不设墓碑，只想我们'多疼疼那个中国小姑娘'。"

朵娜站在走廊尽头，听见了。他们没注意，她已经走近了。

她坐到琪米身旁，手里拿着一张照片，轻轻放在她掌心。

照片里，是坎和普洛，穿着婚纱，笑得像春天刚开花的树。

"婶婶，这才是坎爱着的女人。"她轻声说。

琪米看着照片，喃喃问："她在哪儿？"

"她先于坎死在战场上了。"朵娜低声道。

琪米终于崩溃，哭声像压抑太久的风暴，她抱着朵娜，不断重复："对不起，孩子，婶婶错怪你了。"

"坎常说，他若死了，不要为他难过。"朵娜抬头，望着窗外云开日出的天，"他说，'想想看，倒在这片热土上，明天我身上就会长出会唱歌的花朵，明年我身上就会长出会跳舞的大树。'"

琪米听着，泣不成声。

"登帕！"她猛地抬头，眼里恢复了一丝光，"快送朵娜去学校！我去梳洗一下！"

登帕点头，起身拿钥匙。阳光透过厨房窗照在茶几上，刚好洒在那张照片上，把坎和普洛的笑脸染上一层金光。

那天下午，朵娜放学回家，远远就看到门口拉起了黄色的警戒线。警灯在夕阳里一闪一闪，晃得人睁不开眼。几辆警车停在门前，邻居站在街对面，低声议论，神色复杂。

她顾不上多想，冲过去，却被一名警官拦住。

"这里是调查现场，不能进去。"

"登帕叔叔和琪米婶婶呢？"她的声音发紧。

警官低声说："已经被拘捕，涉嫌协助洗钱。"

她像被雷劈中，愣在原地，眼前一阵发黑，整条街仿佛静止了下来。

几个小时后，她才被允许进去收拾个人物品。

她拉着行李箱从院子里出来，怀里抱着的几本书忽然滑落在地。

风吹过，掀起其中一本英文书的书页，一行字跳进她眼中：

"这是一个新的开始。"

她苦笑着弯腰捡起那本书，手指微微发抖。她知道，一切都变了，世界突然变得空荡、陌生，她再也不知道，自己真正属于哪里了。

***

厚重的铁门"咔哒"一声打开，朵娜被带入监狱探访室。两侧的墙壁泛着潮湿的霉味，昏黄的灯光在地板上映出一道道模糊的影子。她在看守的带领下，走向那道隔着铁栏的桌前。

登帕和琪米在那里等着了。他们穿着统一的灰色囚服，坐在硬邦邦的金属椅上，整个人憔悴如枯木。琪米的发髻不再一丝不苟，垂落的几缕白发贴在额头上，眼神空洞又迟钝，像是刚从梦中醒来还没弄清方向。登帕瘦了很多，嘴唇苍白，手背上青筋突起，一见到朵娜，眼神便湿润了。

"孩子……"他的声音沙哑而迟疑，像一块钝石从喉咙深处滚落，"我们没来得及给你留下什么……对不起。"

朵娜坐下，手指隔着栏杆触碰到登帕的指尖，那是一种依旧温暖的触感。她勉强笑了一下，却怎么也稳不住嘴角的弧度。

"叔叔，别说这些了……你们还会回来的，对吧？我……我等你们。"

登帕没有作答，只是用力握了握她的手。他的眼神，像一场落雨前的低云，无声却压抑。

她转向琪米，刚想开口，却看到她眼里闪过一抹羞赧与愧疚。琪米半晌才低声道："对不起，孩子……婶婶以前……对你照顾不周。"

朵娜哽咽着点头，嘴唇抖得像是要说些什么，终究没说出。探访时间结束的铃声像一记重锤敲在心口，她不得不站起，向他们点点头，勉强笑着转身。

可就在她走出铁门的那一瞬，泪水终于夺眶而出。她背对着走廊，蹲在角落，抱着膝盖。

那之后不久，他们被转往外州监狱。从此杳无音讯。她托人查询，也未果。仿佛世界上从未有过他们的存在。

***

那晚的梦里，登帕蹲在阳台边，微笑着递给她一把剪刀："这花，今后由你照料了。"

　　她俯身修剪，晨光透过槐树叶洒在花瓣上，仿佛照亮了她心底那片柔软的田野。她在花丛间翻开诗集，低声与花草絮语。

　　醒来时，她凝视地下室斑驳的天花板，耳边传来老鼠在墙缝中细碎的叽叽叫。泪水悄然滑落，缓缓渗进发根。

　　现实如山间的陡坡，步步艰难。朵娜没有放弃学业，却只能靠在中餐馆的厨房打工谋生。每天下课，她便走进那热气腾腾、油烟弥漫的角落，夜夜刷洗锅碗。洗洁精混着油渍，浸得她双手泛白，指节红肿。每次握笔，手指都会微微发颤，仿佛连笔尖都在抗拒这沉重的日子。

　　"朵娜，别这么拼。"夜班间隙，炉灶师傅叼着烟，语气里带着几分关切。

　　她冷笑一声："你呢？堂堂物理博士，还不是在这儿守炉？"

　　"男人混得难。你不一样，年轻，又漂亮，找个好人家就轻松了。"

　　她瞥了他一眼，嗤笑道："说得容易。你老婆不也是朵'花'？你去问问她，愿不愿改嫁给唐人街的老板，换个大点的屋子？"

　　师傅咧嘴一笑："啧，这丫头，骨头是真硬。看你能撑到哪天。"

　　话音未落，炉火猛地蹿起老高。

　　"煤气不对劲！"他猛地一吼。

　　"砰——！"一声闷响撕裂夜色，火光携着浓烟从通风管猛然喷出，厨房瞬间被吞没在火舌与黑雾中。

　　"快跑！"喊声四起，众人惊慌逃窜。

　　朵娜也转身欲走，余光却瞥见角落里两桶未开封的食用油桶——若火再近一步，后果不堪设想。

　　她来不及多想，一头冲回火场。湿布胡乱包住双手，弓身抓住一桶油，咬紧牙关向后门拖去。浓烟呛得她直咳，眼泪与汗水交织成线。她一次次摔倒，又一次次爬起，终于将两桶油拖至后巷。

　　消防员赶到时，她蹲在铁台阶上，像个被烤焦的布偶。发丝贴在脸上，胳膊上浮着一片浅浅的烧痕。

　　"是你拖出来的？"一名消防员看着她那双颤抖却紧握的手，低声问。

她点了点头，什么也没说。

消防员沉默片刻，从背包里抽出一瓶矿泉水递给她："你挺能的。不是谁都敢往火里冲，尤其还是个女孩。"

她接过水，手还在轻颤，但心里某个地方，却被轻轻触动。那种来自大山和雨林的韧劲，那种骨子里的不认输，在这一刻浮上来，不再只是模糊的记忆。

她不必是被"寄养"的女孩，不必仰赖谁的庇护。她早就是石缝里拱出的树苗，是野草，有了根，就能站住。

那晚，她搭上末班公交，缩在车尾，望着窗外纽约霓虹如褪色的水彩，一圈圈从她脸上掠过。她的膝盖在裤腿下隐隐作痛，擦破了一大片皮。她没有哭，也没皱眉。

她摊开掌心，旧茧与新伤交错，如同雨林里落叶的脉络——粗粝，却依然有力。

她不再彷徨，不再想说"妈妈，我不想读了"。

她是那个要亲手把自己从"火场"中拽出来的朵娜。

从那之后，她再没梦见玫瑰。

她提着旧箱子，穿行在纽约寒风中的人海。背影瘦削却挺拔。箱角压着一本笔记、一本诗集，还有一块小小的木棉花石雕——那是小峰送她的，也是她一直藏着的某种回声，承载着过去，也撑住她的未来。

第二十九章

　　午后的阳光透过教学楼玻璃，洒在校园咖啡厅前那条灰色人行道上。

　　"朵娜！"

　　她刚背上书包，听见身后有人叫她。是西娅，成人班上的同学，一个妆容精致、说话带点"儿"音的北京来的女孩。

　　"陪我喝杯咖啡吧？"西娅笑着说。

　　"我不喝那玩意儿。"朵娜摇摇头，话虽硬，心里却打起了小算盘——她连两块钱都不舍得花。

　　"我请你，"西娅轻轻扯了她的袖子，"尝尝看。"

　　朵娜犹豫了下，跟着她进了店。

　　西娅点了两杯焦糖拿铁，递来一杯。朵娜接过，先加了点牛奶，又咕嘟咕嘟倒了两包糖进去。正要搅拌，西娅"哎"了一声："奶加得也太多啦——糖更不能多，加一包就行了，太甜对身体不好。"

　　朵娜讪讪地停下动作，低声说："是吗……"

　　西娅歪头看着她，忽然压低声音："你是不是……把这咖啡当午餐了？"

　　"我一天吃两顿。"朵娜眼神飘向窗外，不经意地搓了搓自己的手。关节红肿，皮肤粗糙，像老了十岁的手。

　　"你这样太拼了。"西娅小声说，"中餐馆不是人干的活儿。"

　　"我英文不好。"朵娜淡淡地说。

　　"我认识一些女孩，英文也不好，但混得比你好多了。"西娅翻了翻自己的手袋，补了层口红，镜子里她的嘴唇水亮得像糖衣。"我以前也干过一阵，挺轻松的。"

　　"什么工作？"

　　"成人舞厅的服务生。"西娅眼角带笑，语气轻描淡写，"不脱衣，不跳舞。你只要端端酒水，打打招呼，收点小费。长得漂亮点，客人愿意多给。"

朵娜盯着手里的纸杯，神情复杂："那不是色情场所吗？"

"哎，别用这种老眼光。你只当是个夜店，别想太多。"西娅眨了眨眼，"真没人逼你干嘛。我那时候干的开心极了，就是后来我妈从北京飞来——非逼我停了。"

"客人会碰你吗？"朵娜问。

"有规矩的，不能乱碰。真遇上不懂事的，有保安。"她笑得漫不经心，"你可以先去看看，不合适再走。"

她从包里抽出一张叠得整整齐齐的便签，写下电话号码和地址，塞进朵娜手里。

"你要是报我名字，我还有一百块的介绍费呢。"

朵娜看了她一眼，没说话。她低头望着那张纸，上面的墨迹在阳光下闪着微光，像是一枚挂在十字路口的路牌，没有方向，却写着价格。

＊＊＊

霓虹灯的红蓝光芒，将她的影子钉在舞厅铁门前，扭曲拉长，像一只即将落进深笼的鸟。

她深吸了一口气，推开了门。

爵士鼓点扑面而来，空气里弥漫着香烟、汗水和劣质香水混合的味道。

舞厅喧闹得像一个彻底失控的梦境，男人的口哨声、女人的娇笑声交织在一起。

舞台中央，一个女人缠绕着钢管起舞，裙摆一点点褪去，台下的男人们兴奋地挥舞着钞票，眼里燃烧着掩盖不住的火。

她的目光掠过另一角，几个穿着比基尼的女服务生端着托盘，腰间的小红兜里塞满了零散的钞票，笑容看上去自然又放松。

一个留着披肩金发的男人走了过来，嘴角挂着习惯性的温和笑意："你就是应聘的女孩？"

朵娜轻轻点头，喉咙微微发紧。

"工作很简单，端酒，递烟，男人愿意给你小费，那是你的本事。跟上我，看看工作环境。"他的语气轻松。

来到更衣室。几个女孩正在换衣服，有人赤裸着身，毫不在意彼此的目光。

"这是你休息和换装的地方。小了点，不过，你没时间呆在这里。"他一边向舞娘们点头致意，一边向朵娜介绍。

他的一只手不知不觉地在她背上轻拍了一下，"走，上去吧。酒吧和舞池才是你的工作场所。"

震耳欲聋的音乐令人昏眩。

他指着那些比基尼女服务生，笑道："这就是你的工作，只是比普通餐厅穿得少一点。"

"我可以考虑一下吗？"她的声音低得被舞曲吞没。

"当然，但别考虑太久。这里的机会稍纵即逝。"他又拍了拍她的肩。

***

第二天晚上，闪烁的彩灯下，朵娜穿着一件红色比基尼，腰间系着装小费的红兜，端着托盘，在人群中穿梭。男人们的目光像一道道电弧，从她裸露的肌肤上扫过，每一寸都像被灼痛。

她低着头，不敢正视任何人的脸。有人吹口哨，有人故意伸脚绊她，还有人悄悄在她托盘里多放了一张钞票，顺手在她手背上轻抚一把。

中场休息的时候，她来到地下室，瞥见角落里两个女孩靠墙抽烟聊天。一人笑着说："昨晚那个秃头客给了我五十，换了我一个吻。他说他老婆连看都不看他一眼。"

另一人则低声骂道："老娘前天差点送急诊，跳完一场血都染到袜子里了……经理让我休息？笑话，不来就是没钱。"

朵娜忽然感到脊背发冷，回到舞池。

一个女孩正踩着高跟鞋扭动身子，笑得比谁都艳，却在灯光闪过的一瞬间，朵娜看到那女孩脚踝贴着一块透气胶布。

夜深时，一名醉醺醺的客人趁她弯腰时，在她臀部重重地捏了一把。她猛然转身，恨不得一拳打在他鼻梁上。

那人却笑得轻浮，晃着酒杯对她挤眼："小妞，你很受欢迎啊。"

她僵在原地，几乎无法呼吸，直到经理的目光投来，她才扯出一个僵硬的笑，快步离开。

收工时，她脱下比基尼，发现三角裤上有一滩异样的湿痕。她怔了两秒，脸色瞬间煞白，随即将它甩进垃圾桶。

　　她披着风衣冲出舞厅，站在停车场昏暗的灯光下。夜风灌进肺里，她长长吐出一口浊气，然后颤抖着捂住嘴，眼泪却一滴都流不出来。

　　她忽然想起了小峰——那个她用尽全力维系思念的男孩。如果他知道她曾站在这样的灯光下，被这样看、被这样碰……他会不会一眼都不愿再看她？

　　她靠在冰冷的铁栏上，望着远处黯淡的街灯，心里只剩一个念头：这不是她想要的。

　　第二天清晨，天色尚暗，朵娜推开中餐馆后门，眼里布满了红血丝。彻夜未眠的她，声音沙哑却低稳：

　　"老板，今天……能不能多排一个班？"

　　老板正剁着葱，抬头看了她一眼："你再干下去，手恐怕要废了。"

　　她笑了笑，把裂开的指节藏进围裙："没关系，反正已经成这样了。"

　　热水翻滚，洗洁精泡得她的手指泛白，开裂的地方刺得生疼。可她仿佛麻木了，只是一遍又一遍地刷着碗盘，直到指节弯曲都成了困难。

　　中午路过教堂，她竟不自觉地走了进去。阳光从彩窗洒下，她坐在最后一排，听着唱诗班孩子们清澈的歌声回荡："告诉他，给我做件麻布衫，没有缝线没有针，那他就是我的真爱……"

　　她缓缓闭上眼睛，让旋律一点点渗入心底，如同一双无形的手，轻轻抚平她的翻涌与疲惫。

　　指尖在木椅扶手上轻轻敲出节奏，记忆深处浮现出儿时唱的第一首山歌："我有山歌千千万，莫怕山路弯又弯……"

　　"孩子，好久没见你来了。"一个温和的男声响起。

　　她睁眼，是洪牧师。他坐在她身边，教堂已经空了，四周一片柔和安静。

　　"忙，顾不上。"她低声道。

　　他的目光落在她缠着绷带的手："我听说登帕夫妇的事。你……接下来打算怎么办？"

　　她低头沉吟："不知道。我学生签证还有几个月。"

　　"也许我能帮点什么。"

"不，没人能帮得了。"她的声音微微发抖。

牧师沉默了片刻，缓缓开口："我儿子是消防员。他跟我提起过一件事——某晚，一名女孩在厨房火灾中，冲进火场拖出两桶油。没有她，那栋楼就全烧没了。"

朵娜猛地抬头，瞪大了眼睛。

"我猜你……就是那女孩？"

她没有回答，只是眼泪悄然落下，一滴一滴打湿膝头。

"你看，"牧师轻声说，"我们都是夜里的星星，彼此照亮。"

他轻轻拍拍她的肩膀："说说你的故事吧。"

她点点头，"我的故事……挺长的。"

"我有时间。"

洪牧师将她带到教堂厨房，煮了一碗面，两人边吃边聊。不觉已过一小时。

临别前，他郑重地说：

"孩子，明年的学费我来想办法，你不用担心。你中国国籍的事……我或许能联系一位靠谱的律师。"

朵娜眼圈微红，轻声道："您帮我这么多，我……"

"别说报答。"他望着她，"感谢上苍，让我们还愿意相信善良。"

***

几天后，朵娜见到了李律师。他帮她整理申请材料清单：出生证明、就学记录、工作经历、村委会介绍信……还协助她撰写了一份详尽的个人陈述。材料准备齐全后，他将整份申请递交至中国驻美大使馆。

很快，回复来了：申请被拒，理由是——尽管她持有缅甸护照，但其"真实身份无法确认"。

"其实，"李律师私下对洪牧师说，"他们怕她是'桩子'，怀疑背后有人。"

"可她不是。"牧师皱起眉头。

"他们要的是——毫无争议的证据。"

律师再次与朵娜面谈时，她忽然想起：在金三角动乱那年，有一名美国记者曾拍到她被俘的画面。

律师连夜检索旧闻，几天后，终于联系上了那名记者——约翰。

他愿意协助，并寄来一段老录像。

画面里，少女的朵娜满身泥泞，双手被绑，眼神倔强地盯着镜头，用力喊出一句："我要回家。"

那句"我要回家"，成了她身份的铁证。

几周后，大使馆批复下来了：批准恢复朵娜中国国籍。

那晚，她一个人坐在房间里，望着新发的红色护照，沉默了很久。

她不是逃亡者，不是无根之人——从这一刻起，她终于可以重新叫自己：方朵娜。

与此同时，另一边，坎的父亲收到匿名警告："当心点，你的人竟敢绑架中国公民。"

他拍案而起，震怒不已："去查！谁出卖了我们？我要他们从这个世界消失。"

助手低声回应："我查过了，是坎中学时的老同学，还有——那个送去美国的女孩。"

"那为什么还没动手？"

"他们……在美国。"

坎的父亲沉着脸，一字一顿地说："无愁有这个能耐。"

***

录取通知来了，是个阴天的午后。信封很薄，她捧在手里坐了很久，反复摩挲着印着校徽的边角。

她终于拆开。几行英文，短得像是一句命运的低语，却让她仿佛听见了从大山那头传来的风声。

她没笑，眼睛湿了。

她去了唐人街，在花摊前站了许久，挑了一束最亮的木棉花。回家后，她把它插进厨房窗边那个带裂纹的玻璃瓶，那瓶子她一直没舍得丢，就像一直没舍得放弃的某种信念。

她又从抽屉里拿出那块雕着木棉的小石头，小峰送的。她把它和录取通知放在一起，坐下，提笔，给母亲写信：

"亲爱的妈妈：

我终于可以告诉您，我要上大学了。

我选的是教育学。

我记得小时候说过，想做老师，在山里教孩子们识字、唱歌，告诉他们世界上还有别的颜色。

我会好好学。等我拿到学位，就回到您身边。

女儿叩首。"

信写好，她把它折好放在枕边。

那夜，她起身去倒水时，路过玻璃瓶。月光落在花上，影子轻轻晃在墙上，像小时候山林间跳动的火光。

她低声说了句什么，没人听得懂。那是洛卡语——

"小峰，我在你的路上。"

第三十章

清晨，阳光像水彩般被谁轻轻拧淡了一格，柔柔洒在教学楼前的草地上，黄叶落得薄薄一层。朵娜背着旧书包，一手握着热豆浆。

她没住校，租在华人区，车程二十分钟，省钱，也离打工的中餐馆更近些。

教学楼玻璃门上映出她的倒影——马尾扎得利落，脸颊干净，眼里带着一丝紧张，却更是坚定。她深吸一口气，推门而入。

走廊里，新生们结伴而过，广播试音"吱吱"几声后，响起热情的欢迎词。她找到报到点，排队、递资料、拿课程表，一切井然有序。没人多看她一眼——穿旧牛仔裤、皮肤偏暗的亚洲女孩。但她早已习惯这种隐形，也喜欢这份自由。

中午，她独坐在图书馆后的长椅上，吃着自制饭团。风穿过树梢，带来一丝纸页的墨香。

一个声音忽然在她耳边响起："喂，对不起……是你吗？朵娜？"

她回头，有些错愕。

熟悉的脸，带着些岁月痕迹——金发，鼻梁高挺，笑容依旧明朗却多了疲惫。他手捧咖啡，肩上背着摄影包，眼睛微眯着笑。

"是我，约翰。"他说，"记得我吗？缅北的军营……那个录像。"

朵娜神色微动，那些混乱、泥泞、惊惧一时间闪过脑海。她点头，站起身，"当然记得。你……怎么在这？"

"我现在是新闻学院博士生，去年转来的。"他笑着耸肩，"看到你，我差点不敢相信。"

"我才刚开始。"她语气平淡，却不无暖意。

"能一起喝杯咖啡吗？我想听听你的故事——这几年你是怎么熬过来的。"

她略一犹豫，最终点了点头。

他们坐在图书馆旁的咖啡厅，靠窗的位置。

约翰讲得多，朵娜听得多。她简略讲了三年成人高中、如今的教育学专业。他说自己在做战后移民教育的研究，问她未来愿不愿参与一些田野调查项目。

"也许吧。"她轻声答，始终留着礼貌的距离。

窗外阳光逐渐明亮，她忽然看见一道人影站在远处树影下，身形瘦削、站姿古怪，似乎朝他们这边望着。

她只是随意地看了一眼，那人已经转身离去，消失在树林深处。

她没太在意，只以为是某个路过的学生。

约翰继续说着，语气逐渐柔和。

朵娜轻笑，打断他："你故事真多，怕是听一天也听不完。我该走了。"

***

大一第一学期转眼过去。

课程不算轻松，尤其是教育心理学和多元文化教学法，英文术语像藤蔓一样缠满她的笔记本。朵娜一边查字典，一边反复听课录音，经常学到深夜。但与洗碗、擦地、送外卖相比，这种累，她心甘情愿。

不久，约翰为朵娜介绍了一份更好的活——晚上在一家小型画廊帮忙。画廊不大，却布置得像迷你博物馆，陈列着各种异国风格的画作。女馆主是意大利来的艺术家，头发总是松松盘着，说话带点挥洒的诗意。

"你的手很稳。"有次她看朵娜挂画，"你是那种不会让画歪掉的孩子，太少见了。"

朵娜笑笑。

约翰偶尔出现，有时在图书馆门口递上一杯咖啡，有时留下摄影展的票。总是轻描淡写地说："刚好路过，看看你。"

他们之间的距离，恰到好处。不远不近。

学期结束时，朵娜拿了几门优秀。有教授推荐她申请助教岗位。生活稍微松动，她暂停了夜班，多出时间坐进图书馆，读书、做笔记，偶尔发一会儿呆。

***

新学期，她选修了一门名叫"公共表达与教育思辨"的课，需要在课堂上进行公开辩论。

同学们各选主题，有人讲校园垃圾食品，有人探讨"父亲是否该为年幼女儿洗澡"，语气激烈，观点各异。

轮到朵娜那天，她步履稳稳地走上讲台，把讲稿轻轻放在讲桌上，抬头扫视教室一圈。

"我今天的题目是：《一个大班的故事》。"

她声音不大，却带着一种穿透人心的沉静。

"在我家乡的一个热带山寨，那里有一所小学，只有一个班级，一位老师，一间教室。不同年级的孩子坐在同一个屋檐下，一起读拼音、背九九表，听老师讲宇宙是怎么诞生的。"

她顿了顿："那位老师，是我母亲。"

"她还是全村的医生。有时刚给人打完针，顾不得喝水，就得赶去上课。雨天，她披着塑料布抱着课本踩泥巴，像个穿着胶鞋的牧师，手里捧的不是圣经，是希望。"

教室静极了，连呼吸都被轻轻压低。

"世界上还有很多像我母亲那样的老师，他们没有条件，没有资源，只有一群孩子和一颗不愿放弃的心。"

她轻轻一笑，低头看最后一句稿子。

"我只是希望大家，能多留意那些被忽略的孩子。"

她回到座位，教授点了点头，教室里响起掌声。

***

又是一个寻常午后，朵娜坐在教学楼外的长椅上，一边吃便当一边看书。风吹动她耳边的发丝，远处球场上传来喧闹。

"朵娜！"

是艾米莉，拎着一个纸袋跑来，气喘吁吁："别动，闭上眼睛！"

"又来这套？"她半笑半疑。

"闭上啦，快点！"

她照做。

"睁开。"

眼前，是一张贴满贴纸与签名的大卡片。五颜六色中间，用花体字写着：

"致敬一个遥远的伟大的教育工作者。"

朵娜怔住了。

艾米莉递来一个信封："别问是谁提议的，反正是大家一起决定的。你在课堂上讲你妈妈的事……我们都觉得，她做的事情，比很多教育改革还真实、还动人。"

她打开信封，一叠支票夹着几张捐款单，还有校友基金会的匹配说明：合计一万两百美元。

她抬头，一时说不出话。

艾米莉轻轻拍了拍她的肩："你不能总一个人扛着。你讲'一个老师带六个年级'的时候，全班安静得出奇，我们都记住了。"

远处，一群同学向她挥手。

朵娜鼻尖发酸，低下头，双手紧紧攥着信封。

***

那天傍晚，她把卡片贴在书桌前的墙上。随后，她给母亲写了一封信：

"妈妈，您那座山里的学校，将要有新的课桌、黑板、教具了。这些钱，是我同学们凑的。他们没见过您，也没去过那个教室，却愿意相信，那是世界上最了不起的课堂之一。我也开始相信，教育真的能穿越山岭，穿越语言，穿越从未谋面的陌生人之间的界限。"

生活依旧艰难，也依旧孤独。但那一晚，她知道，自己不再是一个人了。

***

街道两旁的银杏早已落尽，枝丫光秃，风卷起一层层枯黄。朵娜坐在图书馆靠窗的位置，打开笔记本，准备完成教育政策课程的报告。

图书馆静得出奇，仿佛能听见墨水渗进纸张的声音。她偶尔抬头，望着街对面湿漉漉的人行道，雨丝斜斜地落下，空气里弥漫着阴冷。

她看到一个身影——一个女人，在雨中跌跌撞撞地走着，穿着一件单薄的夹克，头发湿透，双手垂着，像是忘了方向。

她皱了皱眉，感觉那轮廓有些熟悉。那人走近图书馆门口，踉跄了一下，几乎摔倒，终于抬起头——

是西娅。

那一刻，记忆像被猛然扯开。那个曾与她同桌念书、画着浓妆、笑着递上夜场电话的女孩，如今脸色惨白，眼神空洞，裙摆沾满泥水，仿佛从梦魇里走出来。

朵娜没犹豫，合上书本冲出门去。

"西娅！"

西娅缓缓抬头，眼里雾气氤氲，嘴唇动了动却没发出声音。她抱住自己，瑟瑟发抖。

朵娜伸手拦下出租车，几乎是将她半搀半推进车里。车门关上那刻，雨水模糊了窗外世界。

车内沉默许久，西娅终于开口，断断续续地讲出这两年的经历。她没回北京，那位夜店的金发青年带她入场纸醉金迷，却悄然离开。她染上毒瘾，最后连房租都交不起。

"我骗我妈，说我在这儿工作很好……"她低声哽咽，"但我真的……没路了。"

朵娜握住她冰凉的手，语气平静却坚定："给她打个电话，说实话。"

"我不敢……"

"她是你妈妈。她比你想象中更爱你。"

在朵娜鼓励下，西娅颤抖地拨出那个熟悉的北京号码。电话那头沉默许久，然后传来哽咽的声音："你终于说实话了。"

"妈，你骂我吧。"

"傻孩子，妈来接你。"

那晚，西娅像孩子一样蜷在朵娜沙发上，沉沉睡去。

朵娜坐在她身旁，翻着作业本。她刚收到学院通知：因成绩优异，她获颁一项特别奖学金。

＊＊＊

期中考后，一周假期。

约翰在图书馆门口遇见她，兴冲冲地说："我获奖了！"

"什么奖？"朵娜问。

"缅北战地纪录片。评审说，真实震撼。"他扬起眉，"里面有不少坎的片段，还有你和普洛。"

"我想看看。"

"来我宿舍吧，还有其他人一起。"

"怎么听起来像约会？你不如拿到图书馆放。"她嘴角微挑。

"保证不是。"

她去了他宿舍，的确还有几位青年男女，啤酒已经开了半箱。

"今晚主角是朵娜。"约翰宣布，"她也在影像里。"

她喝了几口啤酒，银幕上闪现熟悉的画面——泥泞、枪声、坎、恐惧……她没撑住，起身走进洗手间抹泪。

门忽然被推开，约翰醉醺醺地进来："对不起，让你伤心了。"

"不是你的错。"

他走近两步，手撑在洗手池边，把她逼进角落。

"朵娜，我第一次见你，就震惊了……坎扯下你头饰的时候——"

"约翰，给我点空间。"

"你坚强、美丽，像天使。"他说着，头缓缓靠近她。

"别这样。"她推他，"你想毁了我们的朋友关系。"

"我不只想做你朋友，我更希望……"

他的手已经搂上了她的腰。

"给我一秒钟。"朵娜语速加快，"我逃去缅甸，是因为一个男人试图这么对我。"

"我只是在示爱。"

"他强迫我的代价是——他的肠子流出来了。"

约翰猛然停住，后退了一步，"对不起，我喝多了。"

***

秋天黄昏像块琥珀，把街角教堂染得温柔朦胧。

那晚，洪牧师在教堂办欢迎会，邀请新抵达的移民、难民及各校国际学生。朵娜也来了，穿着浅蓝针织衫，头发利落地束起，怀里抱着一盒自制点心。

礼堂里语声纷杂，有人说西班牙语，有人讲乌克兰语，还有几位东南亚老妇人静坐一隅，神情安宁。

"你帮我把这张表格送去前台？"洪牧师微笑递过表，"约翰会来，他带了录像机，准备记录一下。"

朵娜点头。她已经许久没见过约翰了。

聚会逐渐热络。孩子追逐，吉他弹唱，甜点桌边排起了小队。

但活动临近尾声，约翰仍未出现。

"他可能临时有事吧。"有人猜测。

"他一向守时。"洪牧师皱起眉，打了电话，无人接听。

他望向朵娜："你也没他的消息？"

"没有。"

牧师目光落在她左手："订婚戒？"

她轻轻一笑，举起手："不是他的。是为我心里那个人戴的。"

水钻折射出点点微光，如童年篝火边跃动的火星。

她记得，那时，常把萤火虫捧在掌心，骗小峰说："你看，这是会呼吸的星星。"

她低声叹了口气："小峰……你会不会，也在某个地方想着我？"

她不知道答案。

但她知道——

她还在等。

等自己足够独立，等她终于掌控自己的人生……

第三十一章

　　朵娜没有去慈善晚会，门票静静地躺在茶几上，像一封被遗忘的信，一场无人赴约的约定。

　　她和珍妮缩在沙发里，一人一杯热可可，电视屏幕上正播放着《逃跑的新娘》。

　　银幕上的女主角一次次在婚礼上转身狂奔，丢下满堂宾客，留下一脸错愕的新郎，朝未知的远方逃去。

　　珍妮瞥了她一眼，嘴角勾起一抹戏谑的笑意："怎么？不去见你的唐博士了？你那点热情，降温这么快。"

　　朵娜盯着屏幕，目光懒懒的，漫不经心："本来打算去，想让他给我画一幅素描，看看自己是不是还像自己。"

　　她伸手撩了一下柔顺的黑发，"不过，听你形容，他八成是个未老先衰的艺术家，估计也画不出什么惊艳的作品，不画也罢。"

　　珍妮哼了一声，身体换了个更舒服的姿势："是吗？那你可是错过了一场好戏。"

***

　　电影播完后，朵娜回到卧室，一边收拾行李，一边回味着剧情。她低笑出声——她不是也有一个"逃跑的新郎"吗？

　　这次回去，无论他躲在哪里，她都要把他从石缝里揪出来。

　　她摘下左手上的假戒指，轻快地扔进敞开的行李箱里，它的任务已经完成了。

　　可当她转身要走，顿了一下，回头把戒指捡起，塞到壁柜的顶端。

　　"免得让他发现，成了笑柄。"

　　她从抽屉里取出那块木棉花石雕，指尖轻轻摸着上面的纹理，随后低头给了它一个响亮的吻，小心翼翼地裹进袜子里。

　　客厅里，珍妮大叫："朵娜，快来看，唐博士！"

　　朵娜匆忙走出房间，目光落在电视屏幕上，画面里正在直播慈善晚会的现场。

舞台中央，一个身穿白色工装的男人手握画笔，跟着音乐的节奏，在一块巨大的画布上疾速挥洒。

两支画笔翻飞，各种色彩看似混乱地洒落在画布上，现场观众屏息凝视，等待画作的轮廓浮现。

"飞鸟在云里？"珍妮眯着眼猜测。

"更像燃烧的气球。"朵娜歪着头说道。

"也许是美人鱼。"

"也许只是色彩，让你去想象。"

她们盯着屏幕，看着那迅速变幻的画作，像是在解读一个未完成的谜语。

朵娜的目光却逐渐被画家吸引住了，他站在画布前，专注而投入，背影四射着某种无法言喻的激情。

"他好像……是个很有激情的男人。"

珍妮耸耸肩，嘴角噙着笑意："可惜，他的情人在画里，资源浪费。"

就在这时，音乐戛然而止！

画家猛地扔下画笔，双手抓住画板的边缘，用力将它一翻——

一道惊艳的画作陡然呈现在众人面前！

画布上，一轮金色朝阳升起，晨雾弥漫的水畔，一位少女静静地伫立着。

她微微侧头，长发如瀑布般垂落在左肩，右肩微微耸起，仿佛在聆听风的呢喃。

她的身体曲线流畅而优美，纱巾轻轻滑落，露出若隐若现的肌肤，晨光洒在她的肩头，像为她披上一层金色的光辉。

画面的一侧，花朵含露。瀑布自天而降，如同一个未完待续的梦境。

台下爆发出雷鸣般的掌声——

"唐博士！唐博士！"

画家转过身，微笑着向观众挥手。

那一瞬间，朵娜的世界陷入一片寂静。

电视屏幕上的人，不是别人，正是她日思夜想的——小峰！

他站在聚光灯下，笑意温暖依旧，眼神笃定得仿佛穿透屏幕，穿透时间，轻声对她说——我一直都在。

那一刻，八年离别的记忆，如决堤的潮水，铺天盖地地朝她涌来！

她再也抑制不住泪水，猛地转身冲回卧室，扑倒在床上，抱着枕头放声大哭。

她曾幻想过无数种重逢的方式，最疯狂的，是在某条街角不期而遇；最浪漫的，是他拿着一束木棉花站在她的门前；最平淡的，是相遇时彼此只能尴尬地一笑。

可她从未想过，会是这样的场景——

他站在万人瞩目的舞台上，而她，只能隔着屏幕看着他。

他没有变，他依旧是那个温暖又才华横溢的少年，而她，却只能在电视前，狼狈地哭泣。

哭过之后，朵娜躺在床上，盯着天花板发呆。天花板上反着一层白光，像能照见心里的涌动。八年了，足以让一个人换张脸，换种活法。她以为自己早就刀枪不入了，可见到电视里的他——心还是猝不及防地疼，像有人从旧伤口硬生生撕下干掉的疤。

她忽然想起前几天那个看似微不足道的小插曲——

那天她帮邻居去学校接小孩，校长笑眯眯打招呼，管她叫了声"王夫人"。她一愣，连忙摆手："我不是孩子的妈妈。"

校长笑得意味深长："哎呀，那是我认错人了。你知道的，过完一个暑假，什么都可能变。"

她当时笑笑就过了，可此刻回想起来，心里却莫名发紧。

——八年了，小峰的世界，早已不是当初那个模样了吧？他是不是已经有了新的"她"？是不是有人在舞台下为他鼓掌、为他骄傲？

她缓缓闭上眼，那句藏在心底多年的声音却越来越清晰："他……还记得我吗？他的现在，还有我一席之地吗？"

她必须弄清楚。

她要来一场无懈可击的试探。

第二天一早，珍妮还窝在床上赖着，朵娜就敲响了她的房门。

"借我一顶假发。"

珍妮迷迷糊糊睁眼，打了个哈欠："大清早的，你想演戏？"

"我要去见一个人。"

"是克里斯吧？"

"嗯，会会他。"朵娜眼里闪着掩不住的光。

"我警告过你啊，认老乡可以，别往心里去。要不然，下场和我一样失望。"

珍妮翻身打开抽屉，把一堆五颜六色的假发摊在床上："挑吧，全色系全风格。"

朵娜扫了一眼，迟疑地问："你觉得哪种……最合适？"

珍妮先挑出一顶黑亮长发，又立刻放回去："黑色不行。你那头发本来就像洗发水广告，一戴假发就穿帮。"

她一边翻一边笑着调侃："你是想走冷艳路线、文艺范，还是失恋女主角风？"

"我要那种——什么都有点的。"

"贪心。"珍妮翻出一顶棕褐色的自然卷，"这个吧，像港片里的少女，带点光，也带点雾。"

朵娜接过假发站到镜前，盯着镜中那个模糊又熟悉的"自己"。她嘴角轻轻扬起，那笑容在稚气与成熟之间摇摆不定。

"你真打算就这么去？"珍妮靠在门框，像在看戏即将开场。

"当然。"朵娜一边用指尖缠着发尾，一边轻声说："我要看看他变了多少，也看看——他，值不值得我这八年的惦念。"

"你这是见情人啊！要是他根本认不出你呢？"

"那不更有意思？"她笑得又狡黠，又有点倔强。

珍妮盯着她几秒，忽然伸手将她拉到床边坐下："你呀，演技不怎么样，心倒是挺野的。你若真想赢他，别光靠这身打扮，要懂他的画。你懂多少？"

她顿了顿，忽地一笑："而且，你也别满纽约跑了，他家的地址我有。"

"谢谢你的好意，"朵娜急忙打断她，"可我不想那么仓促……毕竟别了太久，我得确认。"

珍妮眼神一闪，直截了当地问："别了太久？你和那个画家之间，究竟……发生过什么？"

朵娜低下头，沉默片刻，才慢慢讲起那段往事——蜿蜒山路，晨雾弥漫的谷场，瀑布边那一刻的心悸……还有如今这场压抑不住的期待与迟疑。

珍妮听得出了神，忍不住感叹："你也太磨叽了吧。我听说他现在身边没人，快去吧。"

"那只是看到的。"朵娜轻声说，"可谁知道他心里怎么想？"

珍妮忽然笑了一声，"那我也说个秘密吧。那晚我去他家……陪他、哄他，甚至……"

"然后呢？"朵娜神情一紧，脑海里冒出最糟糕的画面。

"他只是轻轻摸了我一下。"珍妮摊摊手，像是连自己都觉得不可思议。

"摸哪？"朵娜顿时耳根发红，不敢看她的眼。

"屁股。"珍妮耸耸肩，"我本来……可他突然停下来，说'对不起'，他心里装着另一个人。"

她顿了顿，声音低了些："那时候我以为他是个怪咖，没想到……他心里那个人，是你。"

"你这是在帮我，还是想挑拨我和他？"朵娜有些不服气地撇撇嘴。

"你再这么说，我可真跟你抢了。"珍妮勾起嘴角，笑得调皮，"快去考察吧，小姐。"

清晨的阳光洒在窗边，朵娜换上剪裁得体的长裙，裙摆柔顺地垂在小腿处，既不过分张扬，也没有刻意讨好。脚上的平底鞋走起路来悄无声息。

奶茶色的假发搭在肩头，淡妆衬得她眉眼含光，眼角一点胭脂红，像一朵初绽的茶花——安静，又不动声色地美。

她站在镜前："小峰哥，你等着。"

随后，她推开门，踏上八年后的第一次重逢。

***

她悄悄溜进唐博士的课堂，在最后一排坐下，目光隔着人头望向讲台中央的那个身影。

他正讲"性与绘画的渊源"，粉笔在指间转了个圈，语调松弛有致，时不时冒出几句带点玩笑的幽默，引得前排女生们咯咯直笑。几个胆大的，索性直勾勾地盯着他，眼里是难掩的暧昧和好奇。

朵娜看着他，嘴角缓缓扬起一抹复杂的笑意。

原来她的小峰哥，如今竟成了这般众星捧月的角色。

她心里一阵说不清的情绪翻涌：为他高兴，也为自己心头那点莫名的落寞。

他的眼神从教室一扫而过，却并未在她身上停留半秒。

下课后，她悄悄跟到画室外，站在窗外，看着他正给学生们示范人体的描绘。

忽然，一个娇滴滴的女学生举手："博士，我这里总画不好，你帮帮我嘛。"

朵娜顺着目光望去，才发现对方指的——是男模的下体。

她的表情一下凝固。

只见唐博士笑着拿起笔，几下勾勒出一片树叶，轻松盖住那处敏感部位，笑说："先这样？"

教室里一阵哄笑，那女生撅起嘴娇嗔："博士你太敷衍了啦！"

朵娜看着这一幕，心头五味杂陈：那真的是她记忆中那个小峰哥吗？

他似乎下意识地抬手理了理衣领，指尖掠过锁骨——那一瞬间，她的目光停住了。

那是——玉葫芦。她曾在雨林深处亲手替他系上的。它静静地挂在他脖子上，微光柔润如旧，岁月从未将那光泽盗走。

她的心像被篝火余温烫了一下。

这一瞬间，所有的疑惑都烟消云散。无论他身边有多少喧嚣，那最珍贵的位置，始终是为她而留。

第三十二章

一天后，朵娜穿着一袭米色风衣，站在画廊一隅。她戴着一副墨镜，静静地看着展出的画。她特意挑了这样温馨的场合，准备给他一个大大的惊喜。

这是唐小峰的个人画展，主题叫"流年"。

画廊四壁，挂满一幅幅时间褪色后的画面。有的像旧照片边角翻翘，有的像梦里残留的片段，笔触间藏着某种温柔而锋利的东西，让人一眼望进去就像被时间绊了一跤。

她的脚步停在一幅略显黯淡的画前。

那画不大，颜色偏黄。一个女孩坐在金黄的稻草堆旁，身边燃着小小的篝火。火光映着她的脸，那张脸有点模糊，却像极了某个季节里她自己。女孩抬头望天，眼里像藏着银河，仿佛在等一个迟迟未归的人。

朵娜的心猛地一紧，像有一只手从画里伸出来攥住她。那是他们的一段美好旧时光，是她梦中萦绕的不舍。

她伸手轻轻触碰画框，指尖滑过木边，也有些颤。

"这幅画的名字，叫《谷场》。"一个声音在她背后响起，低低的，很轻，却熟得让她心跳骤停。

她转过头。

小峰站在那里，脸比记忆里瘦了些，神情却如旧。只是他没看她，目光落在她旁边的一位年轻女士身上。

"画里的地方，是热带吗？"那女人轻声问。

"嗯。"小峰点点头，"有些地方，走远了反而更清晰。像心里某个角落，被时间一遍遍擦过，只剩下最深的印记。"

他说这话时，声音还带着原来的温度，可她却再也读不懂他眼里的情绪了。

"那篝火旁的女孩是谁？"那女士继续问。

小峰顿住，眉头缓缓拧紧。他的嘴微微张开，想说什么却像卡在喉咙。

“她……她是……”

突然，他眼神一阵涣散，捂住额角，身子一个趔趄。

下一秒，他像被抽走了力气，整个人向前倒去。

“小峰！”

朵娜几乎是扑了上去，膝盖重重撞在地板上，手臂却稳稳接住了他。

那一下撞得她眼冒金星，可她什么也顾不上。

“小峰！”她轻拍他的脸，声音微微发抖，“你醒醒！你看看我！”

他睫毛颤了一下，眼睛缓缓睁开，茫然地望着她，像是在看一个陌生人。

画廊里突然安静下来，只有她混乱的呼吸和胸腔里那一声声心跳。

“快叫救护车！”有人喊。

救护车的鸣笛拉响，医护人员冲进画廊，把他抬上担架。朵娜跟在后面，脚步踉跄，直到车门“咔哒”一声关上。她恍然发现，自己的心也像被锁进了那辆冰冷的车。

车尾灯慢慢远去，像她努力追赶却再也够不着的一道光，最终被黑夜吞没。

***

医院灯光冷白得刺眼，墙壁干净得像无菌纸，连空气也透着压抑的味道。

朵娜蜷缩在走廊的椅子上，双臂紧紧抱住自己，像在抵御一场无声的风暴。她的目光死死盯着那扇紧闭的手术室门，连眨眼都不舍得。

她一遍遍对自己说：“没事的，他只是太累了。他是唐小峰，他什么都熬得过去。”

门“哐”一声开了。

她猛地站起身，迎上前去。

医生走出来，口罩还没摘，眼神却落在她身上：“你是……唐先生的未婚妻？”

“我是。”她脱口而出，声音微微发抖。

医生点点头，翻着手里的资料：“目前检查没有发现任何器质性问题，CT 和神经系统都正常，没有病变。"

"那他为什么会昏倒？"她追问。

"初步判断是严重疲劳引起的心力衰竭，伴随短暂性记忆丧失。"

"记忆丧失？"她喃喃重复，不敢相信。

"是的。可能是情绪冲击过大引起的大脑应激反应。"医生顿了顿，"简单说，他的大脑自动屏蔽了部分记忆。"

"他……？"

医生眼神温和却坚定："他记得自己的身份、工作，还有日常生活。但——"他顿了一下："他不记得你了。"

那一刻，她脑子"嗡"的一声。

"你是说……他把我忘了？"她声音几乎听不见。

"是潜意识做的选择。"医生语气柔缓，"这是一种保护机制。大脑会把那些最痛的、无法承受的部分藏起来。"

她眼神空了一瞬，然后低头轻声问："那他忘的是朵娜，还是……他的未婚妻？"

医生微微一笑，无从回答。

"对不起，很蠢的问题。"她眼眶发热，低下头去，"为什么是我？"

医生说："有时候，被遗忘，不是因为不重要，而是因为太重要。"

朵娜闭上眼睛，泪水终于滚落。原来，那段她拼命守护的回忆，在他心里早就成了一场难以承受的风暴，被悄悄藏进了夜里最深的角落。

＊＊＊

我缓缓睁开眼，头顶的灯光昏黄而安静，像罩着一层陈旧的纱。脑袋发沉，隐隐作痛，意识仿佛还没完全归位。记忆像被打碎的玻璃，零散地浮在脑海深处，模糊不清，拼不出完整的形状。

我下意识想抬手揉揉额头，却被手腕上那根细细的输液管扯住。冰凉的触感提醒我——这里是医院，而我，已经记不起自己为什么躺在这儿。

这时，身侧传来一阵轻微的响动。

我转过头，一位熟悉又陌生的女子静静坐在床边的椅子上，像是已经等了很久。她穿着一件浅色毛衣，长发垂落，双手轻轻交叠在膝头。她俯下身，语气温柔，仿佛怕惊扰了什么："你……感觉怎么样？"

我怔住，脑中一片茫然："你是……？"

她的笑容顿了一下，眼中掠过一丝不易察觉的情绪："我是朵娜。"

"朵娜……"我轻声重复着这个名字，像在回忆一首久远的旋律，"我们……是很重要的朋友吗？"

她的眼神轻轻一颤，像心头泛起一道涟漪，"我们认识很久了。"

我依旧找不到任何线索，只好低声道："对不起……我真的不记得了。"

她缓缓合上眼，再睁开时，目光里多了一种深藏的坚定和柔意："没关系……我会一点一点，把一切都讲给你听。"

***

第二天清晨，她轻轻推开房门，步伐轻盈，宛如晨露滑落叶尖。见我已拔去吊针，斜倚枕上，手中紧握牛奶杯，她脸上绽放出一抹宽慰的笑容。"小峰，瞧你这模样，恢复得挺好嘛。"

我勉强挤出一丝笑意："这么早就来探望，不影响你忙吗？"

她轻轻摇头，将一个保温盒置于床头柜上。"我正整理行李，准备回国，手头不急。"

说着，她揭开保温盒盖，一股鸡枞粥的香气扑鼻而来。"尝尝，我亲手熬的。"

"真的吗？"我精神为之一振，试图坐起身，却感觉身体软绵绵的，只好又倚回枕上，略显尴尬。

"别乱动哦。"她俯身帮我调整枕头，动作娴熟，随后又将餐巾铺在我胸前，宛如照料孩童。

"你以前当过幼儿园老师吧？"我半开玩笑地问。

她低笑一声，眼角泛起细纹，却未应答。

"或者……是护士？"

她手微微一顿，依旧沉默，舀起一勺粥递到我嘴边。"张嘴，先尝尝。"

"我自己来吧。"嘴上虽这么说，但在她温柔而坚定的眼神下，我只好顺从。粥一入口，鸡枞菌的清香瞬间弥漫开来，如同雨后山林的清新，夹杂着阳光洒在树皮上的温暖。粥底细腻柔滑，菌子鲜嫩可口，姜丝的微辣勾起一抹遥远的记忆——恍若故乡清晨的田野，她于树下浅笑的模样。那滋味自舌尖蔓延至心底，让我仿佛穿越回了那段被珍藏的旧时光。

"味道如何？"她轻声询问。

我喉咙一哽，点了点头，许久才低语道："像家的感觉。"

她眼神微微一颤，似乎被这话触动，低头收拾餐巾，避开我的视线。

我趁其不备，一把夺过保温盒，勉强支撑着坐起身，靠着床头自己端起碗来喝。

"慢点！"她急忙提醒，语气中带着责备，更多的是心疼。

我不顾她的劝阻，一口接一口，仿佛在粥中寻找那遗失的片段。那些断断续续、模糊不清的画面——谷场上数星星的夜晚，月光下许下的心愿——在熟悉的味道中若隐若现，又缓缓消散。

喝到一半，我停下勺子，望向她，试探性地问："你说……你是我的未婚妻？"

她眼中闪过一抹狡黠的笑意："怎么，小峰，觉得我在编故事？"

"不是……"我顿了顿，凝视着她的脸庞，"你照顾我的样子，太真实了。让我忍不住想相信，哪怕这只是个梦。"

她缓缓坐下，声音平静却带着温柔："严格来说，还不算。"

"还不算？"我挑眉，有些惊讶。

"医生要签字，我只能写'未婚妻'。"她直视着我，语气平静而坚定，"不然你就得独自在急诊室煎熬数小时。"

我心头一暖，喉咙似被什么堵住："那我该如何感谢你？"

"想感谢我，就快点好起来。"她笑了笑，眼神比话语更加真挚。

我沉默片刻，低声问道："你为我做了这么多……我们之间，是否还有许多我已遗忘的故事？"

她没有立刻回答，目光转向窗外，晨光透过树叶斑驳地洒在墙上。终于，她开口，声音轻如叹息："别问太多，小峰。你只要知道，我在这里。"

***

一天天过去，朵娜都会来。

她习惯于窗边落座，阳光轻轻洒在她的肩头与发端，仿佛为她披上了一袭柔和的光辉。在她细致地削着苹果的同时，她开始缓缓讲述"我们"的故事，语调温婉而沉静，犹如翻阅一本泛黄的旧日记，字里行间仍留存着往昔的温度。

她谈及蜿蜒的山路、树屋的静谧、雨夜的深邃……每当这时，她的眼眸闪烁着光芒，仿佛漫步在既熟悉又遥远的记忆小径上。

而我倾听着这一切，如同聆听一个不属于我的童话——画面绚烂多彩，情节扣人心弦，却始终隔着一层朦胧的薄雾。我偶尔点头应和，嘴角勾起一抹不失礼貌的微笑，但内心深处却泛起莫名的空虚，仿佛我正辜负一段我还没来得及想起、她却从未放下的深情。

＊＊＊

出院之日，阳光温柔地洒落。玉兰树的新芽在微风中轻轻摆动，医院大门前，一辆出租车静静等候，车窗如镜，映照着清澈的蓝天。

我呆立门口，心中茫然，仿佛站在一个既陌生又全新的十字路口，手中却无指引方向的罗盘。医生的话语回响在耳畔，记忆或许能回归，或许将永远迷失。

这时，朵娜走近，握住我的手，半带玩笑地说："小峰，你恢复得真好，除了不肯记得我，其他都挺清楚的。"

我轻轻回握，十指相扣间，一股久违的安宁悄然降临。

"谢谢你一直的陪伴。"我感激地说，"即便记忆不再，我可以从头开始。"

她微微一笑，笑容中带着一丝无奈："我也要谢谢你，容我这个'临时未婚妻'把戏演了这么久。车在那儿，快上车吧。"

我略一迟疑，"你不和我一起回去坐坐吗？"

"改天吧。"她轻声回答，"你刚刚出院，先给自己一些空间。"

我点头答应："那我走了。"

我们轻轻相拥，她站在原地，目送我上车，随后沿街缓步前行，风衣随风轻扬。

"去哪儿？"司机问道。我一时语塞，张了张嘴，却无言以对。

司机从后视镜中看了我一眼，笑道："身上有地址吗？没有就去追你老婆吧。"

我笑了："师傅，就追前面那位穿风衣的女士。"

　　车缓缓加速，追上朵娜。她闻声回头，看见是我，眼中闪过一丝疑惑。

　　司机探出头，笑着大喊："夫人，你老公说他不知道自己家在哪儿！"

　　她愣了一下，随即轻笑，打开车门坐进来，语气中带着几分戏谑，又似乎有些留恋："看来，你还是让我放心不下啊。"

　　我握住她的手，只是微笑，没有言语。其实，我未忘地址。

　　她陪我回到公寓。屋内整洁如初，却因少了人气而显得格外空旷冷清。我们并肩走进客厅，我的目光瞬间被画架上的一幅未完成的画作吸引——晨雾缭绕的湖面，隐约可见一座孤岛，岸边人影轮廓模糊，仅有几笔淡线勾勒。

　　我站在画前，久久凝视，喃喃自语："我……竟然忘记了，当初想要画的是谁。"

　　她依偎在我身旁，声音轻拂："也许，是那个你最想忘掉的人。"

第三十三章

朴惠自韩国归来，闻我病倒，即刻现身门前。她矗立那儿，眼神中透露出不容置疑的关切，锐利地审视着我，仿佛在验证我究竟是否为真病之人。

"听说你病得厉害，连人都认不得了？"她挑眉轻笑，语气中带着一丝探询，"但瞧你这模样，精神倒是挺好。"

"快痊愈了，"我笑着回应，努力让声音显得轻松，"多亏有人悉心照料。"

我朝厨房呼唤："朵娜，能出来吗？"

随着轻盈的脚步声，朵娜手捧一杯热姜茶款步而来，神色平和。她立于我侧，仿佛早已预见此次会面。

我脱口而出："这是我的未婚妻。"话音未落，我自己也感到惊讶。那"未婚妻"三字说得如此自然，仿佛早已深植心底，只待此刻脱口而出。

朴惠的睫毛轻轻颤动，嘴角勾起一抹意味深长的笑意："未婚妻？这么快？几日不见，你倒是给了我不小的惊喜。"

我急忙澄清，"我们……早已相识。"

"哦？但你从未提起过她。"朴惠语气淡然，却如在空气中勾勒出一道细线，视线在朵娜与我之间流转，仿佛在拼凑一幅缺失的画卷。

我挠挠头，尴尬地笑道："我……忘了提？"

"一次也没提过。"她的声音平静，陈述着事实，却带着一丝难以捉摸的意味。

她转向朵娜，语气温和却暗藏锋芒："能否告诉我，你是何人？"

朵娜微微一笑，低头浅尝一口茶，再抬眼望向她："就如你所见，我是朵娜。"那份从容自若令朴惠一时语塞。

屋内静默片刻。

我下意识地摸了摸胸前的绳子，缓缓摘下挂着的玉葫芦，紧握于掌心，低声说道："若朵娜说我们相识，那便定是真的。记忆或许模糊，但有些事，无法欺骗。正如这玉葫芦。"

朵娜的眼底掠过一抹不易察觉的光芒。

朴惠轻笑，带着几分自嘲："看来，我确实来得有些唐突。"

她晃了晃手中的提包，"我去附近走走，改天再叙。"

门轻轻合上，屋内静得似乎能听见彼此的呼吸。

我转身，正对上朵娜那双微微湿润的眼眸。

"你真的……什么都不记得了？"她的声音细若蚊吟，带着一丝探询。

我带着玩笑的口吻："你不会真以为我在装吧？"

她轻笑，眼角的湿润尚未完全消散："但你刚才，叫我未婚妻。"

我凝视着她，声音不自觉地柔和："或许，这个称呼，本就属于你。"话一出口，屋内的光线仿佛明亮了几分。不是窗外的阳光，而是某种温暖，在心底悄然蔓延开来。

***

我端坐于画板之前，目光深锁于眼前的画布，思绪飘远。

湖面上，孤岛伶仃，似乎缺失了一抹灵魂，使得整幅画面空洞无依，色彩斑斓却漫无目的，无处安放。

不经意间，指尖触碰到了颜料，一股挫败感油然而生，萦绕心间。相较于记忆的丧失，更让我惶恐不安的是，那份无法继续绘制的无力感。

我随意挥洒，笔触在纸上交错缠绵，渐渐地，一个朦胧的身影浮现——一位少女，伫立于海岸，裙裾随风轻扬，长发宛若波涛。然而，她的面容却如同晨雾般朦胧，任凭我如何努力，也难以落笔勾勒。

凝视着这抹倩影，一个名字悄然浮现在脑海，我喃喃自语："洛卡……"

此刻，厨房里传来了瓷杯轻触台面的清脆声响。

我转身望去，只见朵娜手持一只刚洗净的杯子，正与我目光交汇。她的眼神中似乎捕捉到了什么，微微一顿。

我再次望向画布上的身影，心跳不由自主地加速，仿佛有某些尘封已久的东西，正悄然觉醒。

***

"我找到了一些关于朵娜的信息。"电话中，朴惠的声音透露出一丝激动，"她似乎和国外的犯罪组织有过接触，还曾在酒吧担任过舞女。我明天能给你提供更多具体情况。"

我打断了她的话，"这些我已经知道了。"

电话那端突然安静下来。"哦？是吗？"朴惠的语气中夹杂着一丝不确定，"那可能是我多此一举了。不过，你最近是不是整天和她在一起，把其他事情都抛到脑后了？"

"你这是什么意思？"

"今天下午的粉丝交流会，你该不会忘了吧？"我的大脑仿佛被一盆冷水浇透，一片空白，连昨天的早餐内容都想不起来。

"交流会……是今天？"我喃喃自语，仿佛在询问另一个自己。

"没错，我特意提醒过你的。"朴惠的话语中带着责备，"去看看你的抽屉吧。"

我拉开抽屉，一张标注着时间和地点的通知赫然映入眼帘，但我对此毫无记忆。显然，我的记忆力已经比我预想的还要糟糕。

"你是不是又没吃药？"朴惠问道。

"可能吧，我现在就去。"

＊＊＊

深夜时分，我辗转难眠，披上一件外衣，踏入了一家不打烊的咖啡馆。

店内稀疏几位顾客，昏黄的灯光洒落，一对情侣轻声细语，另有几人孤独地坐着，默默品味着手中的咖啡。

正当我打算找个僻静的角落落座时，一个熟悉的身影迅速从吧台后走出，直奔向我。

"怎么是你？"她的声音里充满了意外。

我怔住了——是朵娜，身着咖啡店的制服。她的长发被随意束成马尾，额前的几缕碎发因汗水而紧贴额头，夜班的辛劳在她眉宇间若隐若现，但她的眼神依旧明亮。

"你在上夜班吗？"我感到有些诧异，"白天刚陪我度过一整天，晚上还要工作？"

她抬手抹了抹额头上的汗珠，笑容中带着几分轻松："总得想办法赚点生活费嘛，不然将来真成了你的未婚妻，拿什么来养活你呢？"

我一时语塞，本想调侃一句："嘿，我捐出去的钱都能买下几间这样的咖啡馆了。"

可还没等我开口，她已轻轻扬了扬下巴："想喝点什么？"

"你来决定吧。"

"那就珍珠奶茶吧，挺适合你这种喜欢在半夜游荡的人。"她调皮地眨了眨眼，转身走向吧台。

不一会儿，她背着小包，手捧着奶茶向我走来："好了，我下班了，咱们边走边喝吧。"

***

路灯的光影斑驳陆离地洒落，树影随风轻摆，宛如细语着那些深埋心底、不为人知的秘密。

朵娜自然而然地挽起我的手臂，动作流畅而自然，仿佛时间从未在我们之间留下任何裂痕。那一刻，心中的纷扰犹如潮水般悄然退去，就连先前萦绕脑际的思绪也变得朦胧而遥远。

她的目光温柔地落在我紧握的手上，轻声询问："你手里握着什么呢？"

我低头望去，只见那张通告纸已被我揉搓得皱巴巴的。"是粉丝座谈会的通知。"我苦笑着回答，声音里带着一丝自嘲与无奈，"我居然把它忘得一干二净。"

她接过纸，借着昏黄的灯光细细端详，眉头微微蹙起。"真奇怪，"她的语气中充满疑惑，"这家图书馆不是早就关闭了吗？至少这周都没开门，怎么会有活动呢？"

我不由自主地停下了脚步，心底涌起一股莫名的不安，"关闭了？为什么？"我急切地问道。

她缓缓道出："几天前那里发生了一起命案，警方封锁了现场，还在调查中。"

我心中一紧，"朴惠……她从来不会犯这种错误的。"

她的目光深邃而平静，仿佛在等待我自己揭开谜团。

"你这么晚出来，就是为了这个？"我无奈地说道，"睡不着，脑子就像上了发条的机器，停不下来。"

"药吃了吗？"她关切地问道。

我苦笑："吃得越多，脑子越乱。"

她眼底闪过一丝笑意，调侃道："看你这样子，是得找个住家保姆来照顾你了。"

"要不……你留下来住几天？"我故作轻松地提议，眼神却闪烁着期待。

她微微一愣，随即眼中闪烁着惊喜的光："你是认真的吗？"

我凝视着她清澈的眼眸，低声而坚定地回答："嗯，我需要你。"

她似乎被我的话深深触动，轻咳一声，"那得先谈谈我这个保姆的薪水。"

我笑出声来："你开价吧，我绝不还价。"

夜风拂过，树叶沙沙作响，仿佛在回应着我们那微妙而悸动的心跳，为这静谧的夜晚增添了几分温馨与浪漫。

＊＊＊

我原打算安排朵娜睡在卧室，自己则去书房凑合，但她坚决要与我调换房间。

"省得朴惠又来审讯。"她的话语温柔却带着不容商量的坚定。

她缓缓打开行李箱，有条不紊地将衣物叠好，一一放入衣柜。整理间，她忽然动作一顿，眼神闪烁，似是想起了什么。她迅速翻至箱底，拿出一个精致的小石雕，满脸喜悦地喊道："小峰！"随即，她快步走到我面前，高高举起石雕："还记得这个吗？"

"木棉花……"我轻声呢喃，脑海中闪过一些零星的片段，却无法拼凑出完整的记忆。

"这是你上大学前送给我的。"她声音柔和，眼中闪烁着期待，仿佛在等待我唤醒沉睡的记忆。

我望着她，记忆如同断裂的影片，卡在了空白之处。

"还是想不起来吗？"她眼中闪过一丝失落。

"不是……"我犹豫着，"只是……"

她朝我笑了笑，像是带着一丝纵容，"好啦，没关系的。"

她总是这样，对我有着几乎用不完的耐心。

我注意到她额头渗出了细密的汗珠，几缕碎发贴在额角，便抽出纸巾，轻轻替她拭去。

她微微闭上眼，嘴角扬起一抹带笑的弧度，略带挑逗："这里也有。"她抬手指了指自己脖颈的位置。

我轻轻推了她一下："衬衫都湿透了，快去洗个澡吧。"

"好主意。"她眼中闪着一丝调皮的光，抓起一旁的浴衣，在我面前晃了晃，眉梢轻挑，转身走进浴室，背影俏然。

我低头凝视着手中的木棉花雕刻，心却飘得很远。那些零碎的记忆片段在脑海中若隐若现，像浮在水面上的影子，伸手去抓，却总是差那么一点。

"喂，小峰，帮个忙！"她的声音从浴室里传来，"把洗发露递给我！"

我笑着起身，拿起洗发露走到浴室门口，故意打趣："你比我还健忘？要是换了个室友，你喊得这么自然吗？"

玻璃门滑开一条缝，水雾中露出她湿漉漉的笑颜："递进来吧。"

我一时怔住，视线像被雾气黏住了。

她察觉到我的停顿，眼神带着几分狡黠："怎么？又不是第一次见。"

我还是有些愣。

"递进来，好吗？"她的声音柔中带着一丝轻撩，"还是……你想亲手帮我洗？"

我猛地将洗发露塞给她，转身回到客厅。坐在画架前，我捡起画笔，毫不犹豫地落下。

那片海，那座岛，仿佛天生为一个人而存在。

她是自由的风，是温暖的阳光，是拍打在心海上的浪花。

我终于找到，那个画中人的神韵。

第三十四章

朵娜披着一袭松软的浴衣，湿发随意搭在肩头。她盘腿坐在沙发上，一边用手指轻轻拢着发丝，一边像不经意地问道："小峰，画里的那个女孩是谁呀？你好像……很迷她。"

我在画上轻轻添上最后一笔，然后放下画笔，抬头看向她，嘴角扬起一抹温和的笑："你再仔细看看。"

她顺着我的视线望去。画中，女孩站在一片海岛的边缘，长发在风中轻扬，眼神清澈而遥远。

"嗯？怎么觉得有点眼熟呢？"

"像你吧？"我轻声道。

"那是我吗？"她望着画，语气半是惊讶半是揣测。

我迟疑了一下，"也许是。"

她站起身，拉住我的手，把我轻轻拽到沙发上坐下，"不管是不是，这幅画真的很美。"她将头靠在我肩上，声音低低的，却带着一丝喜悦，"真替你高兴……你终于找回了画里的主角。你看，你又能画画了。"

"嗯，我又可以工作了。"我看着她，心里像被什么点亮了一下，那种沉郁已久的压抑感忽然就散了。

我站起身，有些兴奋："走，我们去北山公园吧！我想带上画板。"

她看着振作起来的我，似乎比我还高兴："不过——你早上的药吃了吗？"

我愣了一下，随即不好意思地摇头："差点忘了。"

她起身走到橱柜边，熟练地打开药瓶，倒出几片药，又倒了一杯温水端到我面前。然而，她的动作却停住了，眉头微微皱起。

"你最近换药了吗？"她拿起药片凑近鼻子轻轻嗅了一下，眉间的褶皱更深了。

"没有啊，一直都是这款。"我随口回答，没怎么在意。

"不对，"她的语气变得警觉起来，抬头看着我，眼神多了几分严肃，"这药的颜色和味道明显不一样。你最近去过医院或药房吗？"

我有些茫然地摇摇头："没有……"

她翻过药瓶，认真看了眼上面的标签，声音变得明显凝重起来："标签上标的日期是上个月，可里面的药，绝对不对劲。"

我耸了耸肩，不以为意地说道："医生开的，应该不会有问题，吃就好了。"

但她的神情变得不容置疑："不行，我们现在就去药房问清楚。"

***

药剂师接过药瓶，只看了一眼，脸色便骤然沉了下来，仿佛如临深渊。他眉头紧锁："这不是镇静剂……你吃下去的，是兴奋剂。"

"兴奋剂？"我一怔，脑子里"嗡"的一声，仿佛有什么瞬间炸开。

朵娜脸色随之变冷，追问："会不会是药房搞错了？"

药剂师果断摇头，语气中透出笃定："不可能。这类兴奋剂普通药房根本不售，只能在黑市渠道中流通。"

"黑市？"朵娜声音低了几度，"也就是说……有人刻意掉包了药。"

药剂师点头，沉声说道："镇静剂被换成兴奋剂，对病情控制和身体恢复极为不利。更严重的是，可能引发幻觉、认知混乱，甚至情绪失控。如果无人看护，极可能酿成危险后果。"

我心跳瞬间加快。

朵娜看向我："最近，有谁接触过你的药瓶？"

我努力回想。几天前的画面浮现在脑海中——朴惠来过公寓时，关切地问起我的用药，我随手把药瓶递给她……

"朴惠……"我低声说出她的名字。

朵娜眼中寒意更盛："她只是看了你的药瓶？没有别的？"

我皱着眉，脑中那根敏感的弦忽然被拨动："她……还要了一张签了名的空白支票。"

她猛地抬头，语气陡然变冷："空白支票？你们之间一直这样？"

"不是，这是第一次。"我顿了一下，苦笑，"那天脑子太乱，就随手给了她。"

朵娜深吸一口气，语调平静却带着不容置疑的坚定："我们现在去银行。"

"有必要吗？"我皱眉，心中升起一丝说不清的隐忧。

"当然有。"她目光灼灼地望着我，"你信任她是一回事，但开出一张空白支票是另一回事。而且……"她声音一沉，"我是你的保姆，我得管到底。"

当我们赶到银行，查询账户后，银行人员的答复如晴天霹雳：

——朴惠已经转走了我商业账户中的全部存款！

她的电话已关机，公寓也彻底搬空。人如晨雾消散，不留痕迹。

更令人绝望的是——她不仅带走了我的钱，还一并卷走了那些原本要送去展览或出售的画作！

我刚刚恢复的那点清明意识，再次变得混沌。

＊＊＊

夜深了。

心像一座孤岛，沉在无声的黑暗中。我仰躺在床上，望着天花板，心绪翻腾如潮，毫无睡意。痛苦和自责交织缠绕，像潮水般一波波拍打着内心，几乎让我喘不过气来。

我看到朵娜房间的灯还亮着，犹豫片刻，抱起枕头，轻轻推开她半掩的房门。

她竟然也还醒着，靠坐在床头，手里拿着一本书。见我进来，她轻声说："小峰，进来吧。"

我在她床沿坐下，嗓音沙哑："我只是……想找个人说说话，不会乱来的。"

她轻笑一声，语气里带着一丝打趣："你忘啦？我虽然是你的保姆，可还是你的'未婚妻'。"

说完，侧身给我腾出一小块位置。

我挨着她坐下，两人并肩倚靠在床头。

"你在看什么？"我指了指她身边那本摊开的诗集。

"不是在看书，是在看信。"她说着，从书里抽出两个泛黄的信封，"以前写给你的，全都退了回来。"

我接过一看，封皮上"查无此人"几个字触目惊心，邮寄地址，是我读书时的老学校。

"我看看你写了些什么？"

"别，现在别看。"她摇了摇头，语气温柔，"不然你今晚一整夜都别想睡了。"

说着，随手把信扔到一旁，随后转身，悄然将我抱入怀中。她温热的气息贴近耳畔。

"小峰，今天发生的这些，不过是个开始。真正的难关还在后头。但你要记住——我在。哪怕你丢了记忆，走错了路，甚至连你自己都不再信任……你还有我。"

她的声音像夜色里的一缕微光，一寸寸驱散我心底那些难以言说的迷雾。

"朵娜，我的心乱极了，连自己都快不认识了……你说，我接下来该怎么办？"

她没有一丝迟疑，语气沉稳得像是在回答早已准备好的答案："先把身体养好。至于钱的事，你别担心。我可以去接代课的活儿，不需要你再给我保姆费。"

我轻声说："我还有一点存款，加上病休工资……撑上一年，应该还可以。"

她听了朝我笑了笑，眼神柔和而安心："那就好。明天我带你去见一个人——他是懂中医的，叫兰德。你会喜欢他的。"

＊＊＊

见我之前，兰德医生已与我的家庭医生和专科医师充分沟通，并仔细研读了我所有的诊断报告与治疗记录。很明显，他对我的病情掌握得一丝不差，甚至比我自己还要清楚。

他为我做了一轮系统的检查，手里不时翻看厚厚的病例资料，眼神专注，如同解读一份加密病历。

检查结束后，他摘下眼镜，端详了我一会儿，不动声色地说："唐先生，你的身体，其实没有实质性的病变。"

我皱起眉："那我昏倒、失忆，又是怎么回事？"

他微微一笑，镜片后那双眼睛透出一丝锐利的眼神："你这病，说得文艺一点是：相思病；说得现实点，是慢性焦虑与情绪压抑导致的身心脱节。"

我一愣："相思病？"

他点了点头，声音平稳："长时间情绪抑郁，加上过度依赖镇静类药物，你的大脑已经建立了一种病态的应对机制，情绪调节能力极度退化。昏厥、注意力障碍、记忆混乱，不是躯体出了毛病，而是你在潜意识里拒绝'活得清醒'。"

我咽了口唾沫，感觉他说的每一个字都直戳我心口。

"我的建议很简单，"他毫不犹豫地说，"停药，彻底戒断镇静剂。你身体素质本就不差，只要摆脱药物，你会慢慢恢复，但过程会很痛苦。"

我默默点头。他说得对，我这些年一直靠药物蒙蔽现实、躲避情绪，那些瓶瓶罐罐几乎成了我生活的一部分。

这时，他看向坐在一旁的朵娜，语气略微放缓："他接下来的几天会经历戒断反应，情绪起伏大、头痛、失眠、出汗……你要陪着他，一起熬过去。"

他起身，耐心地教朵娜几种舒缓的按摩手法，重点部位是太阳穴、后颈和耳下淋巴。他亲自示范，语气冷静却带着一种医生特有的温情。

＊＊＊

回到家，朵娜一句话也没说，径直拉开橱柜，将我所有的药瓶搜刮了出来，"哗啦"一声全部倒进垃圾桶。

她动作利索，像是执行一项肃清毒害的特殊使命。

"好了，第一步顺利完成。"她拍拍手，眼底透着狡黠的得意，"接下来，才是重点治疗呢。"

"治疗？"我挑起眉头，"怎么治？"

朵娜指了指卧室，语气不容置疑："进去，躺好。"

我疑惑地盯了她一眼，但还是乖乖照做了。刚趴下，床垫就微微一沉，她轻巧地跨坐在我腰上。

"别乱动。"她一本正经地说道，"医生亲自教的，我得给你来个全套服务。"

掌心温热，她轻柔地按揉着我的后颈、耳侧，力道恰到好处。她的呼吸若有似无地拂过我的肩背，缓慢而均匀，像催眠术般将我内心深处的紧绷一点一点瓦解。

"唔……等等。"我喃喃地嘀咕着，"医生按摩可都是站着，你坐我背上做什么？"

"这叫专属护理。再说，我可是你的专职保姆，效果当然得超过医生。"

我正打算反驳，她却忽然加重了手上的力道，疼得我"呃"了一声，只好认命地闭上嘴。

等她终于完成，我筋骨舒畅，浑身发麻，但身体还是本能地渴望一粒药丸。我鬼使神差地走到垃圾桶边，看着那些药粒，又转头去看朵娜。

她察觉到了我的异样，叫住我："小峰！"

我尴尬地笑笑，乖乖回到沙发坐下。

她也跟着坐过来，语气忽然认真起来："你曾问我是不是当过护士，我的确当过，只不过那时是在战地。我知道该怎么安慰那些最绝望的人。"

"看来你很有本事啊！"我故意装出一副苦相，"你看我现在，是不是特别需要安慰？"

"当然了。"她神秘一笑，从口袋里掏出一根棒棒糖递给我。

我舔了一口，甜味一下子缓解了药瘾，忍不住赞叹道："真有你的，跟按摩一样管用。"

"不过，我可得把这些垃圾扔了，以防万一。"她仍不放心，提起垃圾袋走出了门。

回屋的时候，朵娜怀里竟抱着一束黄玫瑰。

"放在门口的，也不知道是送给你，还是送给我。"她嘟囔着，语气里带着点疑惑。

"打开看看，有没有留言？"我随口说。

她翻了翻花束，果然在花芯中间找到一个小信封。拆开来，是一张印着洛卡语的小卡片：

"朋友，愿你每天都开心！"

卡片旁还夹着一张彩色照片——是朵娜站在大学图书馆门口的偷拍画面。

她盯着照片看了几秒，眼神慢慢变得恍惚，脸色也一点点白下去。过了好一会儿，她才喃喃地说："他……可能出事了。"

我心里一紧，脱口而出："谁？"

她没有马上回答，而是立刻拿起电话，飞快拨通了洪牧师的号码，语气急促，请他帮忙查查"约翰"的消息。

听到这个名字，我更糊涂了，忍不住小声问："你和那个约翰……有什么事吗？"

朵娜苦笑一声："小峰，你别急，听我慢慢说。当年我被困在缅北时，他是个战地记者，曾采访过我。后来我申请恢复国籍，他当时拍下的录像成了关键证据。"

"所以，你欠他一个人情？"

"可以这么说。那时候我真的挺感激他的。"她低头叹气，神色有些复杂，"只是后来，他老围着我转，我起初没多想……直到有一次，他企图对我不轨，我才彻底断了和他的联系。"

我愣了一下："那他现在会出什么事？"

"这束花，就是个信号。"她低声说，"送花的人，跟坎的家族有联系。而约翰……很可能惹到了他们。"

"那你呢？"我皱起眉头，"你会不会也是他们的目标？"

"有这个可能。"她顿了顿，咬了咬嘴唇，眼神越发深沉，"不过那个执行任务的人……他应该没打算对我下手。我能感觉到，他一直在暗中盯着我，但始终没动静。"

"你为什么这么确定？"

"他说过，他有个妹妹，长得很像我，死于一场事故。也许是因为这个。"

我心里泛起一阵凉意，只能故作轻松地说："约翰未必真出事，也可能只是巧合，别自己吓自己了。"

但我心里明白，那句安慰，连我自己也不太信。

＊＊＊

夜色低垂，朵娜穿着风衣，手里提着一个鼓鼓囊囊的纸袋，快步穿行在昏黄的路灯下。她刚从几个不同的市场凑齐了熬汤的材料，想着今晚煮上一锅热腾腾的药膳。

街角，一辆深色面包车悄然停着。

驾驶座里，男人手里摊着一张报纸，却隔几秒就抬眼，冷冷盯向她。

朵娜心里一凛，脚步下意识放快。多年在密林中生存的本能告诉她——危险正在逼近。

她迅速闪入一家熟食店，装作若无其事地翻看冷藏柜，然后悄然溜入隔壁的张氏书店。

"找书吗？" 张老板笑着打招呼。

"随便看看。" 她勉强笑了笑，心思却全在窗外。

那辆面包车不见了。

她松了口气，想着快回家。但刚迈出几步，身后骤然响起一声急促的刹车。

"吱——！"

那辆面包车猛然冲来。

一只粗壮的手死死拽住她的胳膊！

"别出声。" 低沉的声音贴近她耳际。

她毫不犹豫，肘部狠狠往后撞去，却在下一秒，被另一只手捂住了嘴。

纸袋滑落在地。面包车猛然关门，加速冲入夜色，消失在城市的喧嚣中。

我那晚还在等她，丝毫不知，就在离家不远的街角，她正被黑暗吞没。

第三十五章

夜深了，我坐在客厅的沙发上，盯着墙上那只滴答作响的老钟。指针已经越过午夜，她却还没回来。

我一遍遍安慰自己——也许她临时有事，也许只是忘了打电话。

正准备起身去看座机时，电话铃骤然响起，尖锐刺耳，像刀子划破空气。

我猛地接起，电话那头传来一个陌生男人的声音，沙哑而冷静：

"你就是那个画家，对吧？"

我愣住了："你是谁？"

他停顿一秒，语气低沉："你手上有我们要的东西，而我们——掌握着你最在乎的人。"

我的心猛地一缩，脑中立刻闪出坎家族的影子。

"你什么意思？"

"那个女孩，朵娜。"

我的声音发颤："你们对她做了什么？"

"她还活着。"他平淡地说，"一百万现金，四十八小时内准备好。明天我们会再联系你。你若敢报警——"他顿了一下，像在咬字，"那你就等着收到她的一只手。"

电话"啪"的一声断了，房间陷入死寂。

我呆坐在沙发上，手里的听筒还紧贴着耳朵。直到它滑落，重重砸在地板上，"咚"地一声，滚了几圈，停在墙角。

我努力让自己冷静下来，可脑海却已乱成一团。朵娜出门时一切安好，还回头冲我笑了笑。现在，她却落在了歹徒手中。

而这不是寻仇，这是勒索。

我站起身，想去倒杯水，手却抖得不听使唤。玻璃杯从指缝中滑落，碎裂声在静夜中格外刺耳，水洒了一地，像骤然溃散的神志。

怎么办？

我刚起了报警的念头，就被那个男人冰冷的警告死死压下——

"你会收到她的一只手。"

我闭上眼，额头抵住冰凉的墙面，胸口像压着一块巨石——一百万美元。

这个数字几乎要把我压垮。几天前，我的商业账户刚被朴惠清空，个人存款所剩无几。

唯一还值点钱的，只有墙上那些我倾注心血的画作。

可我要怎么在短短两天之内，把它们变现？

我翻开名片夹，手指缓缓划过，最后停在一个熟悉的名字上。抬头看钟，凌晨三点，太早了。我得等到六点，再给她打电话碰碰运气。我们似乎很久没有联系了，只是两周前帮朵娜搬家时，才与她短暂地喝了一杯咖啡。

我也说不清为什么如此信任她，或许除了她，我再也找不到能帮我的人了。

时钟终于指向六点，我拨通了珍妮的电话。

她的声音依旧清脆而爽朗："克里斯！这么早就找我，想我了吗？"

"珍妮，我……有急事！"

"让我猜猜。你和我的闺蜜吵架了，把她气跑了？"

我深吸一口气，"珍妮，立刻来我公寓，情况比你想象的还严重。"

电话那头的她沉默了一秒："这么紧急？"

"是的，请你马上过来。"

珍妮很快出现在公寓门口。

一如既往，她穿着剪裁利落的时尚套装，发丝梳得一丝不乱，高跟鞋在地板上发出清脆响声，妆容精致得像是刚从红毯走下。她和我——满脸疲惫、眼神恍惚、胡茬未刮——形成鲜明反差。

她一眼扫过屋内，随后目光落在我脸上，眉头轻蹙。

"小峰，你看起来糟透了。朵娜呢？她不是最担心你的人？"

我没空寒暄，开门见山："她出事了。我急需现金，墙上这十幅画，你看有没有人能一次性买下。"

她神情一变："朵娜？她一向很谨慎。到底发生什么事？"

"别问，生死关头。"

她犹疑片刻，语气微冷："不会是那丫头设了个局吧？"

我抬头，直视她的眼睛："你觉得她会？"

她沉默几秒，终究摇了摇头："不会。她对你……没理由那样做。你到底需要多少钱？"

"一百万美金。"

她挑了挑眉："这对你来说不是难事啊。慈善拍卖那次你不是刚捐了几十万？"

我冷笑了一下，声音沙哑："我的经纪人卷走了账户里的全部现金，朵娜没告诉你吗？"

珍妮神色一黯，低声道："她……从来只报喜不报忧。"

我一字一句："现在只看你，能不能帮我完成这笔交易。"

她望着我几秒，缓缓在沙发上坐下，轻声说："给我一杯红酒。"

"自己拿。我手在抖。"

她起身倒酒，举杯靠在沙发边，神色恢复从容。

当指针指向七点整，她不慌不忙地抓起座机，拨了一个号码。她的语气温柔得像给朋友的生日问候。

"沈先生，今早听到我的声音，是不是觉得今天运气特别好？"

她朝我一笑，目光冷静如刀。

"我现在在唐先生家。他愿意出售他那批'舍不得出手'的画作。"

"是的，全套。"

"别急着兴奋。我第一个找的是你，别人还在等我回话。"

挂掉电话，她对我点头："他在路上。你确定就这个价，不再抬一点？"

我点头："够用就好。"

她斜倚沙发，语气似笑非笑："好，那你现在要做的，就是坐在那，摆出大画家的范儿，等钱上门。"

不久，沈先生出现在门口。人不高，衣着考究，皮鞋锃亮，头发梳得纹丝不乱。一进门，他的眼就黏在了那几幅画上。

我能看见他眼中一闪而过的光——那是藏家特有的目光，既像猎人也像赌徒。

他压低声音凑到珍妮耳边："这次没问题吧？"

珍妮慢条斯理地拨弄着画框："沈先生，您是在怀疑我？还是在质疑唐先生的作品？"

她微微一笑，声线柔软却带锋："如果你犹豫，后面排队的买家也不少。"

沈先生面部肌肉抽动，沉默如石，径自走向画作，仔细打量。他动作利落，但我能察觉到他眼中的紧迫感。

"什么价？"他轻轻地问。

"二十五万一幅。十幅一起买，可以两百万。"珍妮不紧不慢地说。

几分钟后，沈先生转身："就一次性打包，我出一百五十万。"

珍妮回头看我，声音扬了几分："唐先生，一百五十万，合适吗？"

我点头："今天到账，就成交。"

沈先生立刻拨电话联络银行，语气变得飞快、干脆，仿佛怕下一秒这机会就飞走。

交易完成，他出了门。

屋里安静了几秒。

珍妮轻轻一笑："你就这样把它们全脱手了。我替你心疼。"

我注视那些熟悉的画，一瞬间竟有点恍惚："现在不是讲代价的时候。"我顿了顿，"那多出来的五十万，归你。"

她怔住，接着摇头一笑，语气柔和得像回到了某个黄昏。"我不要。我知道你是为了她才肯这么做。"

我没再多说，转身走向电话，拨通了私人银行经理的直线。

"我是唐。今天会有一笔大额转账，我要你准备好一百万现金，明天中午取。"

对方明显愣了一下，语气犹疑："唐先生，金额这么大，恐怕需要审批流程……"

"流程你们自己解决。"我打断他，语气低沉而坚定，"明天中午，现金必须到手。"

"这可能涉及额外成本……"

"无所谓。这笔钱，是用来救命的。"

＊＊＊

朵娜的眼睛被黑布死死缠住，双手反绑，蜷在车后座的角落。车轮碾过坑洼的路面，她的身子像一只没系牢的木偶，不停撞上车窗和座椅边缘。肩胛骨钝痛，胃里翻江倒海，一股酸意直冲喉头。

每一分钟都被拉长成一段煎熬。她几乎以为，自己已经在这片黑暗里熬过了整整一夜。

她闭着眼，舌尖轻抵上颚，无声地，一遍一遍唤着——小峰。仿佛只要念出这个名字，心跳就不会失控，气息就能继续。她不是一个人。他还在等她。

车速慢了下来。

冷风灌进来，带着铁锈、霉味和一股机油的刺鼻味。像是什么旧仓库，或者荒废的厂房。朵娜绷紧神经，凝住呼吸，捕捉空气的味道和车外的回音，就像她在雨林中学会的那样——判断猎物，也判断危险。

车停了。

车门猛然拉开，一只粗糙的手拽住她，把她拖下车。她脚下踉跄，鞋底在水泥地上擦出刺耳的声响。

"快点！别磨蹭！"身后传来一声低斥。

眼前仍是一片漆黑，她靠回音和脚步判断，被人推进了一座空荡荡的大楼。楼梯哒哒地响，一层、两层……每踏一步都像往深渊更近一步。

忽然，一股力量猛地将她一推，膝盖撞上什么硬物，剧痛袭来，几乎跪倒在地。

她没有叫出声。只是深吸一口气，咬牙站稳，声音反倒冷静得惊人："现在满意了吗？一群男人绑个女人，很有成就感？能不能把眼罩摘了？"

对方沉默了一瞬，紧接着，一个带着油腻笑意的男声响起："摘吧。让这位美人认清点现实，省得费话。"

眼罩被粗暴地扯下。

她眯起眼。等视线适应后，她看清了四周——剥落的水泥墙满是裂纹和霉斑，天花板吊着一颗晃动的黄灯泡，仿佛下一秒就会熄灭。地上杂乱不堪，碎砖、灰尘、斑斑污迹；角落有一张塌陷的床垫，一把歪斜的铝制椅子。

空气中飘着一股腐朽味儿，像是这里被丢弃了很多年。

门口站着一个高瘦的男人，靠着墙点烟，眯眼看她，嘴角吊着一抹懒散的冷笑："乖一点，等我们拿到钱，就放了你。"

朵娜看着他，语气平静得像是来处理一笔交易："你们要多少？"

男人叼着烟，"一百万。你这货色不错，不算贵。"

她唇角冷冷一勾："一百万？他连十万都凑不出。真给你们凑出来了，我还回去干嘛？留着分一杯羹不好？……要是没凑出来呢？"

那男人笑得喷出一口烟雾："那就靠你自己赚回来喽。"

说完，他掐灭烟头，甩手关门，"砰"的一声，铁门震响。

朵娜没有崩溃。只是缓缓吐了口气，把胸口那团惊慌一点点逼出去。

她扫视四周，大脑迅速运转：墙是实心的，门锁沉重；没有窗；床架松动，椅子可能更好拆；手腕上的扎带勒出了血痕，但活动还留一点余地。

她缓慢地转动手指，感知力度，同时估算人数、路线、防守——

他们以为她只是个漂亮的女人，只能哭、等、求援。

他们不知道——

这已经是她第三次被绑架了。

第一次，她哭着求饶，毫无还手之力。

第二次，她拼命逃，动了枪，也失去了一个朋友。

这一次，她心里只剩一团燃烧的意志：

她必须活着回去，她不能让小峰陷入任何危险。

至于他们——

真的，绑错人了。

第三十六章

珍妮帮我顺利卖掉了画作，又亲手做了一份早餐，然后匆匆离去。她要去一个芭蕾舞学校面试教师的职位，似乎决心彻底摆脱过去那种游手好闲的生活。

我想，如果我能活下来，我会为她买下一个芭蕾学校。

公寓门关上后，我再没踏出去半步。

时间一秒一秒地过去。

我老盯着电话机，生怕它响起而我没能及时接听。我多次致电银行经理，确认了卖画的钱已到账，但立即提取现金却不是易事，他正在帮我寻找最快的渠道。

夜渐深。邻居家老旧收音机里传来的爵士乐低沉而哀伤，仿佛整座城市都在暗夜中呻吟。

我反复责备自己：是不是我的疏忽，把朵娜推入了险境？也许上次慈善捐款，我说话有点像阔佬，才会被人盯上。

电话铃骤然响起，打断了我的思绪。

我本能地冲过去抓起听筒，手指因紧张而僵硬。

电话另一头传来低沉、阴冷的男声，仿佛猎人正慢条斯理地折磨猎物："我们的画家朋友，准备得怎么样了？"

我勉强保持冷静："我在努力……但还需要一点时间。"

话筒中传来香烟深吸的声音，随后是一声冷笑："时间？你以为我们是收账先生吗？告诉我，你到底行不行？"

我指甲深深掐入掌心，"不是还没到四十八小时吗？"

他嗤笑了一声，语气中带着不耐烦："我以为你会急着和我们早点成交，好快点见你的美人。"

"最迟明晚，我会准备好。但让我听听她的声音！"

电话那头沉默了一会儿，然后传来模糊的脚步声和窃窃私语。

终于，我听到了朵娜的声音。

"小峰？"

那一刻，我的呼吸几乎停止了。她的声音沙哑而疲惫，却依旧带着我熟悉的那份温柔与克制。

"朵娜！"我焦急地喊道，"你怎么样？他们伤害你了吗？"

她顿了顿，似乎在尽力保持镇定，然后说："我……没事。你按照他们的要求去做，我相信你。"

"是的，一定相信我！"我几乎喊出了声。

下一秒，她的声音被迅速拉远，嘈杂的脚步声掩盖了一切。那个男人重新接过电话，用一种阴狠而戏谑的语调说道："听清楚了吧？她还活着。明晚我们会告诉你交易地点。一百万现金，少一分钱，她就少一块。"

电话挂断，只剩下尖锐刺耳的忙音。

我僵在原地，手仍死死地抓着听筒，仿佛那是我与朵娜最后的一丝联系。

窗外霓虹灯映照在玻璃上，像血一样在黑夜里闪烁。我曾深爱这座城市，它给予我灵感与希望，在我最无助的时候送来了朵娜。

但现在，它变得冷酷无情。

朵娜……

无论要付出怎样的代价，我都要把你安全带回来。

即便葬送的是我自己。

＊＊＊

下午的阳光透过窗户洒进屋内，却驱不散屋里弥漫的沉冷。我坐在地板中央，双臂紧紧抱着那个装满钞票的大手提箱。它沉甸甸地压在我腿上，凉意一丝丝透进胸口。

傍晚六点，电话响起。

我猛地抓起听筒："喂？"

"午夜，皇后大桥，第二号桥墩下。你一个人来。"

我脱口而出："我会准时到。但你得保证朵娜的安全！"

对方哼了一声，声音阴冷得像蛇信子舔过耳膜："要是看到警察，或者你晚了一分钟……你的美人，会以一种'特别的方式'回到你身边。"

那一刻，我胸口像被硬生生踩了一脚，几乎喘不过气。

"我明白。"我艰难地说。

他笑了一声，带着一种看好戏的轻蔑："差点忘了提醒你。你这种有名气的家伙，总喜欢耍英雄，但别忘了——逞能的下场，从来都不怎么好看。"

嘟——电话挂断。

***

夜幕缓缓降临，废弃工厂区的铁皮屋顶在风中发出呻吟。朵娜蜷缩在角落，手里握着那根从椅子上拆下来的椅腿。金属断面被她磨出嗜血的寒光。她呼吸稳重，像是进入了某种冷静的战斗状态。

她耳边回荡着舅舅的教诲："当猎枪失效，你唯一能信的，是你手里的东西。"

走廊尽头，几名绑匪围坐在破桌旁，烟雾与酒气混杂在空气中。吵闹的笑声、荤段子在空气里流窜，他们丝毫没有察觉到，身后的囚笼里，一个女人准备反扑。

突然，楼下有人喊："走，干活去！"随即是一阵哄笑。

但有一个脚步声朝这边慢慢靠近——沉稳、迟缓，每一步都像是踩在她神经上。

门锁发出"咔哒"一声。

"宝贝儿，现在该轮到咱俩聊聊了……"一张猥琐的脸刚探进门。

朵娜动了。

没有犹豫，椅腿寒光一闪，直插那男人喉头。他还没来得及发声，眼神已经开始涣散。她再补一击，命中太阳穴。整个过程不到三秒。

他的身体瘫软倒地，房间安静得仿佛时间停了。

她俯身，手枪入手。

没有一秒犹豫，她轻巧地闪出房门，借着夜色穿过铁轨区，仿佛是影子在奔跑。

风裹着细雨和血水从她发髻滑落，染红了领口。

她冲进一条狭长巷道尽头，电话亭如幽灵般站在昏黄灯光下。

她冲进去，湿漉漉的手指滑过拨号盘。

"嘟……嘟……"没人接。

她再次拨打，仍无应答。

第三次、第四次……她几乎将那串号码压碎。

"小峰……接电话……你千万别去……"她哭出了声，像一只困兽。

突然，她明白了：他，该是出发了。

她知道他会去。

但她也知道——那不是"交换"，那是猎杀。那些绑匪对他俩一个都不会放过。

她握紧枪，望向北方——桥的方向，深吸一口气，转身冲进雨夜。

那一刻，她不再是那个曾在山上唱歌的少女，也不再是那个在异乡漂泊的女孩。

她化身为复仇的幽灵。

***

东河的风裹挟着潮湿的寒意，猛地掀起我遮掩身份的礼帽，又不依不饶地卷起风衣衣摆，像执意揭开我藏在里面的棒球棍。

我站在桥下的石墩旁，皮鞋踏在湿滑的混凝土上，身边放着一个沉甸甸的手提箱。桥上偶尔驶过车辆，发动机低沉断续，如这座城市疲惫的心跳。桥柱上的涂鸦在昏黄灯光下变形成诡异的面孔，仿佛无数双眼睛在窥视这一场命运的交锋。

此刻，我只盼着黑暗尽头亮起一束光，朵娜能毫发无损地走出来。

终于，一道刺眼的车灯撕裂夜幕。

一辆破旧的深色面包车缓缓驶来，在不远处停下。车门"哐啷"一声打开，三个男人像幽灵般下了车。最前方的是个瘦高个，皮夹克泛着油光，手指夹着香烟，红色烟头在黑暗中明灭不定。他是头儿。

"画家先生，钱带来了？"他的语气轻佻，仿佛这只是场例行交易。

我指了指脚边的箱子，声音略带焦急："朵娜呢？"

他吐出一口烟雾，咧开嘴："放心，我们可是讲信用的，你的小情人毫发无损。"

我下意识后退半步。

他挥手，另一个戴棒球帽的男人上前，打开箱子，一叠叠钞票在灯光下泛着冷冽光泽。

"没问题！"棒球帽男兴奋地叫道。

头儿满意地点头，嘴角勾起一抹诡笑："合作愉快——"话未说完，他猛地掀开皮夹克，手已探向腰间的枪。

一声枪响骤然划破夜空。

头儿应声倒地。

　　一个人影猛地从黑暗中窜出，贴着车身迅速逼近——是朵娜！

　　她头发凌乱，手里死死握着枪，脸上带着一股不容抗拒的狠劲。

　　"放下武器！"她喝道。

　　我面前那两个绑匪愣了一瞬，仓惶掉头逃进桥边的小树林。

　　突然，车门猛地打开，将朵娜撞翻在地。她翻滚了几圈，枪也甩了出去，在水泥地上擦出火星。

　　车里跳出一个胖子，举枪对准她，步步逼近，似乎要玩猫捉老鼠的游戏。

　　"朵娜！"我吼了一声，抢起棒球棍猛冲上去。

　　他反应极快，转身就是两枪。一枪击中了棍子，火星四溅，另一枪擦过我肩膀。我一个踉跄没站稳——

　　下一秒，朵娜已经滚身抓起手枪，一声枪响，胖子应声倒下，鲜血从额角汩汩而出。

　　"快跑！"她一个箭步拽住我手腕。

　　我怔怔地看着她："钱……"

　　"管他的钱！"她低吼，猛地把我拖进桥墩后的阴影。

　　子弹从头顶飞过，我们贴着墙喘息，彼此能听到对方剧烈的心跳。

　　她湿热的气息喷在我耳畔："你中枪了吗？"

　　"……应该没有。"我拍了拍肩，居然完好无损。

　　"小峰，小树林里那两个家伙堵着出口。你跳河，顺流游下去就能脱身。"

　　"那你呢？"我气喘吁吁地问。

　　"我要解决掉他们。"她语气低沉、坚定。

　　我看着她脸上的血迹，那一刻，她哪像个"未婚妻"，更像个迎敌的战士，满脸倔强，眼底跳动着决绝的光。

　　"不，我不能丢下你。"

　　她骤然抬头，目光如刀，嗓音低得像从喉咙里拧出来："你不走，我怎么放手一搏？"

　　我咬紧牙，眼睛逼视她："那你把枪给我！你说你了解我的过往，你该知道我曾是射击冠军。我能让你一个人去拼？"

　　她愣了一下，像被什么拽住了脚步。

　　我们就那么对望着，谁也没动，连外头的枪声都像被忽略了。

　　然后，她忽然一把揪住我衣领，贴上来，在我嘴唇上狠狠亲了一口。

　　那一下，唇像着了火。

　　"好，小峰哥，"她低声说，声音带着血味，一字一顿，"我们一起……杀出去。"

　　就在这时，警笛声刺破夜空，红蓝光闪耀，照亮桥下每一角落。原来银行经理已报警。

　　大批警员冲上来，小树林中的绑匪被当场制服。

　　朵娜指着桥边那座小楼："还有一个人，在那儿，已经死了。"

　　警官点头："你们安全了。我送你们回家。"

　　我们坐进警车，她还紧紧握着我的手腕，指尖微凉，像是怕一松开，我就会消失。

　　我把她轻轻揽进怀里。那些惊慌与混乱，仿佛在这一刻沉淀下来，变成某种安静而柔软的情绪。

　　"你刚才……是疯了吗？"我低声苦笑。

　　她抹了一把泪，抬头看我，眼神里藏着歉意："对不起……我不该朝你吼。我其实，不是你刚才看到的那种人。"

　　我半开玩笑地看着她："那我看到的，是谁？"

　　她哽咽了一下，还是忍不住说了出来："她是个在战场上摸爬滚打过的女孩，是个满身伤疤却还撑着笑的幸存者……你能……原谅我吗？"

　　我轻轻收紧怀抱，低声道："别说这种话。我不知道你经历过那么多……你总是轻描淡写地带过。"

　　她低下头，声音带着一丝自嘲："我想把那段过去藏起来……因为我只想做那个你喜欢的朵娜。"

　　说到这儿，她嘴角扬起一个带泪的笑容，明明眼睛还泛着红，却又像回到了从前那个调皮的她。

　　我忍不住逗她："你怎么知道我只喜欢过去的你？说不定我现在更喜欢这个冲锋陷阵、英勇无比的朵娜。"

　　她抬起眼，声音轻轻的："那你……想起以前的我了吗？"

　　我点点头，又叹口气："还只是零零散散的。其实我还得谢谢你那一吼——你那凶巴巴的样子……突然让我有点熟悉的感觉。"

　　她睫毛轻颤，嘴角抿着笑问："哦？"

　　我故作神秘："你那个表情，我肯定见过……只是还记不起是什么时候的事。"

　　她终于笑出声来，笑里带着一点久违的淘气："肯定不是我！你再想想，是哪个母夜叉吓过你？"

第三十七章

雨点轻轻敲打着玻璃，在窗上拉出一道道细细的水痕。秋意透过微开的窗缝渗进来，还夹着些许夏日残留的气息。

朵娜蜷在沙发一角，穿着我那件明显过大的毛衣，袖口垂过指尖。茶几上的茉莉花茶正冒着热气，雾气缭绕在她眉眼间，整个人静若水墨轻描，像是在等什么，又什么都没说。

我站在画架前，望着那张尚未落笔的画布。脑海中，一幅画面悄然浮现——热带雨林中，风穿林梢，露珠自胶树叶尖滴落，远处瀑布在夕阳下轰鸣……山谷中的歌声，在晨雾里回荡。

我缓缓放下手中的画笔，转过身看着她，声音低而笃定："我全都想起来了……记忆，还有她的故事。"

她抬头看我，眼神沉静得像夜空，嘴角却浮起一丝仿佛早已预见的微笑："说来听听，你都记起了什么？"

我走到她身边，在她旁边坐下，嗓音略带颤意："我记起有个女孩，很纯净，很倔强。我们一起走过一段懵懂青涩的时光。"

她撇撇嘴，笑得一脸怀疑："听起来像你现场编的。"

"我们一起看过日出，在谷场数过星星……还一起躲在瀑布后偷偷地吻。"

"确实挺浪漫的，但……我怎么知道你说的是我？"她眨了眨眼，眼中闪着调皮的光。

"我说的那个女孩，是独一无二的。"我凑近些，压低声音，"她……右臀上有颗痣。不信你现在看。"

她笑得前仰后合："鬼才信！你怎么可能知道？"

"错。"我嬉笑着靠近些，"在胶林的小工棚，我早就看到过了。"

她笑到眼泪都快出来了，眸子里却满是柔光："小峰……你真的，全都记起来了？"

我朝她眨了眨眼："朵娜，那间小工棚，是我们最后一次见面，对吧？"

"是。"她轻声应道，"你走了，丢下我一个人。"

那声音轻得像秋叶落入水面，却击中了我心底最柔软的地方。

"你不能怪我，是你演得太好了。"

"我不那么演，我们会不会落得像郝姐和魏连长那样的结局？或者干脆政审不过，你的档案被卡在某个角落。"

我苦笑："我现在彻底明白了，女人的话，有时候得反着听。"

"现在才懂？"

"不是。大学那年收到你第一封信，我就懂了。可那之后你却突然失联。我像丢了魂一样，懊悔了这么多年。那封信，我一直留着……还有你的另一封没寄出的，我捡到的。"

她眼睛亮了起来："没寄出的？我想看看。"

我起身进卧室，把昨晚从箱底翻出的那封信拿了过来。

她轻轻展开信纸，只看了几行，眼泪便如断了线般滑落，身子不由自主地缩进我怀里，轻轻地抽泣着。

我握紧她的手，愧疚又坚定："这一次，无论你去哪儿，我都跟着你，不再分开。"

她惊讶地抬头，抹了把泪，认真地问："你是说真的？你——纽约的大画家。"

我毫不犹豫地点头："真的。我不能再把你放跑了。"

"你舍得放下这里的一切？"

"不是舍得，是回归。"我轻声更正，"我本来就生长在山里，是雨林的孩子。像你一样，心早就种在了那片热土。"

她凝视我良久，终于靠在我肩头，破涕为笑，像终于放下了一段漫长的等待。

"小峰，我一直知道你会回来。我一直在等。"

我半开玩笑道："我也在等，等得太久，把自己都等病了。"

"嘘！"她睁大眼睛，嗔怪地打断我，"别说'病'字，不吉利。"

顿了顿，她扬起眉眼，"话说回来，画家先生，我打算回芒卡寨了。那……我这段时间当保姆的工资，怎么结？"

"洛卡姑娘，"我脱口而出，"保姆的工资和未婚妻的钻戒，你只能选一个。"

她扑过来，在我唇上轻轻一点，眼里盛着一整个夏天的光。

"咚咚咚！"

突如其来的敲门声打破了静谧。

"开门，快开门！"外头传来急促的喊声。

朵娜皱了皱眉，拉紧毛衣，小声嘀咕："这纽约人真是……"

"别出声。"我朝她比了个手势，走到门口，从猫眼往外看，是两个穿着制服的警察。

我小心地开了一条缝。其中一位神情严肃："唐先生吗？这是一份警方的正式通知，请您查收。"

我开门接过信封，当场拆开——原来，这次绑架案的幕后主使，竟是朴惠。她目前潜逃在南美，警方已立案通缉。

"谢谢两位，我明天会亲自到警局协助调查。"我说，心里松了口气。一直以来我都为自己的话太多、自责不已，没想到真正的问题另有其人。

"还有一样东西，也还给您。"其中一名警官指了指脚边的箱子，"请签收。"

我低头一看，竟是我的钱箱。

"我可以打开看看吗？"

"当然。"

我掀开箱盖，整箱钞票整齐地码放着，几乎没有动过，令人咋舌。

我随手抽出几捆，递过去："辛苦你们了。"

警官摆摆手："太少太少！"

我还没反应过来，旁边那位笑着打断他："别理他，开玩笑的。我们不能收钱。"他话锋一转，语气带着点调侃，"不过……能见见您的未婚妻吗？"

"为什么？"我下意识提高了警觉。

那人脸上的笑意收起，正色道："我们局长想见她。他说——她是个真正的侠女。"

朵娜这时走过来，站在我身边，微微一笑，神情淡定，仿佛那些生死惊险从未留下痕迹。

警官立正，语气郑重："女士，我们局长诚挚邀请您考虑加入警局。"

朵娜笑意更淡了些，语气却平和坚定："谢谢。不过，我只想当个老师。"

"明白。"警官点头，眼中多了几分敬意，"我们尊重您的选择……虽然局长可能会有点失望。"

两人对我们轻轻行了个礼，转身离去。

我把那只沉甸甸的箱子拖进屋里，随手一脚踢到床底。

"你不数数？"她笑着问。

"不数了，"我用洛卡语回答，"等我数完，你都老了。"

她一愣，眼中划过一丝惊喜："你什么时候会说洛卡语了？"

我耸耸肩："以前班上不是有几个洛卡姑娘嘛，跟着她们学的。"

其实，这些年我一直在偷偷学——只为了有一天，能听懂她说的每一句话，用她的语言，走进她的世界。

她佯怒地锤了我一下："那我以前骂你的话，你都听懂？"

"当然。"我正色点头，"下次想骂人，记得换傣语。"

"你不是也会傣语吗？那我换爱伲语。"

我低笑出声："洛卡语、傣语、爱伲语……这些语言美得像山歌，留着唱给风听多好。骂人？还是汉语最痛快。"

"其实，我哪舍得骂你？"她声音软下来，"连半句怨言都没有。"

我心头一热，把她揽得更紧。

"你知道吗，"我贴近她耳边，声音低得像怕惊扰了夜色，"从那天我们分开之后，我画过你无数次，可每幅画……总差了点什么。"

她侧过脸，眼中闪着狡黠的笑："哦？差了什么？"

"直到今晚我才明白——我记忆里的你，从来就不完整。"我顿了顿，目光落在她微扬的嘴角，"少了你这股……活生生的野性。"

她眉梢轻挑，笑意更深："那怎么办？要我再当一次你的模特，帮你补上那些'残缺'？"

"等等，'再当'？"我装傻，"哪来的'再'？"

她哼了一声，白我一眼："那年瀑布边，你躲在水草后头画了我半天，还不算？"

"你看到我画了？"我失笑，"我藏得那么好。"

"哼，我差点冲过去吓你。"她眼底一闪促狭。

"幸好你没来，不然我吓得笔都掉了，大学可能也考不成。"

她轻轻瞪了我一眼，嗔道："你真傻。那天我在水中那么久，不就是在等你过来？"

我怔了怔，随即笑了，胸口仿佛被什么暖暖地填满了："你这野丫头，我当时还怕我吓到你呢。"

"野丫头？"她眨了眨眼，语气俏皮，"你才像个偷心的猎人。"

"我偷的，"我贴近她耳边，低声道，"是你灵魂里——那点自由的火。"

她望着我看了片刻，忽然问："那你画过多少女人？"

我笑了笑，目光温沉："不少。可她们再美，也只是画布上的影子。你不一样，朵娜。你从来不是最完美的，却永远是最鲜活的。"

"是吗？那把你在瀑布边画的那张拿出来看看，别光会夸我。"

"走吧。"我牵起她的手，带她进了卧室。

她坐到床边，看我翻箱倒柜，终于找到戴望舒的诗集，从书里抽出一页纸。

"就是它。"我把那张纸小心递给她，"它一直跟着我。"

她接过来，左看右看，喃喃道："怎么好像……什么都没有？"

"怎么会？"我凑过去，打开落地灯，却愣住了。

发黄的纸页上，只剩几道模糊的线条。瀑布褪了色，少女的轮廓早已模糊。

"小峰！"朵娜咯咯地笑出声，一头倒在床上，"这哪是一点点缺失呀！"

"唉，真是遗憾。"我苦笑着，把那页纸重新夹回书中。

"遗憾什么？"她坐起身，眼神里闪着光，"火辣的模特就在你面前，你还不快打起精神？"

她手指敲着下巴，目光停在我脸上，分明是故意在撩我。

我笑了。她就是这样。

谁说朵娜"野性"？

可我偏偏，从一开始，就爱她的"野"。

直至今日，只想——

一辈子都画她的模样，爱她的真性情。